동춘 지교헌 수필집 **7**

그들의 인생철학

국립중앙도서관 출판시도서목록(CIP)

그들의 인생철학 : 지교헌, -- 서울 : 한누리미디어, 2012
    p. ;   cm, -- (동촌 지교헌 수필집 ; 7)

성남시문화예술 발전기금의 지원을 받아 제작됨
ISBN 978-89-7969-430-7 03810 : ₩13000

한국 현대 수필[韓國現代隨筆]

814.7-KDC5
895.745-DDC21   CIP2012004323

동촌 지교헌 수필집 7

그들의
인생철학

한누리미디어

책머리에

자식들이 부모 곁을 떠나는 모습을 보며 마음 아프지 않은 부모는 아무도 없을 것이다. 아무리 좋은 곳으로 가더라도 그렇고, 아무리 합리적인 이유가 있어도 마찬가지다.

나는 지난 해 여름, 큰 딸이 아이들의 교육을 위하여 태평양을 건너가는 모습을 보고 마음이 몹시 아팠다. 그래서 아이들을 그리워하는 사연이 곁들이게 되었다. '날아가는 참새들' 이란 제목이 가장 두드러진 글이다.

그 나머지는 일상생활에서 보고 듣고 느끼고 생각한 것을 담담히 써 내려간 글들이다. 정년으로 퇴임한 지도 벌써 14년이라는 세월이 흘렀다. 그 동안 대학에 출강도 하고, 논문도 몇 편 쓰고, 사회교육기관에서 강의도 하고, 한 편으로는 평소에 관심을 가지고 있던 '문학강의' 도 들으면서 세월을 보냈다.

여기에 실린 글들은 거의 모두 2009년 8월부터 1년 동안에 걸쳐 그저 때에 따라 쓴 글에 지나지 않는다. 따라서 일정한 척도에 비추어 보면 미흡한 면이 많다고 생각되지만 내 마음의 정화(카타르시스) 과정에서 빚어진 것이어서 애착을 버리기 어렵다.

　나를 항상 아끼고 사랑하고 이끌어 주고 보호해 주는 가족과 친인척과 이웃의 은혜를 감사하며, 정성을 기울여 책을 제작해 주신 한누리미디어 김재엽 사장님과 문화예술발전기금으로 지원해 주신 성남시에 대하여 고마운 뜻을 드린다.

2012. 9. 30

필자 씀

차례 Contents

제2장 **쫓기는 새끼곰**

차례 Contents

제3장 '붉은 악마응원단'에 대하여

제4장 **모닥불**

차례 Contents

제5장 그들의 인생철학

1

교육의 근본

01
날아가는 참새들

나는 최 선생을 만나 그 동안 나누지 못한 이야기들을 시작하였다. 최 선생은 '경주최씨'의 연혁과 관가정공파(觀稼亭公派)의 족보를 정리하고 있는데 절반은 완성하고 아직 절반은 남아 있다고 하였다.

"참 좋은 일 하십니다. 그런데 최 선생님. 요즘 조기 해외 유학이 유행하는 모양인데 어떻게 생각하세요?"

"그야 뭐, 국가적 추세이고 세계적 추세가 아닌가요?"

"그래도 그것이 바람직한 일인지 어떤지?"

"바람직하다고 봐야지요. '글로벌라이제이션' 몰라요?"

"글쎄요."

"우리 손녀들은 큰 놈이 초등학교 2학년인데 방학만 하면 캐나다 토론토에 가서 공부를 하다가 와요. 영어를 제법 하는 모양인데 아주 신통해요. 무슨 콘테스트에 가서 번번이 상을 타온대요."

"영어 공부가 참 중요해요."

"그런데 영어공부만 하는 것이 아니고 여러 가지 공부를 하는데 창의성을 기르는 공부라고 해요."

"그렇지요. 선진국의 교육은 창의성을 기르는 공부라더군요."

"우리나라에서는 그 놈의 입시준비교육 때문에 창의성 교육은 없어지고 암기식, 주입식 교육이라는 데 문제가 있어요. 그리고 그 어린 것들이 영어다, 짓다, 바이올린이다, 그림이다, 태권도다, 심지어는 줄넘기다, 이것저것 배우러 다니느라고 정말로 고생하고 부모도 뒷바라지하느라고 큰 고생이거든요. 우리나라 사교육비는 OECD 가맹국 가운데서 최고라네요. 부부교사들이 맞벌이를 하더라도 아이 하나를 기르기가 어렵대요."

"그런데요. 최 선생님. 한국에서 아이들을 고생시키느니 차라리 선진국으로 아이들을 데리고 가서 교육하는 것이 낫다고 생각하기 때문에 '기러기 아빠' 가정이 늘어나고 있다는 것인데 이것이 사회적으로 심각한 문제가 아닌가요?"

"그렇게 생각하는 사람들도 많은데 그런 교육열이 발전의 원동력이기도 하니까 너무 걱정할 일도 아닐 것 같아요."

"그런데 최 선생님, 그런 문제가 우리 집안에도 직접적으로 봉착되고 보니 불안하기 짝이 없어요."

"남도 다 마찬가지인데, 쓸데없이 걱정하는 것 아닌가요?"

"우리 외손녀가 둘인데 우리 딸이 그 좋은 직장도 버리고 걔들을 데리고 밴쿠버로 떠난대요. 어떻게 가슴이 쓰린지 요즘 몹시 괴로워요. 못 가게 말릴 수도 없고 어디다 대고 하소연할 데도 없고, 끙끙 앓고만 있어요."

"에이, 그런 걸 가지고 끙끙 앓다니? 얼마나 좋은 일인데. 왜 하필이면 이 좁은 한국만을 생각해요? 지금은 멀리 떨어져 있어도 전화도 맘

대로 하고 화상채팅도 하는데 뭐가 걱정이래요? 남들은 그렇게 하고 싶어도 하지 못하여 배를 앓는데 그런 걱정은 배부른 걱정이지 뭐요? 남들이 들으면 오히려 흉보기 쉬워요. 배부른 걱정이라고."

나는 그 동안 신음하는 소리를 자주 하였다. 내자가 듣고 핀잔을 주기 때문에 속으로 참고 또 참지만 자신도 모르게 한숨을 쉬고 신음하는 것이 다반사가 되었다.

외손녀 인영이, 해영이가 아비 어미와 함께 두 대의 승용차에 나누어 타고 떠난 것은 2009년 8월 20일이었다. 오전 10시부터 내리는 비는 세찬 기세였다. 오후 5시발 캐나다 항공을 타기 위하여 억센 빗줄기를 헤치고 12시가 다 되어 인천국제공항으로 떠난 것이었다. 그러나 오후 4시가 다 되어 전화벨이 울렸다.

"비행기 엔진 점검으로 내일 떠나게 되었어요. 부품을 캐나다에서 가지고 와야 한대요. 인근 호텔에서 쉬게 되었으니 걱정하지 마세요."
"그래. 알았다. 알아서 잘 해라."

그런데 이튿날도 비행기는 뜨지 못하였다. 나는 신음소리가 계속되고 몹시 괴로웠다. 호텔로 달려가고 싶지만 아이들만 심란하게 할 것 같기도 하고 또 건강에 자신이 없어 결단하기도 어려웠다. 나는 눈시울이 뜨거워지고 음성이 떨려서 딸하고 통화하기도 어려웠다. 딸도 목이 메어 말을 하지 못하는 것 같았다. 서로는 눈물을 참으며 울컥 울컥 넘어오는 어떤 서러움을 삼키기에 애를 먹었다.

나는 인영이를 바꾸어 달라고 하여 이것저것 이야기를 시작하였으나 또 목이 메어 말을 할 수가 없었다.

유치원시절부터 한국재능개발연구원에서 바이올린을 배우고, 일류 대학교 음대 기악과를 거쳐 '코리안심포니오케스트라' 에서 거의 20년이나 근속하면서 착한 신랑을 만나 살림을 꾸리고 같은 아파트단지 내에 살면서 하루가 멀다 하고 만나거나 통화하던 딸이 토끼 같은 어린 것들을 데리고 태평양을 건너간단다. 나는 가슴이 답답하였다.

자기가 태어난 나라와 자라난 고향에서도 가끔은 외로움을 느끼는 법인데 수만리 타국에서, 인종도 다르고 언어도 다르고 풍속도 다른 곳에서 살아 나가려면 얼마나 어려움이 많고 외로울 것인가 생각하면 더욱 답답하고 불쌍한 마음이 들었다.

일찍이 《논어》 안연편에는 '사해지내 개형제'(四海之內 皆兄弟)라는 말이 있긴 하지만 그것이 어찌 모든 사람에게, 모든 경우에 적용될 수 있단 말인가. 공자의 제자 사마우(司馬牛)라는 사람이, "남들은 모두 형제가 있지만 자신은 홀로 형제가 없다"고 근심스럽게 말하자 듣고 있던 자하(子夏)가 말하기를 "군자가 스스로 공경하고 실수하지 않으며 남을 공경하고 예의를 갖추면 사해에 있는 사람들이 모두 형제이니 군자가 어찌 형제 없음을 걱정하리오."라고 한 것이다. 자신을 잘 다스리고 남에게 공경하는 태도를 잃지 않는다면 모두가 형제처럼 사랑하고 도우며 살 수 있기 때문이다. 어떤 경우에는 형제가 서로 예의를 지키지 않고 재산을 가지고 다투고 서로 시기하고 증오하고 피해를 주어서 차라리 없는 것만도 못한 가정이 있는 것을 보면 자하의 말이 얼마나 옳은 말인지 짐작할 수 있었다.

나는 아이들을 데리고 멀리 떠나는 딸에게 특별히 당부한 말도 없었다. 대학을 나오고 직장생활을 20년이나 하고 그 동안 처세하는 데 탈이 없었고 항상 논리적이고 냉철한 아이라 큰 실수는 없을 것 같지만 그래도 자신의 과실이 없어도 뜻하지 않은 어려움을 당하는 수가 있다는 것을 생각하면 마음이 놓이질 않는 것이었다.

최 선생과 이야기를 나누는데 전화벨이 울렸다. 딸의 전화였다. 비행기가 곧 출발한다고 한다.

"이제 탑승할 거냐?"

"탑승했어요. 이제 곧 이륙할 거예요."

"그래, 잘 알아서 해라. 너를 믿는다."

"걱정하지 마세요. 알아서 잘 할게요."

최 선생이 한 마디 하였다.

"그렇게 공부도 많이 하고 재능도 있고 사회경험도 많은 딸인데 무얼 걱정해요. 너무나 잘 할 테니까 걱정하지 말아요. 나 같으면 얼싸 좋다고 자랑할 텐데 동촌(東村)은 왜 그리 서운한 생각만 가지고 매달려요. 긍정적으로 해석하라구요. 나하고 산에나 갑시다."

나는 들고 나갔던 책을 최 선생에게 건네었다. 《맹교수의 사랑방 이야기》다. 아파트노인회 사랑방(경로당)에 드나들면서 보고 느낀 것들을 소설 형식으로 써서 최근에 출판한 것이었다.

나는 인영이에게 메일을 썼다.

인영아, 지금 시침은 밤 2시에 접근하고 있구나. 그래서 Vancouver의 시간을 알아보니 22일 아침 9시쯤인 것 같구나. 왜냐하면 미국의 Sanfrancisco와 비슷한 날줄(경도)이니까 말이다. 네가 탄 비행기가 어제 오후 4시에 출발하였으니 만약 비행시간이 10시간이라면 이제 곧 착륙 시간이 올 것이라고 생각한다.

출발할 때 기내에서 내려다본 한국의 풍경이 아름다웠던 것처럼 도착할 때 내려다보는 캐나다의 풍경도 매우 아름답겠지? 인영아, 너는 이제 한국인이면서 세계인이 되었구나. global citizen이 되었단 말이다. 너를 부러워하는 친구들이 한국에도 많고 다른 나라에도 많을 줄 안다.

나도 한때는 선진국으로 공부하러 가고 싶은 생각이 간절하였다만 여러 가지 형편으로 뜻을 이루지 못하였단다. 그런데 너는 아주 알맞은 시기에 아빠 엄마가 결단을 내려서 선진국(해외) 유학을 하게 되었으니 얼마나 happy(lucky)하냐? 그만큼 아빠 엄마의 사랑이 지혜롭다고 생각한다.

아침 햇살이 빛나는 것처럼 너의 앞날도 빛날 것이라고 믿는다. 혹시 어려운 일이 생기더라도 학교의 선생님들과 아빠 엄마에게 부탁하고 잘 감내할 줄 믿는다. 그리고 하나님께 기도드리기 바란다. 나는 너와 해영이가 무럭무럭 자라고 발전하는 모습을 보는 것이 행복이란다. 알겠지? 오늘은 이만 줄인다. 너의 간단한 회신을 기다린다.

2009. 8. 23. 02:00 할아버지 대용

밴쿠버에서 전화가 왔다. 8월 23일이다. 서경 123.6도, 북위 49.15도에 자리잡고 있으니 표준시는 미국의 샌프란시스코와 같을 것이고 한국의 0시가 거기서는 하루 전날 07시가 된다. 그래서 서울은 17시간이 빠른 셈이 아닌가? 아무튼 무사히 도착하였단다. 입주할 주택에 들러 짐을 놓고 호텔에서 하루를 쉬고 내일은 선편으로 도착한 짐을 옮겨서 푼다고 한다. 소파 탁자 취사도구……. 그 많은 짐을 풀어서 정리하자면 여러 날이 걸릴 것 같다. 나는 왠지 가슴이 답답하고 아픈 것 같아서 무엇에 집중할 수가 없었다.

"괘씸한 것, 새끼들을 데리고 그렇게 멀리 떠나가다니."

30여 년 전, 딸이 캐나다로 이민 간다는 말을 하며 '괘씸하다'고 하던 선배님의 말이 그대로 나의 귀에 메아리쳐 왔다. 그때 그 선배님은 이민 간 딸의 얼굴을 한 번도 다시 보지 못하고 서거하고 말았다. 그 딸은 인물도 좋지만 심성도 아름답고 학업에 성실하여 청주교육대학교를 수석으로 졸업하고 서울시 초등학교 교사로 특별 임용되었었다. 한국에서 자랑할 만한 신랑을 만나서 아비의 자랑거리가 되기를 바랐지만 딸은 아비의 기대를 저버리고 동직원과 눈이 맞아 결혼하여 멀리 멀리 부모 곁을 떠나버린 것이었다. 나는 선배님의 심정을 다시 헤아리며 자신의 마음이 선배님의 마음이라고 생각하였다.

나는 책을 몇 권 들고 문방구점으로 나갔다. 문방구점에서는 우표를 팔고 우체통이 있기 때문이다.

"안녕하세요? 우표 좀 주세요. 1,600원씩 다섯."

"여기 있습니다."

나는 풀로 우표를 붙이면서 말을 걸었다.

"어제 우리 딸이 캐나다로 아이들을 데리고 떠났다는 말을 했지요?"

"예."

"잘 하는 일인지 모르겠어요. 도무지."

"지금은 모두가 그것을 원하고 있어요."

"글쎄요."

"혼자 가는 아이들도 있어요. 초등학교 4학년인데 혼자 가서 기숙사에 들어간대요."

"그래요?"

"그런데 미국에서 몇 년 공부하고 나서 다시 중국으로 간대요. 중국어를 배워야 한다나요."

"어떻게 아이들 혼자만 외국으로 보낼 수 있는지 이해하기가 힘드네요."

"그렇게 할 수 있도록 한국에서 주선해 주는 업체가 있고 현지에서 한국인이 돌보아 준답니다."

"그렇군요. 중고등학교만 마치고 대학은 한국으로 와서 다녀도 되겠지요?"

"그렇습니다. '토플' 성적이 좋으면 특혜가 있습니다. 그리고 중고등학교의 성적을 보아서 박사과정까지 갈 수 있는 아이들은 캐나다에서 미국으로 옮겨서 끝까지 공부하고 미국에서 취업도 한답니다. 따님이 아이들을 데리고 간 것은 걱정하지 마세요. 잘못은 아니니까요."

나는 문방구점 주인 김 선생의 말에 동의하면서도 뭉친 가슴이 완전히 풀리지 않았다. 나는 한평생 논문을 쓰고 누구보다도 이지적이고 냉철한 사고를 즐기는 편이지만 자식들에 대한 인정을 좀처럼 뿌리치지 못하는 성격이다. 케네스 헤긴 목사가 지은 《인간의 세 가지 본성》(김진호 목사 옮김)에서는 영(spirit), 혼(soul), 몸(body)을 말하고 있는데 내가 지금 가슴이 답답한 것은 어떻게 설명할 수 있는지 알 수가 없었다. 그리고 지(知), 정(情), 의(意)의 관계는 어떻게 설명할 수 있는지……. 함수관계가 있는지, 있다면 포지티브인지 네거티브인지. 나는 유럽이나 아메리카 대륙이나 아시아의 여러 나라들을 여행하기도 하고, 책도 읽었지만 아직도 세계적인 조류에 어둡고 세계화의 물결에 합류할 줄을 모르는 것 같다. 그저 어떻든 간에 자식들은 언제나 보고 싶을 때 볼 수 있어야 하는 것처럼 생각하고 그 감정을 버리지 못한다. 그러고도 어떻게 아들을 7년 이상이나 중국으로 유학시키고 작은 딸을 3년씩이나 미국으로 연구하러 보냈는지 자신도 알 수가 없다.

어린이들 조기 해외 유학 특히 기러기 아빠 가정의 문제는 하나의 사회적 병리 현상으로만 보였다.

한국에는 언제부터인지도 모르게 '기러기 아빠'라는 말이 회자되고 있었다. 영어로는 'goose daddy' 또는 'wild goose daddy'라고 한단다. 왜 하필이면 '기러기'인가? 사람들은 가을 하늘을 멀리 날아가는 기러기를 보며 쓸쓸함을 느끼는 것처럼 고국에 홀로 남은 아빠가 외롭고 쓸쓸하게 보인다는 뜻이란다. 그리고 모든 새들이 멀리서 먹이를 물어다가 새끼에게 먹이는 것처럼 아빠가 고국에서 돈을 벌어 타국에 있는 새끼들에게 먹여 준다는 뜻이라고도 한다. 기러기는 본디 한 번 짝을 잃으면 다시 새로운 짝을 구하지 않고 독신으로 지낸다는 이야기도 전해 온다. 아무튼 엄마는 새끼들과 함께 있어서 덜 외롭겠지만 아빠는 홀로 있어서 훨씬 외로울 터이니 '기러기 아빠'는 분명히 '외로움'을 나타내는 말이라고 나는 생각하였다.

그런데 '기러기 아빠'들의 생각은 무엇인가? 첫째로 아이들을 잘 기르기 위해서는 '기러기 아빠'가 될 수밖에 없다는 것이다. 가족이 일시에 이민을 가는 것이 더 좋은 방법이지만 그럴 형편은 못되니까 우선 '기러기 아빠'라도 감수해야 한다는 것이다. 어려움은 많아도 한국보다는 아이들을 더 잘 기를 수 있다는 생각이 '기러기 아빠' 되기를 자청하는 동기란다. 그들은 대개 한국의 사회적 분위기나 교육적 풍토를 부정적으로 본다. 부조리하다는 것이다. 아이들을 부조리한 분위기 속에 버려두는 것보다는 좀 더 합리적인 사회에서 공부하고 살 수 있도록 도와주고 이끌어주고 싶은 것이다.

그리고 덩달아서 부모들도 새로운 탈출구를 찾아 모험을 해 보고 싶은 것이다. 같은 직장에서 개미 쳇바퀴 돌듯 살아가는 것보다는 새로운 나라, 새로운 세상에서 새로운 사람들과 새로운 일을 하면서 새로운 스타일로 살아보고 싶은 것이다. 자식들의 성취를 돕는 것이 더 큰 목적이기는 하지만 부모들 자신의 모험심이나 야심도 뒤따른다. 아이들과 함께 국제적인 사람이 되고 서구의 선진국 시민이 되는 것이다. 그러나 그것이 그다지 간단한 것이 아니다. 특히 '기러기 아빠'에게는 어려움이 많고 단단한 각오가 필요하다.

어떤 사람은 다음과 같이 조언한다.

1. 될 수 있으면 부부는 함께 있어라.

2. 금전관리를 철저히 하라. 금전에 여유가 있으면 탈선하기 쉽다.

3. 하루 한 번 전화나 인터넷으로 대화를 나누라.

4. 편지나 메일로 더 자세한 이야기를 나누라.

5. 식사를 제때 하고 균형 있게 영양을 섭취하라.

6. 건전한 모임에 참여하라.

7. 규칙적으로 운동하라.

8. 건강검진을 받으라.

9. 응급시에 도움을 청할 수 있는 연락처를 확보해 두어라.

9. 음주나 흡연을 삼가라.

10. 절도 있게 생활하라.

나는 요즘 밴쿠버의 표준시와 서울의 표준시가 어떻게 차이가 나는지 수시로 확인하는 것이 일과처럼 되었다. 그래서 이동전화기를 꺼내어 열고 메뉴를 누르고 나서 '다이어리'를 확인하고, '세계시각'을 확인하고, '세계지도'에 나타난 시각을 확인한다. 한국은 26일 23:37인데 밴쿠버는 25일 6:37AM이다. 미국의 씨애틀이나 샌프란시스코나 엘에이와 같은 시각이었다. 한국보다 17시간이나 늦은 것이다. 나는 혼자 중얼거린다.

"그래 지금은 6:37AM이지. 요것들 아직도 색색거리고 자고 있겠지. 언제쯤 전화를 걸까? 지금 잠을 깨울 필요는 없지. 아침보다는 저녁에 전화를 걸어야 더 많은 보고를 받을 수 있지. 그래서 참아야지. 그러나 저러나 인터넷 전화를 가입하면 무료로 통화할 수 있다는데, 케이티(한국통신공사)로 찾아가서 의논을 할까? 당분간은 109동 개네 집에 가서 걸면 되겠지만 빨리 해결해 놓아야 수시로 마음 놓고 전화를 걸지. 짐은 다 풀었는지. 학교는 언제 들어가는지. 이웃에 한국 교포들은 얼마나 있으며 한인교회도 가까이 있는지 궁금하단 말이야."

나는 궁금한 것이 많았다. 이삼 일 전보다는 마음이 훨씬 가라앉았지만 그래도 아직은 가슴이 답답하고 아릴 때가 많다. 전자우편을 열고 '보낸 메일'을 열어 보았다. 그리고 '수신확인'을 때려 보니 '읽음'이라고 나타난다.

"아니 인영이가 내가 보낸 메일을 읽었단 말인가? 그러면 인터넷을 개설한 것인가, 아니면 다른 사람의 피씨에서 잠시 확인만 한 것인가?"

이제 곧 메일만 주고받으면 전화가 급할 것도 없을 것 같았다.

캐나다에서 전화가 왔다. 정 서방이었다. 그 동안 짐을 풀고 세간을 정리하였단다. 인영이 해영이 은아와도 차례로 말을 나누었다.

"그 곳 도시 이름이 무어냐?"

"버나비예요."

"버나디?"

"버나비예요. 비 유 알 엔 에이 비 와이. 문자 메시지로 보내드렸어요. 열어보세요."

"그래, 알았다. 그래 거기에 한국 교포들도 있니? 교회도 있고? 아이들 학교는 버나비 엘레멘타리 스쿨인가?"

"예, 모두 있어요. 학교는 5분 거리에 있고 쇼핑몰도 있고요. 집도 좋고요. 걱정 마세요."

대강 전화를 끊고 인터넷 'google'을 검색하였다. 주소와 전화번호와 팩스번호가 나타나고 학교 사진이 나타났다. 자세한 검색항목은 HOME, CALENDER, LIBRARY, EVENTS, CLASSES, PARENTS, NEWS LETTER, GROWTH PLAN 등이 있고 또 SCHOOL LINKS에는 Literacy, Social Responsibility, Student Life 등이 다양하게 소개되어 있다.

Burnaby elementary school

7355 Morley street Burnaby BC V5E2K1 CANADA

phone: 604-664-8774, fax 604-664-8582

교장(Principal)은 Shelley Parks이고, 수석교사(Head Teacher)는 Kurt Gurney라고 한다. 최고 350명의 학생에 25개 언어를 사용하는 나라에서 학생들이 모였다는 것 같다. 인영이와 해영이가 공부하러 다닐 것이다.

12077108 collier street

Burnaby BC CANADA V5E oA1 778-689-1348

학교에서 5분 거리이고 쇼핑몰이 있단다. 인영이네가 마련한 보금자리란다.

나는 휴대전화를 들고 메시지의 '수신메시지함' 문자 메시지를 확인하였다. 가족사진을 보내달라는 나의 메시지를 받고 회답을 보내 왔다. 띄어 쓰지 않은 글귀가 화면에 가득하다. 세로 5줄에 가로 8줄, 모두 40자다.

할아버지안녕하세
요아직인터넷이안
되서사진을보내드
리지못해요할아버지
보고싶어요 인영

'안 되서'는 '안 되어서'의 잘못이었다. 초등학교 6학년이지만 잘못

쓴 것이다. 앞으로 한글은 거의 쓰지 않을 것이니 얼마 가지 않아 모두 잊어버릴 것인가? 그러나 한글을 잊어버리는 것도 걱정이지만 당장 보고 싶은 마음이 간절하니 답장을 보낸 것만으로도 고맙다. 나는 '할아버지 보고 싶어요' 에서 가슴이 뭉클하였다. 보고 싶어도 볼 수 없는 고통, '단장의 고통' 이란 말이 떠오른다. '단장' 이란 무엇인가? 창자가 끊어진다는 말이 아닌가. 어떤 이는 '애간장이 녹는다' 고도 한다.

진(晉)나라 환온(桓溫)이라는 장수의 밑에 있는 어느 병사가 장강삼협(長江三峽)에서 원숭이 새끼를 잡아서 배에 싣고 가는데 어미가 울면서 백여 리나 쫓아오다가 배에 뛰어 들었으나 곧 숨지자 어미의 배를 갈라 보니 창자가 도막도막 끊어져 있더라는 것이 아닌가. 어미의 마음은 그런 것이다. 창자가 끊어질 만큼 자식에게 애착을 갖는 것이다.

캐나다에서 전화가 왔다. 'yahoo' 에서 'kings way' 를 찾으면 'collier street' 가 나온다는 것 같다. 집에서 학교까지는 도보로 10분 거리이고 작은 교회들은 많고 한인교회도 있단다. 집주인에게 의논하여 교회를 물색해 놓았다고 한다. 해영이 인영이 은아 정서방 모두 통화하였다. 은아는 학교에도 갈 수 없고 취업도 못한단다. 아이들과 함께 영어공부를 열심히 하라고 권하였다. 교과서를 외울 정도로 하라고 하였다. 해영이는 오늘 공원에 갔다 왔다고 한다. 길에서 한국 사람들을 만날 수 있고 같은 아파트에도 한국 사람들이 있다고 한다. 해영이에게 일기를 쓰라고 권하였다. 영어를 모르면 한글을 섞어서 쓰라고 하였다.

'비가 왔다. 시원하다. 어딜 다녀왔다. 누굴 만났다. 무슨 책을 읽었다. 할아버지와 통화하였다. 한국과 다른 것은 무엇이다……'

집 주인이 한국 사람이라니 우선 말이 통할 것 같다. 정 서방은 9월 4일 16시에 귀국한다고 한다.

02
모어리 엘레멘타리 스쿨

인터넷을 뒤지다 보니 캐나다와 미국의 교육제도가 소개되어 있다. 두 나라의 교육제도는 세계적으로 인정되는 좋은 제도로 꼽힌다고 한다.

　캐나다의 교육제도는 영국, 미국 등 선진 여러 나라의 영향을 받아 세계에서 가장 발달되었다. 교육자치제도가 발달하여 각 주마다 약간씩은 차이가 있다. 초등교육(elementry), 중등교육(secondary), 고등교육(post-secondary) 등 3단계로 운영된다. 초등교육은 언어·산수·사회·과학·예술 기초과정을 교육하고, 중등교육에서는 대학교육과 전문직업교육을 받기 위한 준비과정이며 인문계열·기술계열·직업교육·기초과정으로 구분된다. 고등교육은 보통 3~5년 과정인데 종합대학(university)은 학사·석사·박사과정을 개설하고 종합단과대학(university college)에서는 과정에 따라 학사학위를 수여하기도 한다. 전문대학(community college)은 2~3년 과정이다. 신학대학은 종교와

신학부분에만 학위를 인정하며 대체로 종합대학에 부속되어 있다.

미국의 교육제도는 대개 한국과 비슷하여 6·3·3년제이며 연방헌법에 따라 주정부의 권한에 속한다. 따라서 각 주마다 다르고 각 주 안에서도 다른 경우가 있기 때문에 수백 개의 교육제도가 공존한다고 말할 수 있을 정도이다. 초등교육 전단계교육(pre-primary education), 초등교육(primary school), 중등교육(secondary education)의 중등교육기관은 junior high school과 senior high school로 구분하기도 한다. senior high school에는 인문과정(academic program)과 실업과정(vocational program)이 설치되어 있고 졸업한 후에는 기술학교, 직업학교, 2년제 대학, 4년제 대학으로 진학한다. 미국의 고등교육(higher education)은 2년제 대학(community college) 4년제 대학(under graduate college) 대학교(university)로 구분된다.

이제 인영이와 해영이는 캐나다에서 초등교육을 마치기 위하여 5학년과 7학년에 편입학하여 공부하고 나서 중등교육을 거쳐 캐나다나 미국의 대학으로 진학하게 될 것 같다. 적어도 5년 내로 시민권을 얻어서 캐나다 국민이 되어 해외동포가 될 것이다.

사람들은 거주(居住) 이전(移轉)의 자유를 누린다고 한다. 그러나 그 자유가 누려지기 위해서는 여러 가지 여건이 허락되어야 한다. 다시 말하면 자기가 살고 싶은 곳에서 일정한 생업이 보장되거나 적어도 물질적으로 생활이 유지되어야 하고 육체적으로나 정신적으로나 만족을 느낄 수 있어야 한다. 그런데 당장 살고 있는 곳에서 위와 같은 조건이 충족되지 못할 때에는 보다 나은 조건이 충족되는 곳을 찾아서 이전하고 싶은 충동을 느끼고 실행하고자 한다.

한국에서 미국이나 캐나다나 여타 여러 나라로 이민을 가는 이유도 거의 마찬가지이다. 인영이네는 왜 가는가? 한국에서 만족할 수 없는 상황이기 때문이다. 그 중에서 가장 직접적인 이유는 아이들 교육이 힘들기 때문이란다. 한국의 어린이들은 너무나 사교육에 시달리고 스트레스를 받는단다. 원인도 단순하지 않고 해결책도 단순하지 않다. 거의 해결할 수 없는 상태다. 어른들도 덩달아서 받는다. 아이들이나 어른들이나 교육적 사회적 정치적 문화적 도덕적 부조리의 괴물에 시달리고 지쳐 있다. 한 마디로 피로를 넘어 피비(疲憊)에 이르고 빈사 직전에 있다.

나와 직장에서 형제처럼 가까이 지내다가 이젠 고인이 된 이 박사의 손자는 미국 텍사스주에 있는 어느 고등학교로 '나 홀로 유학'을 떠났다고 한다. 대학에서 은퇴한 어느 백인 교수의 집에서 보호를 받으며 공부한다고 하니 놀라운 일이다. 아이는 미국에서 출생하여 초등학교 3학년까지 공부하다가 귀국하였지만 홀로 가서 공부한다는 것은 놀라운 일이다. 할머니는 그 손자가 얼마나 그리울까.

정 서방이 오후 4시에 캐나다에서 돌아온다고 한다. 처자식들을 수만 리 타국에 떼어놓고 오는 심정이 어떨까 생각하면 가슴이 아리다. 나는 친지들에게 딸이 아이들을 데리고 캐나다로 떠난 이야기를 하며 가슴이 아프다는 말을 하곤 하였다.

"정말 너무나 가슴이 아파요. 참기가 힘들어요."

"다 늙어서 그래요. 늙으면 마음이 연약해져요."

"그런가 봐요. 나는 너무나 연약해졌어요."

"활동을 안 하면 더 그렇게 돼요. 자꾸 활동을 하세요."

나는 자신의 가슴이 아픈 것보다는 딸의 가슴이 더 아플 것 같아 겉으로 나타내기가 힘들었다. 인정이란 그런 것이었다. 억울한 감정을 참

듯이 참아야 하는 것이었다. 또 인영이가 보낸 문자 메시지를 열어 본다.

할아버지
인영이 휴대폰 번호 778-689-1340이에요. 9/3 4:41 am

그리고 통화한 내용을 다시 더듬어 본다. 커다란 아파트 1207호란다. 단독주택이라고 생각한 것은 터무니없는 짐작이었다. 내가 석 달 동안 로스앤젤레스 사우스 놀튼 851번지 단독주택에서 살아본 기억이 무의식적으로 작용한 것 같다. 인영이가 입학할 학교 이름도 'Burnaby Elementary School'이 아니라 'Morley Elementary School'이었다. 나의 정보는 항상 부정확하거나 아주 잘못된 것이 많았다. 부정확하거나 잘못된 정보를 근거로 고집하는 것이 문제였다. 더욱 문제가 되는 것은 잘못이라는 것을 알면서도 우겨대는 것이지만 나는 그것만은 질색이다. 잘못을 알면서 상대방을 이기기 위하여 고집하는 일은 없다.

드디어 정 서방이 돌아왔다. 캐나다로 갈 때 비행기가 이틀이나 늦게 뜬 탓으로 이사가 늦어지고 이삿짐 승강기의 사용도 1주일 전에 예약을 해야 하는데 집주인이 하지 않은 관계로 지장이 많았다고 한다. 귀국 시간에 맞추어 세간을 정리하고, 아이들을 학교에 등록하고, 운전면허를 갱신하고, 승용차를 구입하고, 교육청에서 실시하는 오리엔테이션에 참가하고……, 여러 가지로 바빴던 모양이다. 그래도 밴쿠버 섬에 관광을 다녀와서 여러 가지 사진을 찍고 집안 사진들과 함께 CD에 편집해 와서 화면을 보니 응어리진 마음이 웬만큼 풀리는 듯하였다.
전교생 약 300명 가운데 한국 학생은 단 1명뿐이어서 이제 인영이와 해영이가 들어가면 3명이 된다고 한다. 교장은 매우 친절하고 인영이가 바이올린을 연주한다는 것을 알고 매우 좋아하더란다. 그 동안에 흑인 아이가 다가와서 함께 놀자고 하여 친구가 되었단다. 아파트는 유리가 많아서 매우 밝고 바깥 풍경이 많이 보인다고 한다. 아파트 입구 출입문에는 전자 장치가 잘 되어서 외부인은 침입할 수 없도록 되어 있고 지하에는 각 가정에서 사용할 수 있는 창고가 있으며 주차장도 잘 정비되어 있다고 한다.

상가에는 '경기미'라고 쓰여 있는 쌀이 있지만 실지로는 미국산이며 값만 더 비싸다고 한다. 한국 사람들이 생활하는 데 아무런 지장이 없는 환경이라고 한다. 다만 물가가 비싼 것이 문제란다. 그래서 어떤 사람은 미국에 가서 물건을 사온다고 한다. 아이들의 언어는 6개월이면 해결되므로 영어 배우기보다는 한국어를 잊어버리는 것이 더 문제라고도 한다. 환경은 그만큼 중요한 것이다. '남쪽의 귤이 북쪽에 가면 탱자가 된다'(南橘北枳)는 격이다. 모국어를 잊어버리지 않도록 교육하는 것은 어른들의 몫이다. 세 식구 모두가 일기를 쓰고 있단다.

나는 몇 번씩이나 휴대전화의 문자 메시지를 열어 보았다. 혹시나 인영이가 보낸 메시지가 없을까 찾아보는 것이다. 나는 땅거미가 깔릴 무렵 탄천으로 나갔다. 마침 '방아교' 밑에서 '탄천색소폰소야곡' 연주회가 시작되고 있었다.

연주곡목은 다양하였다. 색소폰뿐만 아니라 기타와 플루트 연주도 있고 성악도 있었다. 어떤 여인은 음악에 맞추어 춤을 추기도 하였다.

오빠생각/ 선구자/ 파도/ 안녕/ 흔적/ 립스틱 짙게 바르고/ 잊기로 했네/ 빛과 그림자/ 애인 있어요/ 가을을 남기고 간 사람/ 열애/ 애인/ 눈동자/ 베사메무쵸/ 제발/ I will always love you/ Till/ Tennesseewaltz/ 부베의 여인/ Mea culpa(내 탓이오 내 탓이오)/ 바람이 전하는 말/ 다락 방/ 초우/ 돌려 줄 수 없나요?/ 사랑은 장난이 아니야/ 눈물 젖은 두만 강/ 만남.

    연주는 다양하고 마음에 드는 곡이 많지만 왠지 모르게 즐거움을 느낄 수가 없었다. 아이들을 캐나다로 떠나 보낸 우울한 기분을 떨칠 수가 없다. 난데없이 425동에 사는 김 여사가 나타났다. 산보하러 나온 것이었다.

    나는 김 여사를 따라 산책을 시작하였다. 마침 날씨는 덥고 음악감상도 신나지 않았던 터였다. 두 사람은 10분도 걷지 못하여 벤치에 앉았다.

    "김 여사님, 나는 요즘 가슴이 몹시 쓰리고 아팠어요."

    "무슨 일이 있었나요?"

    "우리 딸이 어린 것들을 데리고 캐나다로 떠났어요. 어떻게 마음이 아픈지 몹시 괴로웠어요."

    "캐나다는 아주 살기가 좋은 선진국인데 잘 간 것 아닌가요? 하기는 아무리 살기 좋은 선진국이라도 일가친척과 함께 한국에서 사는 것이 좋다는 사람들도 있지만……."

    "아무튼 가슴이 몹시 아파요. 바로 이웃에 살면서 수시로 만났는데, 보고 싶어도 볼 수가 없으니……."

    "자주 보러 가셔야겠네요?"

    "가기는 싫어요. 비행기 타기가 싫거든요."

    "비행기가 무서우세요?"

    "10시간 이상이나 타는 것은 겁이 나요. 내가 건강이 나빠진 후로 더 그래요."

"사람은 다 마찬가지지요. 자식이라면 모두 깜빡하지요."

"그런데 어떤 사람들은 좋은 나라에 갔는데 무어가 가슴이 아프냐고 핀잔을 주듯이 말해요. 그래서 말하기도 어려워요."

"아이들을 데리고 선진국으로 가고 싶어 하는 사람들이 많기도 하고 또 실지로 가는 사람들이 많다고 하더군요."

"그래도……."

"그런데 자식들이 제 길로 다 크면 부모 곁을 떠나가는 것이 당연하지요. 질병이나 안전사고로 세상을 아주 떠나는 자식들도 있는데 선진국으로 떠나는 것은 아무 것도 아니지요. 오히려 기쁜 일이지요."

"그래도……."

"교수님은 너무 인정이 많으셔서 그래요. 하긴 나도 딸을 시집보내는 데 마음이 몹시 아팠어요. 그 아이가 신던 신발이 쓸모없이 몇 년씩 굴러다녀도 버릴 수가 없더라고요. 정 때문에요."

"그렇지요."

문득 '고민은 10분을 넘기지 말라' 는 말이 떠올랐다. 96%의 걱정거리는 쓸데없는 것이란다. 고민은 영혼을 갉아먹는단다. 고민하나 안 하나 결과는 똑같다는 것이다.

나는 딸과 외손녀들을 떠나보내기 전부터 아팠던 가슴이 좀처럼 가라앉질 않았다. 곁에 있을 때는 대수롭지 않던 것들이 일단 떠나고 나니 가슴을 아프게 하였다. 그런데 그 아픈 가슴을 이해하고 공감해 주는 사람이 없는 것 같다. 남은 고사하고 모든 가족들이 다 그런 것 같았다. 가족들은 그야말로 강심장이었다. 그 누가 정상적이고 비정상적인지 분간하기가 어려웠다. 내가 특별히 심한 것은 '늙었기 때문' 이라고 평가되었다. 나는 스스로 늙었다는 사실을 부인할 수 없었다. 특히

2006년 1월에 흉부외과 수술을 받고나서 바짝 늙었다는 기분이 감돌았다. '77'이라는 숫자나 '희수'라는 낱말이 객관적으로 늙었다는 사실을 증명해 주었다.

그런데 중요한 것은 긍정적이고 낙관적인 생각이라고 스스로 다짐해 보았다. 긍정적으로 보면 조기 해외 유학이 얼마나 좋은 일인가? 그리고 일찍이 해외로 유학하여 출세한 사람들이 얼마나 많은가? 고광림 박사의 경우를 보면 알 만하지 않은가? 자식들이 모두 일류대학에서 박사학위를 취득하여 전공분야에서 일하고 하나는 연방정부의 차관보로 기용되지 않았던가? 만일 외국에서 실력을 기른다면 고국을 위해서도 봉사할 수 있는 기회가 얼마든지 올 수 있지 않을까. 당장은 섭섭한 마음이 간절할지 모르지만 아이들이 자라나는 모습을 지켜보면 기쁨과 즐거움을 느낄 것인데 왜 그리 한 치 앞만 바라보고 두 치 앞은 바라보지 못하는가.

일요일이 왔다. 나는 9시가 넘어서야 아침을 먹고 나서 약을 먹고 《중용》을 펼쳤다. 화요일 수업에 대비하려면 미리 교재를 연구해야 하기 때문이다. 세 식구 중에 하나는 교회로 가고 하나는 회사로 가고 나는 홀로 책을 보다가, 점심을 먹고 녹음테이프를 들었다.

"천명지위성이요, 솔성지위도요, 수도지위교니라. 도야자는 불가수유리야니 가리면 비도야니라……"

전화벨이 울렸다. 캐나다에서 케이블을 타고 오는 큰딸의 목소리가 한국에서 거는 소리처럼 낭랑하다. 아이들의 수업은 아직 시작되지 않았고 인터넷은 개설하였지만 TV는 개통되지 않았다고 한다. 음대 후배도 아직 만나지 못하였다고 한다. 승용차는 4륜구동으로 구입하였는데 겨울에 눈이 자주 내리기 때문이란다.

나는 아이들과 함께 일기 쓰는 시간을 정해 놓고 실천하도록 당부하였다. 일기는 글 쓰는 습관을 기르게 하고 문장력을 향상시키기 때문에 꼭 필요하다고 강조하였다. 할 말은 많은 것 같아도 간단히 줄이고 수화기를 내려놓았다.

그들은 수만 리 타국, 태평양 넘어, 한국의 대척점에 반대로 매어 달려서 먹고 자고 말하고 있는 것이었다. 나는 걱정이다. 아이들이 혹시 몸이라도 아프면 어떻게 하나? 한국에서 보다 치료를 받기가 힘들지 않을지? 불안한 마음이 가라앉을 줄을 모른다. 늙어서 그런가? 오직 탓할 것은 늙음뿐인가? 아이들은 교육비자로 의료보험의 혜택을 받으니 큰 문제가 없고 보호자는 당장 보험에 가입하였으니 안심이란다. 그래도 걱정이다. 팔자소관인가 보다. (2009. 9. 7)

03
캐나다의 교육

인 영이가 메일을 보내왔다.

할아버지 할머니 안녕하세요? 계속 인터넷을 못해서 이제야 메일을 봤습니다. 학교에서는 수학 체육 국어 사회 음악 미술 등을 배우는데요, 수학은 math, 체육은 gym(p.e), 국어는 word study, 사회는 social study, 음악은 music, 미술은 art에요.

캐나다 학교와 한국 학교가 다른 점은, 캐나다는 gym시간이 더 많고 쉬는 시간에도 꼭 밖에 나가서 활동적인 걸 해야 해요. 그리고 여기는 정답보다 '어떻게 알았냐?' 가 더 중요해요.

그리고 제 선생님은 Miss CHU(중국인)이고 해영이 선생님은 MS. GILSTEAD에요. 원래 제 선생님은 MR. LAI였는데 그 반에 ESL 레벨 1이 저밖에 없고 제 친구들이 다 MISS. CHU반이어서 교장선생님이 얼마 전에 반을 옮겨주셨어요. 저희 반에 한국인은 6,7학년이랑 저까지 합쳐서 모두 다섯 명이에요. 그럼 안녕히 계세요.

체육시간이 많다는 것은 그만큼 학생들을 건강하게 양육하려는 의도라고 생각되었다. 쉬는 시간에도 반드시 운동장에 나가서 놀게 하여 기분을 전환시키고 건강을 증진시키는 것이다.

그리고 정답보다 어떻게 알았느냐가 중요하다는 것은 논리적인 체계와 탐구정신을 기르는 방법이라고 해석되었다. 한국에서는 정답만 알면 그만이고 암기나 주입이 중요한 교육방법이지만 캐나다에서는 탐구력을 기르는 것이 중요한 교육방법인 것으로 보였다.

또한 인영이의 반을 옮겨 준 것도 어린이의 형편을 고려한 교육적 배려라고 여겨졌다. 교육적으로 타당하기만 하면 그대로 시행하는 것이 곧 실용주의가 아닌가 여겨졌다.

인영이의 메일은 체계적이고 중복이 없고 간결하였다. 한글철자법도 거의 정확하였다. 해외에서 대학을 나와도 한글만은 잊지 않는 것이 유리할 것 같다. 내가 한글로 자주 메일을 보내고 한국어로 된 서적을 보내서 읽게 하는 것이 도움이 될 것 같다.

나는 인영이의 메일을 읽으며 창의성 교육을 생각하였다. 그런데 우리나라에는 창의성 교육이 거의 없다는 말을 듣곤 하였다. 초등학교에서는 좀 덜한 편이지만 중고등학교에서는 거의 모두 국어·영어·수학을 중심으로 하는 주입식 교육이고 대학교육도 마찬가지라는 것이다. 그래서 어떤 과제가 주어지면 스스로 해결하지 못하고 남에게 의존하는 경향이란다. 그러나 창의성 교육을 받은 사람은 어떻게든지 자기가 스스로 판단하여 자기의 방식대로 접근하여 문제를 풀어나간다는 것이다.

창의성 교육은 모방이 아니고 창조라는 것이다. 한국 학생들은 어떤 문제에 대하여 이야기하라면 매우 마땅치 않은 태도를 보이고 남의 눈치를 보는 반면에 캐나다 학생들은 요점을 적어서 생각을 정리하고 조리 있고 정확하게 또박 또박 말한다는 것이다. 창의력이란 '문제해결 능력'이란다. 창의성 교육은 유아기가 적기이고 '우뇌학습'을 해야 한 다. 우뇌는 느끼는 기능을 담당하는 감성이란다. 글자로 된 학습지나 문제지는 모두 좌뇌를 자극하는 매체란다. 이를테면 물에 관하여 공부 할 때 'ㅁㅜㄹ'을 배우는 것은 좌뇌학습이고 물이라는 물질을 직접적 으로 만져보는 것이 우뇌학습이란다. 유아기에는 창의성이 강하지만 성장할수록 창의성이 위축되어 잠들어 가는 현상이다. 왜냐하면 주변 의 모든 규칙이나 질서나 관습이나 가치관과 같은 규범이나 통념이나 준거를 받아들이고 거기에 적응하며 살고 있기 때문이다. 일찍이 활발 하게 기능하다가 점차로 잠든 우뇌의 기능을 일깨우는 것이 창의성 교 육이라고 할 수 있다.

브루너의 발견학습이론도 창의성 교육과 비슷한 성격을 가지고 있 다. 아동이 세계를 고찰하는 방법의 질적인 차이에 해당하는 양식은 행 동적 표현, 영상적 표현, 상징적 표현으로 분류하여 설명하지만 이것 은 표현양식의 발달과정에 관한 것이고 사람들은 모든 표현양식을 통 합하여 자유로이 표현한다는 것이 브루너의 견해이다.

또 하나 주목할 만한 것은 학문중심교육과정이다. 현대의 지식과 기 술은 폭발적으로 증가하기 때문에 그 모든 것을 교육과정 속에서 조직 화한다는 것은 불가능하다. 따라서 암기위주의 주입식 교육으로는 그 학습이 거의 불가능하게 되었다. 따라서 학교교육은 지식이나 학문의 가장 기본적인 개념이나 원리를 정선하여 적은 양의 지식으로도 그 활 용범위를 극대화할 수 있는 생산적인 교육방법을 강구하는 것이다. 따 라서 학문중심교육과정은 경험중심교육과정이나 교과중심교육과정 의 한계를 극복하기 위한 것이며 교과의 구조와 학습방법에서는 탐구 학습(발견학습)을 중시한다. 그리고 분석적 사고만큼 직관적 사고를 중시하며 학습자의 외적 동기보다는 내적 보상에 의한 학습동기의 유발이 필요하며 학습에 있어서 창의성을 강조한다.

그렇다면 창의성은 과연 어디서 길러질 수 있을까. 과연 우뇌를 자극하는 방법만으로 길러질 수 있을까. 이러한 질문에 대하여 '그렇다' 고 대답하기는 매우 어려울 것이다. 창의성은 좌뇌의 기능을 배제하고 길러질 수 없다고 볼 수 있기 때문이다. 한국의 교육에서 창조성교육이 거의 이루어지지 않는다는 것은 주입식 교육에 치우쳐져 있다는 것이며, 캐나다의 교육은 주입식 교육에 치우쳐져 있지 않다는 것이 아닌가. 나의 생각으로는 분명히 좌뇌의 기능이 창의성 교육을 돕는다고 볼 수밖에 없다.

학생들은 좌뇌를 쓰는 과목과 우뇌를 쓰는 과목을 번갈아 공부하면 집중력을 기르는 데 효과적이라고 한다. 좌뇌의 '큰골' 은 논리적 사고를 담당하는데 수학문제를 꼼꼼히 풀어내거나 이야기를 하거나 듣는 것도 좌뇌가 담당한다. 수학 · 국어 · 법학 등과 관계가 깊다고 한다.

우뇌의 '작은골' 은 슬픔이나 기쁜 감정, 체험, 창작력, 예술을 감상하는 것과 같이 그다지 논리적이지 않은 것들에 대한 사고를 담당한다. 미술, 체육, 음악 등과 관계가 깊다고 한다.

좌뇌와 관계가 깊은 수학이나 법학 등은 논리적이고 비약을 허용하지 않는다. 인과관계나 체계가 중요하게 다루어진다. 그러나 우뇌와 관계가 깊은 예술은 감정과 창작이 중요하게 다루어진다.

그런데 나는 그 어느쪽에 강한지 잘 알 수가 없었다. 수학이나 논리학이나 모두 우수한 성적을 거두지는 못하였던 기억이 생생하다. 그러면서도 법학과 철학을 공부하고 그 분야의 교수직에 종사한 것은 잘못된 것은 아닌지 알 수가 없다. 나는 스스로 자신의 창의성을 생각해 보아도 특별한 것이 없었다. 어려서부터 글쓰기를 해 온 셈이긴 하지만 아주 남다른 창의력을 발휘하여 글을 쓰진 못하고 비교적 논리적으로 쓰는 경향이 강하였다고 생각되었다. 최근 들어 《맹교수의 사랑방 이야기》라는 장편노인소설을 출판하였지만 흔히 말하는 '허구'를 생각하지도 않았기 때문에 겉으로 보기에는 소설 같으면서도 내용적으로는 수필의 한 변형에 지나지 않는 것이었다. 나는 과연 좌뇌가 발달한 것인지 아니면 우뇌가 발달한 것인지 아니면 양자가 똑같이 평형을 이루고 있는 것인지 알 수가 없다.

그러나 저러나 캐나다의 교육에서 창의성을 강조하는 것은 우뇌의 발달과 관계가 깊고 우뇌의 발달을 강조하는 것은 무슨 까닭인지 궁금하였다. 좌뇌보다 우뇌의 발달이 더 중요하기 때문인지? 그렇지 않은 것 같다. 좌뇌나 우뇌나 다 같이 중요하다고 보아야 하겠다. 그렇다면 무엇 때문인가. 어린이들은 생리학적으로 보아 우뇌의 발달이 강한 시기이고 우뇌의 발달이 정상적으로 이루어져야 차츰 성장하면서 좌뇌의 발달과 균형을 이루기 때문이 아닌가 싶다.

그런데 한국의 교육에서는 어린이들의 발달과정을 도외시하고 너무 일찍 좌뇌를 자극하는 교육에 치우치기 때문에 우뇌의 발달이 저해되고 그로 말미암아 좌뇌와 우뇌의 발달과정에서 균형이 깨어지고 건전한 성장에 장애를 초래하는 것이 아닌가 생각되었다. 요컨대 캐나다의 교육은 어린이들의 발달과정을 중시하는 것이라고 판단된다.

이런 문제는 결코 경솔히 다루어져서는 안 되는 중요한 문제이다. 인간으로서의 자아성취나 건전한 사회의 건설이나 국가발전과도 깊이 연관된다고 보아야 한다.

04
독서토론회

나는 서재로 들어가 인터넷을 들쳤다. 그리고 독서토론회 주제를 검색하였다. 원래는 토론회의 커리큘럼에 따라 책을 구하여 읽고 요약하여 독후감을 발표해야 하는 것이지만 주제도 모르고 있었던 것이었다. 주제는 장영희의 에세이집 《살아온 기적 살아갈 기적》이었다. 인터넷을 통해 보니 주인공은 언젠가 신문에서 읽은 서강대 영문학과 교수였다.

그는 장왕록(張旺祿) 교수의 딸이었다. 장왕록 교수(1924~1994)는 영문학자요 번역문학가로 아호는 우보(又步)이다. 평남 용강에서 출생하여 어려서 한학을 배우고 평양 제2중, 경성제대 예과 문과, 서울대 문리대 영문과를 거쳐 서울대대학원에서 영문학 석사학위를 받았다. 미극동공군 한국본부 번역과장, 서울대 문리대 강사, 서울대 사범대 교수를 역임하고 미국 아이오아대학 문학 석사를 거쳐 서울대에서 문학박사 학위를 받았다. 서울대 인문대 교수로 근무하고 미국 하바드대학 연구 교수와 각종 학회장을 역임하고 60여 편의 영미작품을 번역하는 등 혁혁한 업적을 쌓았다.

이처럼 훌륭한 교수 슬하에서 자라난 장영희 교수는 아버지의 영향을 많이 받았으리라는 짐작이 가능하게 된다. 장영희 교수는 아주 어렸을 때 소아마비에 걸려 목발이 아니면 전혀 움직일 수 없는 장애자였지만 초·중·고와 대학을 마치고 미국에 유학하여 영문학 박사학위를 취득하고 모교 서강대에서 교수로 봉직하다가 유방암이 전이하여 척추암과 간암으로 투병하다가 삶을 마감하였다. 장 교수의 아버지는 '아무리 운명이 뒤통수를 쳐서 살을 다 깎아먹고 뼈만 남는다 해도 울지 마라. 기본만 있으면 다시 살아날 수 있다. 살아 아프다고 징징거리는 시간에 차라리 뼈만 제대로 추려라. 그게 살 길이다'라고 딸에게 말했단다. 그는 투병 중에도 거의 멈추지 않고 후학을 위하여 강의를 쉬지 않았다. 에세이집에는 아름다운 그림이 많이 들어 있고 명언들도 많다고 한다. 에세이집 표지의 그림에서 새장 안에 들어 있는 새는 장 교수가 운명의 울타리에 갇혀 있는 모습을 보여주는 것이라고 해석한다. 그는 신체적 장애에다 불치의 질병을 짊어지고 살다 간 운명의 울타리를 벗어나 이제는 영원의 세계, 질병도 고통도 번뇌도 없는 세계로 떠나고 만 것이었다.

회원들은 제각기 독후감을 말하고 책을 읽지 않은 사람들은 읽은 사람들의 이야기를 경청하였다. 분위기는 진지하고 인간의 행복은 '열심히 사는 것'이고 열심히 살 수 있는 은총을 만족해야 한다는 공감을 형성해 나갔다. 토론 도중에 지도교수는 최근에 일어난 일을 털어 놓았다. 부군과 함께 평소에 친분이 있는 사람의 수퍼마켓에 들렀는데 부군이 빈 의자에 앉자마자 주인은 앉지 말라고 소리치더라는 것이었다. 비어 있는 의자고 다른 손님이 온 것도 아닌데 무안할 정도로 나무라듯하는 주인의 태도가 너무나 섭섭하여 집으로 돌아와 한없이 눈물을 흘렸다고 한다. 그의 부군은 뇌졸중으로 두 차례나 쓰러져 입원하였던 병력이 있고 이제 회복기에 들어 있으나 정신지체상태에 있었다.

'왜 이런 봉변을 당해야 하나? 병자이기에? 가난하기에? 권력이 없기에?'

다음날 마켓에 들러 의자에 앉지 못하게 한 연유를 물었다고 한다. 주인은 손님을 위하여 다른 의자를 권했을 뿐이니 오해하지 말라고 하더란다. 그런데 그 '오해하지 말라'는 말이 또 귀에 거슬리더란다. '오해라면 오해한 사람이 잘못이라는 말이고 결국은 주인에게는 잘못이 없고 내가 잘못이라는 것 아닌가?' 이리하여 섭섭한 감정은 풀리지 않더라는 것이다.

그는 왜 하필이면 독서토론 시간에 그 이야기를 털어 놓았을까? 부군의 질병도 하나의 운명이고, 질병은 서러움을 안겨주는 운명의 굴레라고 생각하는 것 같았다. 질병은 서러운 것, 멀쩡한 사람의 뒤통수를 치는 운명의 소위이다.

마지막으로 나에게 발표할 차례가 돌아왔다.

"여러 사람의 좋은 독후감을 잘 들었습니다. 장 교수는 아주 어려서 장애자가 되었습니다. 장애는 사람의 의욕을 위축시키고 좌절을 가져오고 절망을 가져오기 쉽습니다. 그러나 장 교수는 그것을 극복하고 교수가 되었으며 불치의 질병에서도 최후까지 열심히 살았습니다. 그런데 최선을 다하여 살아온 원동력은 무엇일까요? 희망(hope)이나 의지(will)라고 생각합니다. 권력(power)에의 의지, 살고자 하는 의지 같은 것이지요. 권력에의 의지는 초인(overman)이 되는 의지이고 초인이 되는 의지는 주체적인 인간이 되는 의지라고 말할 수 있지요. '죽음에 이르는 병'이라고 말하는 절망에서 벗어나 희망으로 가는 길에는 초월자에 의지하는 방법이 있겠지요. 장 교수는 초월자를 믿었을 것 같습니다. 그것이 곧 종교적 실존이지요. 부처님은 제자들에게 자등명(自燈明)과 법등명(法燈明)을 말했다고 합니다. 자신에게 있는 불성과 우주에 있는 불성에 의지하고 살라는 것이었습니다. 세상은 흔히 고해에 비유되지요. 망망대해에서 거친 파도와 싸우며 항해하다가 평온한 섬을 만나 기항하면 고통과 번뇌가 사라지는 것처럼 말입니다. '등'이란 말은 본디 '섬'을 가리키는 말인데 한문으로 번역하는 과정에서 달라진 것이라고 합니다. 장 교수는 장애와 싸우고 질병과 싸우면서 최선을 다한 의지의 삶을 보여주었습니다. 나도 그의 에세이집을 사서 꼭 읽겠습니다."

'삶이란 무엇이며 운명이란 무엇인가?' 모두 박수를 치며 토론회를 종결하였다. 그러나 많은 여운이 독서실과 복도를 거쳐 거리를 감돌았다.

바로 다음 날 나는 장영희 에세이 《살아온 기적 살아갈 기적》을 사다가 프롤로그와 에필로그를 먼저 읽었다. 장 교수는 에필로그의 맨 끝 구절에서 말하였다.

'그래서 난 여전히 그 위대한 힘을 믿고 누가 뭐래도 희망을 크게 말하며 새봄을 기다린다.'

'그 위대한 힘'이라는 것은 희망의 힘이었다. 그가 희망을 크게 말한다는 것은 희망을 강렬하게 갖겠다는 것이다. 장 교수의 모든 글을 읽지 못한 처지에 별다른 정보도 없어서 잘 알 수는 없으나 특별한 종교적 초월자를 의지하는지 않는지는 알 수가 없었다. 그러나 희망이라는 말 자체가 초월자와 비슷한 어떤 개념적 공통점을 갖는 함의를 지니고 있는 것처럼 느껴지기도 하였다.

장 교수는 두 마리의 쥐에 대한 실험을 소개하였다. 한 마리는 독에 넣어서 광선을 완전히 차단해 놓고 다른 한 마리는 독에 넣어서 광선을 차단한 후에 바늘로 구멍을 뚫어 놓았더니 광선을 완전히 차단한 쥐는 1주일 만에 죽고 바늘구멍으로 광선이 들어간 쥐는 2주일이나 더 살더라는 것이었다. 바늘구멍에서 들어오는 그 가느다란 광선에서 희망이 감돌았던 것이다. 그리하여 장 교수는 희망을 믿고 희망에 의지하고 장애와 질병과 모든 어려움을 극복해 온 것이었다. 그의 희망은 그의 의지였다.

돌이켜 보면 나도 희망을 믿고 희망의 힘으로 살아온 것을 깨달았다. 공부한다는 희망으로 학교엘 다니고 상급학교에 진학하였다. 내가 대학에 진학한 것은 전적으로 희망의 힘이었다. 나는 6·25전쟁이 치열하게 이어지고 있는 동안에 대학입시에 합격하고 등록하였으나 문교정책에 따라 좌절을 당하고, 3년이나 지난 후에 다시 신입생이 되어 어려운 형설의 길을 걸었으며 두 번의 석사과정을 거쳐 박사과정을 이수하였다. 희망과 의지는 동의어로 기억되었다. 독서토론회를 통하여 새로운 희망과 의지를 더듬어보게 되었다.

05
《맹교수의 사랑방 이야기》

나는 《맹교수의 사랑방 이야기》를 출판하여 몇몇 친지에게 나누어 주고 나서 과연 독자들이 어떻게 받아들이고 있는지 궁금하였다. 어느 노파는 고등학교 국어과 교사를 역임하였다고 하는데 책이 매우 좋더라고 하며 그렇게 글을 잘 쓰는 줄은 몰랐다고 하였다. 또 한 여인은 책이 매우 재미있더라는 말과 함께 그저 가볍게 읽고 말 책은 아니더라고 하였다. 대화를 많이 하는 형식이지만 그 대화 속에서 독자들에게 많은 것을 전하려는 의도가 보이더라고 하였다. 그리고 이어서 자기는 책을 읽는 것을 즐기며 좌욕을 하면서도 책을 읽는다고 하였다. 그는 남편에게 하루 한 번은 반드시 웃기는 것이 일과라고도 하였다. 나는 남편을 하루 한 번 웃기는 여자라면 얼마나 남편에게 사랑을 받을까 싶었고 그런 아름다운 지혜가 독서에서 나온 것이라고 생각되었다. 그러면서 한 편으로는 내 자신이 내자를 하루 한 번 웃기는 사람이 되고 싶었다. 사람을 웃기는 것은 상대방을 사랑하는 것이요 상대방을 사랑하면 반드시 그 사랑이 되돌아 올 것 같았다.

'중원정보센터 성인독서회'에서는 나의 저서를 가지고 독후감을 발표하고 토론하게 되었다.

"교수님은 언제나 학문적으로 이야기하시기 때문에 학설을 듣는 기분이었는데 작품을 읽어보니 얼마나 쉽고 부드러운지 놀랐어요. '강의와 소설은 이렇게 다르구나!' 하는 기분이었어요. 그리고 우리 부모님들을 생각하게 되었어요.《사랑방 이야기》에 나오는 주인공들의 어느한 분은 나의 아버지나 어머니에 해당하는 것 같았어요. 그리고 과연우리 부모는 지금 고독이나 소외를 느끼지 않을까 생각하고 부모님에대한 관심이 일어나더군요. 아무튼 좋은 소설을 써주서서 고맙습니다."

"나도 비슷한 느낌인데요. 우리 아버님은 젊으실 때 대단히 명석하셔서 많은 사람에게 칭송을 들을 정도였대요. 그런데 광주일고를 졸업하고 가정 형편상 대학을 가지 못하고 체신부에 취직을 하셨어요. 그때실력으로는 서울대를 가서도 남는데 취직을 하였으니 얼마나 아까운일이겠어요. 아버지가 서울대만 가셨으면 팔자가 달라졌을 텐데. 내 팔자도 달라지고. 그런데 아버지가 퇴직을 하시고는 점점 총기도 약해지고 남과 대화도 안 하시고 가정에서도 말이 없고 무엇을 여쭈어보아도'모른다'고만 하셔요. 아마도 심각한 우울증에 빠지신 것 같아요. 설상가상으로 지금 간암이 위중하여 도저히 희망이 없어요. 너무 늦게 발견하여 이제는 수술기회를 실기하고 말았대요. 이 소설을 읽으면서 부모에 대한 효도를 생각하게 되었어요. 그리고 많이 뉘우치게 되었어요.부모님께 효도하지 못한 것이 부끄럽기만 해요."

"이 소설은 '노인소설'이라고 하지만 젊은이들도 읽어야 할 책입니다. 소설의 내용이 대단히 풍부하여 가족관계나 인간관계나 사회문제정치문제 등 모두 다시 한 번 생각하게 합니다. 그리고 많은 지식을 얻을 수 있어서 교양을 넓히는 데도 크게 도움이 됩니다."

"나는 우리 어머니를 생각하게 되었어요. 어머니는 스물일곱에 혼자 되셨는데 할머니를 모시고 우리 남매를 기르느라고 그야말로 간난고절을 행하셨어요. 그래서 나와 동생이 결혼하고 나서 우리 고모님이 나에게 말하기를 어머니를 개가시켜 드리자고 하더군요. 할머니는 고모님이 모시겠다고요. 그래서 동생하고 의논하였더니 동생은 찬성하지 않더라고요. 그런데 동생보다도 근본적인 문제는 어머니한테 있었어요. 어머니가 아주 펄펄 뛰시는 거예요. 진심으로 거절하는 것인데 도저히 어떻게 할 수가 없었어요. 재혼대상은 교장을 하다가 퇴직하신 분인데 여러 가지 면에서 잘 어울릴 형편이고 지금도 홀로 농촌에서 사시는데 한 편으로는 거룩하기도 하고 한 편으로는 가련하기도 하고 그래요. 아무튼 이 소설은 많은 생각을 하게 하고 독자를 반성하게 하는 힘이 있어요. 문장도 아주 부드럽고 쉬워서 좋고요."

"좋은 이야기들 많이 해 주셨는데 소설을 전공하는 전문가의 입장에서 보면 우선 내용이 좋습니다. 모두 건전하면서도 맹목적인 주장이나 견해가 아니고 깊이 성찰한 내용임이 드러납니다. 그런데 16편으로 구성된 하나하나의 챕터가 각각 한 편의 작품으로 이루어져 있어서 연작소설의 형식에 해당합니다. 16편의 단편소설을 모아 놓은 셈이지요. 그렇다면 한 편 한 편이 완전한 소설의 형식을 갖춰야 하는데 여기에는 다소 미흡한 점이 있습니다. 모두 플롯(plot)상의 이론적 형식적 양식을 갖추었다고 볼 수는 없으니까요. 그래서 작가 자신도 '필자후기'에서 '수필의 변형'이라고 밝혀 놓았지만요. 소설에서 중시하는 묘사에서도 다소 미흡한 점이 있습니다. 그러나 전반적으로 재미도 있고 교훈적인 면이 강하여 누구에게나 도움이 되는 좋은 작품이라고 생각합니다."

맨 나중에 이야기한 것은 지도교수의 종합평가였다. 나는 독후감과 종합평가를 들으며 역시 소설의 전형에 충족될 만한 작품은 아니라고 생각하였다. 그것은 미리부터 짐작하였던 것이고 나는 하나의 '수필가', 그것도 '애송이 수필가'나 '만년이등병 수필가'로서 우연하게 만들어 놓은 우연한 소설이라고 생각하였다.

그런데 2가지 질문이 있었다. 하나는 '치어스'(cheers)의 메뉴를 소개한 이유이고, 또 하나는 안내 또는 소개에 해당하는 구체적인 정보를 제공하는 이유가 무엇인지 묻는 것이었다. 치어스의 메뉴를 소개한 것은 '치어스'라는 단어가 '건배'나 '진수성찬'을 가리키기도 하고, 광고지에 대중음식점이라고 소개하는 글귀가 있고, 20여 가지의 음식이 소개되어 있기 때문이며, 구체적인 정보에 가까운 내용을 포함한 것은 그만큼 사실을 중시하는 의도라고 나는 대답하였다. 소설을 '허구'라는 관념에서 생각한다면 '사실'로서의 정보는 마땅히 제외되어야 하지만 소설에서 '사실'은 절대적으로 배격되어야 한다는 철칙은 없고 '사실'과 '허구'가 모두 소설의 구성요소가 될 수 있다고 믿었다.

나는 다른 질문을 기대하고 있었다. 그것은 '6·25'를 비롯한 한국의 정치적·이념적 성격을 띤 문제들이 소설에서 다루어져 있기 때문이었다.

'6·25'는 내가 결코 잊을 수 없는 대사건이었다. 젊은이들은 그것이 자기와는 아무런 상관도 없는 사건이고, 오히려 통일전쟁이라 정당하고, 통일이 성취되지 못한 것은 한국을 도와준 유엔 50개국 때문이라고 생각할지 모르는 것이었다. 그러나 '6·25'는 결코 지나간 사건이 아니고 지금도 계속되고 있으며, 특히 '동족상잔'을 정당하게 보는 것은 문제라고 생각되었다. 왜냐하면 6·25는 너무나 많은 인명의 손실과 물질적 손실을 빚었고, 북한은 정전협정체결 이후에도 계속하여 도발행위를 감행하였고, 아직도 한국사회에는 이념적 갈등이 해소되지 못하고 있다는 현실을 도외시할 수 없다고 생각되었다. 그러나 이러한 문제를 논의할 만한 시간적 여유도 없었고 분위기도 아니었다.

내가 항상 생각하는 것은 이른바 정치인들이나 지성인들 가운데는 아직도 자유민주주의의 우월성을 인정하지 않는 것처럼 보이는 사람들이 자주 나타난다는 것이었다. 문제는 자유민주주의의 취약점을 인정할 수밖에 없음에도 불구하고 그 이상의 대안이 없다는 것이다. 그 증거는 역사적으로나 현실적으로 증명되고 있다. 만일 사회주의가 자유민주주의보다 우월한 것이라면 지금 온 세계가 그것을 향하여 나아가고 있을 것인데도 불구하고 그와는 정반대로 사회주의 국가는 거의 없어지고 말았는가하면 아직 사회주의 체제를 유지하고 있는 나라도 자본주의 시장경제원리를 도입함으로써 겉으로는 붉으면서 속으로는 하얀 사과처럼 변질하였다는 엄연한 사실을 도외시할 수는 없다. 그뿐만 아니라 대한민국의 법통성이나 정통성을 부정하는 사실에 대하여도 무관심할 수가 없었다.

어느 시대 어느 사회에나 비판세력이 필요한 것은 사실이지만 그 비판의 목적이나 동기가 건설적이어야 한다는 것이다. 그리고 내가 항상 걱정하는 것들은 이른바 정치인들의 극한투쟁과 비타협적 태도와 소수의 폭력과 언론의 왜곡된 보도였다. 특히 국회의원들의 행태가 국익이나 민생보다는 당리당략에 따른 의정활동으로 치닫고 있다는 것이다. 국민의 다수가 지지하여 다수당이 된 여당이 소수의 국민의 지지를 받은 야당에게 밀리어 민생법안도 처리하지 못하는 실정을 보며 한숨을 내쉬지 않을 수 없다. 국회의원은 어디까지나 국회에서 의정활동으로 국가에 봉사하는 공직자임에도 불구하고 국회를 떠나 거리에 나가서 불법시위군중과 합류하고 불법시위를 선동하는 사례가 비일비재하다는 사실을 걱정하지 않을 수 없다. 불법시위를 선동하는 의원들은 자기들만이 국민의 대표인 것처럼 떠들어대는 비상식적인 모습을 보면서 마음이 편할 수가 없다. 일부 의원들의 행동은 때때로 국가의 발전을 위하여 봉사하는 공직자가 아닌 무뢰한들의 행동처럼 보이기도 한다. 욕설을 퍼붓는 것은 예사이고 의장석을 점거하기도 하고, 출입문을 부수기도 하고, 상대방의 멱살을 움켜잡기도 하고, 감시카메라를 작동하지 못하게 만들기도 하고, 보좌관을 시켜서 반대당 국회의원의 목을 조르기도 하며, 심지어는 최루탄을 투척하여 아수라장을 만들며, 사람들이 와서 국회를 포위하고 의사를 방해하기를 선동하기도 한다. 의사 일정에 참가하지는 않고 거리에 나가서 불법시위에 가담하면서 공무 집행이라고 주장하기도 하고, 불법시위를 진압하는 책임자로서 국회 의원을 만나러 가는 경찰서장이 시위 군중에게 구타를 당하여 상처를 입고 병원에 입원한 사건에 대하여 서장의 자작극이라고 매도하면서 폭행자를 옹호하기도 한다. 국가의 재정은 생각지 않고, 취업하기 어렵고 살기 힘 드는 계층을 선동하여 보편적 무상복지만을 외치면서 자기만이 애국자요 국민의 대변자인 것처럼 위장하고 위선을 일삼는 의원들이 많고 그것을 그대로 모방하여 사리사욕이나 당리당략을 꾀하려는 의원들도 많다. 너무나 형편없는 의원들의 꼬락서니를 보고 어떤 사람들은 자기 집안에 국회의원 나올까봐 겁난다고 한다.

그런데 이러한 정치인들의 행동을 비판할 줄 모르고 오히려 그들에게 동조하는 젊은이들이 상당히 많다는 것이 걱정이다. 어떤 논객들의 주장에 따르면 한국의 젊은이들이 정치면에 너무나 모른다는 것이다. 우파들의 주장에는 귀를 기울이지 않고 좌파들의 주장에만 귀를 기울이고 좌파의 주장에 맹목적으로 동조한다는 것이다. 일부 청년들은 대한민국의 건국과 발전과, 자신이 지금 누리고 있는 복지가 어떻게 가능하였는지를 생각지도 않고, 알려고 하지도 않고 편견에 사로잡혀 있으며, 좌파에서 주입한 계급의식에 사로잡혀서 기성세대와 중산층과 기득권계층을 적대시하고 증오한다는 것이다. 그리고 국회의원들의 상투적인 폭언과 폭력이 전국적으로 확산되고 특히 청소년들에게 영향을 주어 학생들이 걸핏하면 교사에게 폭력을 가한다는 것이다.

《맹교수의 사랑방 이야기》에서는 그런 정치적인 문제를 상세히 다루지 않았지만 마치 당의정이 겉은 달아도 속은 쓴 것처럼 일상적인 이야기 속에 정치적인 이야기가 은근히 포함된 것이었다.

동부 · 코오롱 아파트 노인회장은《맹교수의 사랑방 이야기》에 대하여 다음과 같이 소개하였다.

이 책은 저자가 정년퇴임하고 노인회에 나가면서 새로 보게 된 노인세계의 실지 이야기를 학자적 관점에서 보고 느낀 대로 기록한 것이다. 저자는 동서양의 학문을 섭렵하고 특히 동양철학 분야에서 평생을 통하여 심오한 학문연구와 후진양성에 힘썼으며,《맹교수의 사랑방 이야기》에서는 현대사회의 정신세계를 가감 없이 진솔하게 파헤쳐서 독자로 하여금 친밀감을 갖게 하고 전폭적으로 수긍하게 한다.

이 책을 읽다 보면 지난 세월 곤궁한 생활에서 지금의 산업화 과정을 살아온 기성세대와 민주화되고 신산업사회에서 생장한 신세대간의 괴리된 사고를 어떻게 조화롭게 이해할 것인가 하는 많은 생각을 하게 된다. 남녀노소를 불문하고 가볍고 부담 없이 읽을 수 있는 책으로 판단되기에 일독을 권하고 싶다. (2009. 9)

그리고 김 교장의 평론은 다음과 같다.

《맹교수의 사랑방 이야기》는 분당지역에 있는 한 노인정의 회원들 간에 일어나는 일상생활을 소재로 하여 창작되고 작가의 예민한 관찰력과 우수한 문장력이 돋보이는 저서이다. 평상시 별 것도 아니며 사소하고 자잘한 언행들이지만 문장으로 잘 다듬어 놓으니 훌륭한 문학작품으로 승화한다는 사실이 놀랍다. 모두 16개의 목차로 이루어진 내용은 작가의 의도가 여실히 드러나고 명확하며 명료하게 전달되어 독자로 하여금 읽기에 부담이 없고 흥미를 느끼게 한다.

각 장마다 내재한 작가의 의도는 충효인의예지신(忠孝仁義禮智信)에 주안점이 있으며 혼탁한 사회를 정화하고자 하는 의도는 다수 회원들과 맹교수를 통하여 노변정담의 형식으로 전개된다. 이 글을 통하여 작가의 인생관이나 가치관이 충분히 반영되고 자아성찰과 자아노출이 진솔하게 드러나 작가에 대한 신망을 한층 높여준다. 이야기들은 독자의 한 사람인 본인이 인생 70년을 살면서 듣고 보고 경험한 것이기에 나 자신의 이야기가 아닌지 착각할 정도로 다가온다. 작품에서 소개된 '성경' 이나 '대장경' 의 글귀는 모두 내 소리이며 유교의 가르침이나 소크라테스의 말씀도 모두 내 소리이다. 2500년 전 이야기지만 잘 생각해 보면 내 생각과 성현들의 생각이 너무나 일치한다는 사실에 감탄하게 된다. 노인정 사랑방의 이야기들은 모두 내 소리나 다름없다.

한 세대를 함께 살아온 나이 비슷한 노인들의 삶에 대하여 서로 다른 경험과 경륜의 수레바퀴 자국을 드러내는 과정에서, 어려운 시기를 잘 참고 이겨낸 대목에는 박수를 보내고, 딱한 처지에는 안쓰러워하며, 현시국의 답답함을 토로하면서 공통분모에 공감하는 장면을 사실적으로 표현함에 부족함이 없다. 노인회의 구성원들이 보이는 특색은 형형색색으로 나타나는 무지개 색깔이다. 성격이나 취미나

연령의 차이는 말할 것도 없고 조선팔도에서 모여든 사람들로 고향
이나 출신학교나 젊은 시절의 직업에 이르기까지 다른 점이 많다. 그
럼에도 불구하고 서로의 실수나 부족한 점을 이해하고 화목하며 날
이 갈수록 인정이 새록새록 깊어짐을 이 책에서 찾아볼 수 있다.

 저자는 지난 세월 철학을 전공했고 대학과 연구기관에서 약 40년
이나 봉직했으며 정년퇴직 후에는 지역사회에서 '고전강좌'를 맡아
노후를 보람 있게 보내면서 노익장을 과시하고, 전공분야의 저서 외
에 6권의 수필집을 출판하기도 하였다.《맹교수의 사랑방 이야기》
속에 담겨진 주제를 하나로 묶어서 '사랑방'의 생활신조가 탄생하게
되었다. '우리 사랑방은 섬김과 나눔의 정으로 넘치는 우리들의 낙
원이다.'
                                                              (2009. 9)

 나는 독서토론회를 마치고 모란역까지 걸어서 지하철을 타고 이매
역을 거쳐 집으로 돌아왔다.
 "노인회관에 들러서 오셨나요?"
 "아니요."
 "전화가 두 차례나 왔던데요."
 나는 세수를 하고나서 옷을 가볍게 입은 채 '사랑방'으로 향하였다.
박 회장, 한 선생, 우 선생, 민 선생, 김 교장, 오 선생, 황 선생, 권 선생
등 여러 분들이 컴퓨터에 매달리기도 하고 장기판에 매달려 있었다. 쟁
반에는 먹다 남은 막걸리와 고구마와 바나나가 있고 배가 있었다. 조금
지나니 할머니 방에서 깨끗한 쟁반에 과일과 고구마를 다시 보내 왔다.
후래자를 위하여 유렴한 것이었다. 회장은 나에게 음식을 권하고 막걸
리를 냉장고로 가져가려 하였다.
 "회장님, 그대로 두세요."

"뭘, 막걸리요?"

"그래요."

"드실래요?"

"회장님 드세요."

"난 먹었어요. 교수님 드실래요?"

"그래요. 나도 한 잔만 하지요."

"그래요. 한 잔만 하세요. 막걸리가 약이래요."

벌써 몇 달 전부터 내가 그리도 좋아하던 술을 마시지 않는 것을 보고 이제는 아주 권하지도 않는 분위기가 되어 있었다. 나는 금주하고 싶은 생각을 가지고 있으면서도 절도 있게 일도(一刀)로 쾌단(快斷)하지는 못하였다. '안 마신다, 안 마신다' 하면서도 옆에서 따라주면 슬그머니 입에 대보고 결국은 한두 잔을 슬쩍 마시곤 하였다. 그런 짓을 눈치 채고 민 선생은 나의 잔을 슬그머니 집어가서 마시지 못하게 하지만 그것도 철저하진 못하였다.

그런데 이 날은 마침 민 선생이 장기에 정신을 팔고 나에게는 눈을 돌리지 않았다. 목이 컬컬하던 차에 시원한 막걸리의 유혹에 이끌리어 한 잔을 들이켜 보니 감로수처럼 달콤하고 시원하였다.

칠판에는 누구누구가 사과 1상자를, 고구마 1박스를, 포도 1박스를 가져오고 23일에는 최○○ 여사가 점심을 초대한다고 쓰여 있었다. 나는 1년 전에 점심을 한 차례 내고 나서 아직 아무것도 성의를 나타내지 못한 형편이었다. 여자 회원들보다는 남자 회원들이 자주 내지 않는 편이라고 숙덕공론이란다. 그러나 남자들이 없는 것보다는 있는 것이 좋다는 것이 여자들의 공론이다.

들리는 바로는 두산·삼호 노인회가 가장 잘 운영된다는 소문이 나서 이웃 노인회에서 일부러 견학하러 왔었단다. 일반적으로 남자들이 참여하지 않는 노인회가 대부분인데 비하여 남자들이 많이 참여할 뿐만 아니라, 서로서로 간식할 자료들을 기증하고 점심에 초대하는 것이나 남녀가 어울려서 노래를 부르는 것이나 목요강좌를 진행하는 것이 풍문으로 전해진 모양이다.

다음 날, 여자 회원들은 미니버스 두 대에 나누어 타고, 남자들 일행은 탄천을 가로 질러 걸었다. 식당은 언제나 붐비는 편이었다. 막걸리와 소주를 따라 건배하였다. 나는 '주류석'(酒類席)으로 가느냐 '비주류석'(非酒類席)으로 가느냐를 놓고 잠시 망설이다가 주류석으로 가고 말았다. 주류석은 음주하는 사람들이 모이는 자리다. 한때는 주류(酒類)가 주류(主流)였는데 지금은 비주류(非酒類)가 주류(主流)로 역전하는 기미를 보였다.

나는 막걸리 한 잔을 들고 건배하는 것이 즐거웠다. 단지 한 잔으로 만족해야 하지만 그 한 잔이 마음의 잔주름을 풀어주었다.

"오 선생님! 박 선생님! 회장님! 우 선생님!"

정답게 부르며 마치 자기가 한턱 내는 것처럼 건배를 하자는 것이 화기애애한 분위기를 조성하였다. 회장은 나에게 술을 권했지만 나는 정중히 사양하였다.

"그러면 한 잔 따라줘요."

회장은 반드시 남에게 술을 따라달라는 수작의 원칙을 고수하였다. 자작은 금물이었다. 그래서 자신이 잔을 비우고는 반드시 남에게 술을 권하고 남에게 술을 권하는 것은 자신이 술을 마시기 위한 절차로 활용되었다. 네 덩이의 갈비가 들어 있는 갈비탕은 만족할 만하였다. 갈비는 호주에서 들어오고 국물은 중국에서 들어온다는 말들이 있지만 크게 걱정할 것은 못되는 것 같았다.

사랑방으로 돌아오니 웃음치료사 강 선생이 기다리고 있었다. 강 선생은 아직 40여 세로 보이는 젊은 나이에 몸매가 날씬하고 얼굴도 미인형인 데다가 말소리도 낭랑하고 성품이 아름다워서 할머니들에게 호감을 주었다. 그는 노인들에게 알맞은 여러 가지 웃음과 체조를 가르쳤다. 앉거나 서서 구령을 붙이는 동작이나 노래에 맞추어 하는 동작이나 크게 웃는 동작이나 두 사람이 손을 잡거나 손뼉을 치는 동작이나 방바닥을 치며 크게 웃는 동작이나 모두 즐겁고 웃음이 나는 것이어서 할머니들은 모두 즐거워하였다. 그리고 한 마디씩 주고받았다.

"교수님이 계셔서 훨씬 즐거웠어요."

"호호호. 그래요."

"남자들이 있어서 할머니들 복장이 훨씬 달라졌어요."

"호호호. 그래요. 잘 보이려고……"

웃음치료와 체조가 끝나고 맹고(mango, 芒果) 쥬스를 나누어 마셨다. '맹고'라는 이름이 웃음을 자아내었다. 모두는 즐겁게 박수를 치고 개별 행동으로 들어갔다. 나는 집에서 출력해 온 '사랑'(《고린도전서》 13장 4~7절)을 복사하여 회원들에게 나누어 주었다.

'사랑은 오래 참고/ 사랑은 온유하며/ 시기하지 아니하며/ 사랑은 자랑하지 아니하며/ 교만하지 아니하며/ 무례히 행하지 아니하며/ 불의를 기뻐하지 아니하며/ 진리와 함께 기뻐하고/ 모든 것을 참으며/ 모든 것을 믿으며/ 모든 것을 바라며/ 모든 것을 견디느니라.'

나는 늘 팔이 아프다는 이 여사에게 시선을 돌렸다.

"오늘은 어떠세요?"

"아파요."

나는 습관적으로 여인의 손끝을 만졌다. 할머니들의 시선이 집중되었다. 착실한 불교신자로 알려진 봉법 할머니도 쳐다보았다.

"부처님도 이렇게 아픈 손을 만져 드렸지요?"

"그렇지요."

"이렇게 만져 드리면 부처님이지요?"

"글쎄요."

"사람들은 누구나 부처가 될 수 있으니까요. 그래서 불자들은 서로 서로 '성불하세요' 하고 인사하는 것이고……. 아픈 사람을 보고 자기가 아픈 것처럼 아파하고 손이라도 만져주면 부처님이 되는 거지요. 바로 옆에 있는 사람을 사랑하고 도와주는 것이 대자대비고요."

"그래요. 대자대비가 멀리 있는 것이 아니고 바로 가까이 있지요."

"그런데 이제 저쪽 박 여사 손이나 좀 만져 드리세요. 젊은 여자 손만 만지지 말고."

"그래요."

나는 웃으며 박 여사에게로 달려갔다. 그리고 손을 만져 드렸다. 박 여사는 웃으면서 즐거워하였다. 옆에서 한 마디 하였다.

"교수님은 인정도 많고 퍽 착해요. 자녀들도 모두 훌륭하다면서요?"

"나름대로 다 제 할 일하고 있어요."

"……."

06
따르룽!

피아노 위에 있는 070 전화기가 '따르룽!' 하며 울었다.

"여보세요?"

"아빠! 저 은아예요."

"그래. 잘 있었니?"

"예. 감기는 다 나으셨어요? 목소리는 좋아지셨네요."

"그래. 그런데 감기에, 안질에, 복통이 일어나서 기운을 차리기가 힘 드는구나."

"엄마는 교회에 가셨어요?"

"그래."

"그럼 혼자 계시겠네요?"

"그렇지. 혼자 있는 게 편하단다. 거긴 지금 몇 시냐?"

"여긴 지금 9시네요. 점심은 드시고요?"

"그래. 배가 아파서 요즘은 찰밥을 먹는단다. 은옥이가 있는 날은 별 식이 자주 나오는데……."

"엄마한테 별식 좀 해 달라고 하세요."

"엄마 별식이라면 칼레라이스 말이냐? 그래 요즘은 무얼 하고 있니? 영어 열심히 배우니?"

"영어는 화요일하고 목요일 교회 ESL 시간에 배우고, 수요일 금요일에는 도서관 Free Talking에 나가요."

"일주일에 나흘씩이나 나가면 많이 나가는구나. 열심히 해야지. 아이들보다는 훨씬 잘 해야 아이들을 가르치지. 엄마의 권위도 서고……."

교회에서 하는 ESL은 10~20명이 무료로 120분을 공부하고, 도서관에서 하는 Free Talking은 무료로 90분간 공부한단다. 그런데 교회에서 공부하는 사람들 가운데는 영어를 아주 못하는 엄마들도 있어서 진도도 잘 안 나간단다.

"그리고 또 뭐 배우는 거 없니?"

"그리고 'Sawing Club'에 나가지요."

"그래 거기서는 재봉공부를 하는 거냐? 수선이냐 재단이냐?"

"'Quilting'이라는 거예요.

"그게 무엇 하는 건지 모르겠구나."

"누비질하는 거예요. 두 겹의 천 안에다가 솜이나 깃털 같은 것을 넣고 누비는데 조각 천을 모아서 붙여서 만들기도 하고, 여러 가지로 해요. 이불이나 덮개나 방석이나 여러 가지로 쓸 수 있어요. 전부터 제 취미라 재미있어요."

나는 일찍이 어머니가 만들어 쓰시던 조각보가 머리에 떠올랐다. 못쓰는 헝겊 조각을 모아서 만드니 알뜰한 살림의 지혜로만 알았는데 지금 은아가 하는 것은 알뜰함보다는 취미에 가까운 것으로 보였다. 하루 2시간이고 6개월에 10불씩 1년에 20불을 내고, 재료대는 별도로 부담

하지 않는단다.

일요일엔 Willingdon Church에 나가서 예배만 보고 돌아온단다. 영어 생활권에서 생활하다보면 영어는 차츰 해결될 것도 같이 보였다.

"먼저도 이야기하였지만 정 박사가 거기서 혹시 전화하여 상담하게 되면 친절히 상담하여 도와주도록 하여라."

"알겠어요. 아빠 제자인가요? 제자는 아니지만 청주 사람이고 특별한 사이니까 부탁하는 거다. 본인이 직접 그 곳 대학에 부탁하여 주선해 주는 대로 하겠지만 만일의 경우에 부탁하면 네가 아는 대로만 정보를 제공하면 되는 거다."

내가 큰 딸 은아를 캐나다로 보내고 나서 가슴이 아팠던 일은 이제 벌써 옛일이 된 듯하였다. 한 편으로 생각하면 용기 있고 진취적인 결단을 보인 것이 대견하기도 하였다. 어떤 사람은 남편이 먼저 가서 자리를 잡고 불러도 가지 못하는 사람이 있다는데 그런 경우와는 상당히 다른 것이었다. 혈액형은 나처럼 O형인데 나는 아주 소심하고 담력이 약한 편이지만 아이는 나를 닮지 않고 용기도 있고 과단성도 있는 것 같다. 아마도 외택을 한 모양이다.

내자가 교회에서 돌아와 바둑을 두게 되었다. 초반전에는 언제나 내가 불리하다가 중반전이나 종반전에 가서 반전하는 것이 예사였다. 오늘도 아니나 다를까 초반에 불리하다가 중반에 들어서 극적으로 반전을 맞이하게 되었다. 그러나 내자는 한 수의 실수로 빚어진 너무나 뜻밖의 반전에 승복하지 않고 백돌을 떼어내 버리고 다시 흑돌을 두는 것이었다. 그렇게 되면 백의 행마가 죽어버리고 반전의 기회는 절대로 다시 오지 않을 것이 분명하였다.

"도대체 돌을 물리는 법이 어디 있단 말이오?"

"한 수 물려 주기도 하고 양보하기도 하고 융통성이 있어야지. 남에게는 양보도 잘 하면서 나에게는 양보를 못하겠다는 말이오?"

"룰이 깨어지는데 무슨 양보가 있어요? 날마다 텔레비전을 보면서 물리는 것 보았어요?"

"우리 바둑이 그런 고단자들의 대국인가요? 오락을 모르세요?"

"오락이라도 자신의 실수는 자기가 책임을 저야지, 남에게 전가하여 남을 낭패하게 하면 그게 오락이 될 수 있나요? 일상생활에서 룰을 무시하면 지성인이라고 할 수가 없어요."

"지성인이요? 거창하게 나오시네. 다시는 바둑 두자는 소리하지 말아요."

"맨날 자기가 두자고 하면서 왜 나에게 하지 말래요?"

나는 옥신각신하다가 양치질을 하고 밖으로 나갔다. 은행에 들러 생전 처음으로 계좌를 이체하여 XX포럼으로 회비를 납입하였다. 회원으로 가입한 일도 없지만 몇 차례 행사에 참가하고 유익한 행사라고 보이기에 협조하고 싶은 심정이었다. 가게에서 CD를 한 장 사들고 탄천으로 들어섰다. 어떤 할머니가 나물을 뜯고 있었다.

"할머니, 안녕하세요?"

나는 할머니 옆에 가서 앉아 무엇을 뜯으셨느냐고 말을 걸었다.

"글쎄요. 약초랄까요? 이런 것이 몸에 좋다고 해서 조금 뜯었어요."

"무엇에 좋답니까?"

"이것은 심장에 좋답니다. 우리 영감이 심장으로 가셨어요."

대강 이야기를 들어 보니 할머니는, 바로 경성제대 법학부를 졸업하고 중등교장과 교육감과 대학의 총장을 역임한 자하(紫霞) 선생님의 미망인인 것 같았다. 자하 선생님은 충북교육계에서 가장 덕망이 높으시고 존경받는 분이었는데 갑자기 집무실에서 졸도하여 서거하였다.

나는 나의 짐작을 확인하고 자하 선생님에 대하여 이야기를 나누고 싶었으나 사모님은 귀가를 서둘렀다.

바로 며칠 안에 다시 탄천에서 만나 이야기를 나눌 수 있을 것 같아 할 말을 미루고 말았다. 인연이란 참으로 묘한 것이었다.

사모님은 외로워 보였다. 아파트단지를 끼고 흐르는 탄천과 운중천 기슭을 배회하면서 약초로 보이는 풀을 뜯는 것이 취미인 듯하다. 따뜻한 햇볕도 쪼이고 시원한 공기도 마시고 운동을 겸하는 취미이니 다행이었다. 많이 구부러진 허리를 지팡이에 의지하는 모습은 지나간 세월이 덧없음을 말하는 것 같고 내 마음도 따라서 서글퍼지기에 이르렀다.

07
교육의 근본과 학교폭력

학생체벌의 당위성과 부당성이 한창 논의되고 있다. 체벌은 예로 부터 내려오는 관행이었으나 그로 인한 부작용이 많은 까닭에 부당론이 야기된 것으로 안다. 나는 일제 치하에서 직접적으로 심한 체 벌을 받기도 하고, 많이 목격하였기 때문인지 교육적인 체벌은 당연한 것으로 알고 있었다. 그러나 오늘날 학생체벌금지론은 강력한 설득력 을 발휘하고 있다.

초등학교, 중학교, 고등학교, 대학교에서 교육에 종사하였던 지난날 을 돌이켜보면 철모르고 교편을 잡았던 초등학교 교사시절에 체벌을 자주 하였던 사실을 자인하며 부끄러움을 감출 수 없다. 중학교와 고등 학교 교사 시절엔 체벌한 기억이 거의 나지 않는다. 걸핏하면 학생들에 게 폭언을 하거나, 볼을 때리거나, 회초리를 드는 동료교사들의 모습 을 보고 나는 민망한 마음을 억누르기 어려웠다. 중등학교 학생들만 하 더라도 많이 성숙하여 스스로 판단하고 행동할 수 있는 인지적 수준으 로 보였고 체벌로 지도하기는 부적절하다고 생각되었다.

학생들은 누굴 보고 배우는가? 가정과 사회에서 가족과 이웃을 보고 배우며, 학교에서는 동료와 선배를 보고 배우며, 특히 선생님을 보고 많이 배운다. 선생님은 학생들의 롤 모델(role model)이다. 닮고 싶은 대상이다. 내가 알고 있는 C대학교 J 교수는 대학원 지도교수의 일거수 일투족과 말씨와 음성까지 닮아서 화제가 되기도 하였다. 정도의 차이가 있을 뿐이지 선생님을 닮는 경향은 분명한 것 같다.

'불언이화교지신 솔선수범교지본'(不言而化敎之神 率先垂範敎之本)이란 말이 있다. 불언이화의 수준은 어렵더라도 솔선수범의 수준은 가능하다고 믿는다. 그러나 솔선수범으로도 불가능할 때는 부득이 칭찬도 하고 꾸중도 하게 되는데 이것을 일러 '억이양지유액이교지도지'(抑而揚之誘掖而敎之導之)라고 한다. 이것은 상벌(賞罰)의 수준이고 교육의 권변(權變)이다. 권변은 상도(常道)가 아니며 비상시에만 최소한도로 활용되는 것이며 솔선수범의 근본원리에 벗어나서는 안 된다. 권변이 허용되는 것은 오직 상도로는 불가능한 상황에서 상도의 근본을 살리는 경우에만 정당화하는 것이다.

교육의 가장 중요한 근본은 선생님의 솔선수범에 있다. 체벌은 그 형태와 정도에 따라 정당할 수도 있고 부당할 수도 있지만 그 한계는 학생에 대한 모욕이나 폭행이나 상해에 이르러서는 안 된다. (2010. 10. 『한국작가』 천자수필 참조)

그런데 요즘 신문을 비롯한 대중매체에서는 이른바 '학교폭력'에 대하여 대서특필하고 있으며 공개토론회도 자주 열리고 있다. '긴급진단, 학교폭력'(2012. 1. 7 KBS) 〈특집 생방송 심야토론〉에서는 손봉호 교수, 차명호 교수, 강지원 변호사를 비롯하여 관계전문가, 교사, 학부모, 피해자, 시청자들이 많이 참여하여 열띤 토론을 벌였다.

학교폭력의 현황은 다음과 같이 요약된다. 처음에 심부름을 시키고 음식물을 사오게 하다가 금품(현찰)을 요구하고 만일 듣지 않으면 강자들이 집단적으로 약자를 구타하고 심지어는 옷을 벗기고 성추행을 하기도 하고 여학생에게는 성폭행을 하기도 한다. 그러나 피해자는 보복이 두려워 교사나 부모에게 신고하지 않는다. 그 결과는 피해자가 고통을 감내하지 못하고 정신질환에 시달리기도 하고, 타학교로 전학을 가거나 드디어는 투신자살을 결심하고 죽기에 이른다. 그리고 피해자는 언젠가 자신이 당한 만큼 보복적으로 다른 약한 자를 선택하여 가해자로 변하기도 한다. 폭력배들의 일부는 교외의 조직폭력배의 지시를 받는다고 한다. 이 밖에 다문화가정의 아동에 대한 집단따돌림도 매우 심각하다.

토론자들은 학교폭력의 원인을 지적하였다. 우선 교사가 실상을 파악하기가 쉽지 않다는 것이다. 수업과 잡무로 바쁘고, 더구나 실외와 교외에서 사고가 벌어지는 경우가 많으므로 더욱 감시하기 어렵다. 또한 몰지각한 학부모들이 학교로 침입하여 함부로 교장과 교사들에게 폭언하고 심지어는 폭행도 하여 부상을 입히고, 경찰에 신고(고소)도 하여 교권이 완전히 실추되었기 때문에 학생들이 교사의 권위를 인정하지 않고 조금도 두려워하지 않는다는 것이다.

'학생인권조례'가 학생을 통제하기 어렵게 한다. 학생들은 '인권조례'를 악용하여 방종과 비행을 저질러도 무사하다고 생각한다. 가해자들의 가정환경을 보면 대개 결손가정이나 맞벌이가정이나 가풍(家風)이 바로 서지 못하거나 부모의 가정적 보호나 교육을 제대로 받지 못하고 부모와의 대화가 단절되었다. 그리고 폭력사건이 적발되더라도 피해자의 권익이 보호되는 것이 아니라 가해자를 지나치게 보호하는 결과가 된다.(경찰이나 사법기관에서 처리하는 경우도 마찬가지이다).

학교에서는 학교의 체면을 위하여 공개하지 않거나 학교장의 근무성
적평가에서 불이익을 피하기 위하여 축소하고 은폐한다. 또한 중요한
원인은 국어 · 영어 · 수학 중심의 경쟁교육에 치중하고 인성교육에는
소홀하다는 것이다. 국영수를 중심으로 하는 경쟁에서 낙오되는 학생
은 절망하기 쉽고 비행을 저지르기 쉽다. 간접적으로는 학생들의 교육
환경에 영향을 미치는 사회 환경에도 원인이 있다. 학생들은 항상 폭력
물과 음란물에 노출되어 있고 지도층의 부정부패와 파렴치와 폭언폭
력을 보면서 은연중에 모방하는 환경에 있다. 이밖에 여교사의 증가로
남교사가 너무 부족한 것도 하나의 원인으로 지적된다.

　그러면 어떤 대책이 필요한가? 토론자들은 다음과 같이 말한다. 가해
자를 엄벌하라. 미국에서는 피해자가 가해자를 살해한 행위에 대하여
'정당방위'를 인정하였다. 가해자와 그 부모(보호자)에게 민사상, 형
사상의 법적 책임을 물어야 한다. 휴대전화 메시지 발신신고로 성과를
거두고 있는 경남 통영시 충무중학교(백도승 교장, 박정환 교사)의 '학
급지킴이제도', 충북 충주 대원고등학교의 '1004지킴이'(아름다운 고
자질)제도, 제천 세명고등학교(윤석창 교장)의 '그린마일리지제도'와
같은 사례를 벤치마킹하라. 피해자가 자발적으로 신고할 수 있도록 교
육을 실시하라. 방관자의 신고정신을 길러라. 폭력을 방관하는 자는 비
겁하고 가해자를 간접적으로 지지하는 것임을 인식시켜라.(내부고발
을 유도하라). CCTV를 설치하라. 학생들과의 상담기회를 확보하라. 남
교사의 정원을 확보하라. 교육의 본질을 모르는 학부모가 많으니 학부
모교육을 강화하라. 초등학교에서부터 인성교육(협동교육과 타인존중
교육)을 철저히 하라. 구시대의 3R(Reading, Writing, Arithmatic)에서
일보 전진하여 새로운 3R(Respect, Resposibility, Relation)을 교육의 핵
심으로 삼아 인성교육(인격교육)을 강화하라. 남에게 피해를 주어서는

안 된다는 것을 교육하라. 가해자가 늘어놓는 변명 중에는 피해자가 원인을 제공하였기 때문이라거나 단순한 장난에 지나지 않았다는 것이 있는데 그러한 변명의 부당성을 지적하라. 교육정책을 근본적으로 혁신하라. 학교폭력방지대책에 필요한 예산을 확보하라. 가해자를 분리하여 대안교실 또는 대안학교에서 교육하라…….

모두 타당하고 납득할 수 있는 토론이다. 학생폭력의 문제는 교육의 문제이고 교육의 문제는 국가의 중요한 과제이다. 그리고 한국에서 일어나고 있는 학교폭력문제(비행청소년문제)는 선진국에서 일어났던 문제이며 새삼스러운 문제도 아니다. 다만 국가적 차원에서 선진국의 선례를 연구하고, 한국의 현실에 적용할 만한 교육적 사회적 정책을 철저히 연구하여 사전에 대책을 강구하지 않음으로써 많은 시행착오와 과오를 초래한 것이다. 따라서 국가적 사회적 차원에서 신중히 접근해야 하고 근본적으로 실질적인 효과를 거둘 수 있는 정책이 절실히 요구된다. 학교폭력의 문제는 교육의 문제이고 교육의 문제는 국가의 중요한 과제이다. 그리고 한국에서 일어나고 있는 학교폭력문제(비행청소년문제)는 선진국에서 일어났던 문제이며 새삼스러운 문제도 아니다. 다만 국가적 차원에서 선진국의 선례를 연구하고, 한국의 현실에 적용할 만한 교육적 사회적 정책을 연구하고 수립하여 사전에 대책을 강구하지 않음으로써 많은 시행착오와 과오를 초래한 것이다. 따라서 국가적 사회적 차원에서 신중히 접근해야 하고 근본적으로 실질적인 효과를 거둘 수 있는 정책이 절실히 요구된다.

우선 교육의 중심적 위치에 있는 교사들의 사기와 사명감이 중요하고, 교사들의 사기와 사명감을 진작시키기 위해서는 교권을 확립해 주고 근무조건과 환경을 개선해 주어야 한다. 아울러 학부모의 각성과 국가공권력의 적극적인 협조가 요구된다. (2012. 1. 8)

08
'아버지'에 대하여

'아버지'라는 낱말은 '자식'이라는 낱말과 대칭된다. 자식이 없으면 아버지도 없다. 따라서 아버지를 이야기하려면 자연히 자식과 연관하여 이야기하지 않을 수 없다.

부자일체(父子一體)라는 말이 떠오른다. 이 말은 부모와 자녀는 한 몸이라 서로 떨어질 수 없는 관계라는 말이다. 따라서 다른 어떤 인간관계보다도 가장 긴밀한 관계라는 것이다. 생물학적 유전학적 관계로 보아도 자식은 부모로부터 출생하였기 때문에 떨어질 수 없는 관계이고, 부모는 자식을 위하여 갖은 고생을 다하고 때로는 위험한 일을 무릅쓰기도 하며, 자식은 부모의 뜻을 받들고 섬김으로써 부자일체를 실현한다.

전통윤리에서는 이러한 부자관계를 중시하여 '부자자효'(父慈子孝)라는 말로 표현하였다. 부모가 자식을 사랑하는 것은 무조건이다. 그 자식이 잘 났거나 못났거나 자신의 분신으로 생각하고 모든 것을 바친다. 문인들은 이러한 관계를 시나 수필이나 소설로 표현한다. 어떤 소설가는 부모의 희생을 '가시고기'에 비유하기도 하였다. 가시고기는 새끼의 산란을 지키고 보호하기 위하여 치어를 입 속에 넣어 보호하기도 하고 독립된 개체가 되어 활동하기까지 굶으면서 새끼를 지키다가 지쳐서 죽은 후에는 새끼들로 하여금 자신의 몸을 파먹고 자라게 한다. 가시고기 외에도 자신의 몸을 새끼에게 바치는 동식물은 얼마든지 있다. 인류사회에서도 부모는 자신의 몸을 먹이로 제공하지는 않지만 모든 마음과 정력을 자식을 위해 바치는 것이다.

《성경》에는 탕자를 반기는 아버지 이야기가 있다. 작은 아들이 제 몫을 차지하고 외지로 나가 함부로 탕진하고 굶어죽게 되어 집으로 돌아가자 아버지가 반가이 맞아들여 살진 송아지를 잡아 잔치를 베풀었다. 큰 아들이 밭에서 돌아와 불평을 늘어놓자 아버지는 '죽은 자식이 다시 살아난 것이며 잃었다가 다시 얻은 자식'이라고 작은 자식을 옹호하고 큰 아들을 달래는 내용이다(누가복음 15:11~32절). 거지가 되어 돌아온 자식이라도 용서하는 것이 아버지의 마음이다.

자식은 이러한 부모의 뜻을 받들어 열심히 일하고 공부하며 부모를 공경할 뿐만 아니라 부모를 계승한다. 효(孝)라는 한자(漢字)는 본디 부모(늙은이 : 老)를 자식이 계승한다(子承老也)는 뜻이라고 한다. 생물학적으로나 유전학적으로 계승하는 동시에 윤리적으로나 정신적으로도 계승하는 것이다. 상제례(喪祭禮)의 축문에서 쓰는 '효자'라는 말은 부모의 생전에 효도한 자식이라는 뜻이 아니고 부모를 계승한 자식이라는 뜻이다.

'부모와 자식은 서로 그늘이 된다'(父子相隱)는 말도 있다. 섭공(葉公)이 공자에게 자기 마을의 직자(直者)는 그 아버지가 남의 양을 주워온 사실을 가지고 관헌에 고하였다는 말을 듣고, 공자가 사는 마을의 직자는 아버지가 자식의 그늘이 되고(父爲子隱) 자식이 아버지의 그늘이 된다(子爲父隱)고 하면서 정직이라는 것이 그 가운데 있는 것이라고 하였다. 부모와 자식 사이에서는 그 잘못을 서로 감추어 줄지언정 관청에 고발하지 않는 것이고 그것이 곧 정직이라는 것이다. 이것은 부모와 자식이라는 특수한 인륜에 따라, 일반적인 인간관계에서는 허용되지 못하는 특수한 윤리와 법리를 적용하는 것이다.

전통윤리에서 말한 부자관계는 군신의 관계보다도 우선하는 것이며 부자관계가 원만한 이후에 비로소 군신의 관계도 바로 설 수 있다(父子有親而後 君臣有正)고 한다. 부자관계는 혈통으로 맺어진 불가분리의 관계이지만 군신관계는 의리(義理)로 맺어진 관계이다. 따라서 군신관계는 인위적으로 분리될 수 있지만 부자관계는 인위적으로 분리될 수가 없다. 전통사회는 모든 국가가 군주정치의 체제를 갖추고 있었기 때문에 군신관계를 중시하였고 군신관계는 개인과 국가와의 관계라고 말할 수 있다. 따라서 개인과 국가와의 윤리 이전에 가정에서 이루어진 부자유친의 윤리가 우선하는 것은 당연한 일이다.

그러나 이러한 원론적인 이론은 그 상황에 따라서 역동성을 가지고 현실에 적용된다. 그 대표적인 예를 들면 중국 고대의 순임금이 부모의 허락 없이 혼인한 것이나 임진왜란 당시의 동래부사(東萊府使) 송상현(宋象賢)의 경우이다. 순임금은 그 아버지 고수(瞽瞍)가 너무나 완악하여 자식(순임금)을 죽이려고 하는 까닭에 혼인의 승낙을 기다릴 수가 없었다. 송상현은 일찍이 국란을 당하여 동래성을 사수하지 않으면 안 되었기 때문에 '군신의중 부모은경'(君臣義重 父母恩輕)이라는 글을 남기고 휘하의 장병들과 함께 순절하였다. 국가의 존망이 백척간두에 있는 순간에 택할 수밖에 없는 공직자의 사명을 수행한 훌륭한 본보기를 볼 수 있다.

자식은 부모가 계실 때는 그 뜻을 잘 살펴야 하고 부모가 돌아가시고 나서는 그 행적을 잘 살펴서 부모의 뜻을 받들어나가는 것이 효도의 실천이다. 그러나 언제까지나 부모의 지행(志行)만을 맹종할 수 없는 것이 인간사이다. 왜냐하면 시간은 흐르고 모든 사회현상은 변화하기 때문이다. 인간의 지식은 새로워지고 과학과 산업과 문화는 발달하고 인간의 가치관은 변화하기를 멈추지 않는 것이며, 자녀는 새로운 경험과 지식을 얻게 되고 부모보다도 훨씬 유능하고 지혜로운 인격을 갖출 수도 있기 때문이다. 이러한 상황에서는 자식이 부모보다 훨씬 총명하고 지혜롭고 고매한 인격을 갖출 수도 있기 때문에 부모의 어리석은 생각과 행위에 대하여 직언을 하지 않으면 안 된다. 이러한 직언을 간쟁(諫爭)이라고 한다. 증자(曾子)와 공자(孔子)는 다음과 같이 문답하였다.

"감히 여쭙건대 자식이 아버지의 명령에 복종함을 효도라고 할 수 있나이까?"

"그것이 웬 말이냐? 그것이 웬 말이냐? …… 옛날 천자에게 쟁신(爭臣) 일곱이 있으면 비록 무도하더라도 그 천하를 잃지 아니하고……, 아버지에게 쟁자(爭子)가 있으면 몸이 불의에 빠지지 않으니 그런 까닭에 불의를 당하여는 자식은 아버지에게 직언을 하지 않을 수 없다. ……그러므로 불의를 당해서는 직언을 해야 하는 것이니 아버지의 명령을 복종하는 것이 어찌 효도가 되리오?"

천자나 제후나 대부나 선비나 아버지나 모두 쟁신과 쟁우와 쟁자가 필요하고 그들의 간쟁으로 실수하지 않고 자리를 보전할 수 있다는 것이다. 여기서 우리는 부자자효의 참뜻을 알 수 있다. 아버지도 사람인 까닭에 천리(天理)를 벗어나 인욕(人慾)에 사로잡힐 수도 있다는 것을 전제하고 그러한 특수한 경우에는 평상시의 복종으로 효도의 참된 의미를 실현할 수 없다는 것을 인정하는 것이다. 아버지가 불의에 빠지지 않도록 간쟁하는 것이 효도가 되는 것이다.

기독교에서는 성경적인 아버지의 역할에 대하여 상세히 밝히고 있다. 자녀에게 '말씀'을 가르치고, 생활의 본을 보여주어야 하고, 징계해야 하고, 효도를 가르쳐야 한다는 것인데 징계하는 것, 이를테면 회초리로 때리는 것은 자식을 사랑하는 것(잠언 13:24)이라고 하였다. 다만 회초리를 들 때는 반드시 준비기도를 하고 하나님의 명령이라는 것을 자식에게 알리고 자식의 동의를 구하고, 분노나 즉흥적인 감정을 버리고, 사랑의 원리에 따라야 한다는 것이다(온누리 가정사역상담연구원 푸른 바다 집필 참조).

한국사회의 변화는 매우 급속히 이루어져 압축성장이라는 말이 회자되고 있다. 서구에서 수백 년에 걸쳐 발전한 문화를 수 십 년 동안에 우리의 것으로 받아들이면서 여러 가지 혼돈을 가져오기도 하였다. 오늘날 한국의 아버지들은 가정에서 전통적인 가부장의 위치를 벗어나 가족의 한 구성원으로 옮겨졌으며, 복잡하고 다양한 사회 속에서 많은 장애와 압력을 받으며 가정을 위하여 일하고 있다. 아버지들은 전통사회처럼 권위도 없고 존경도 받지 못하는 수가 많다. 따라서 자식들은 아버지에 대한 존경심의 쇠퇴와 더불어 아버지를 닮고 싶은 모범(role model)으로 삼지도 않는다. 오늘날 청소년 문제가 심각한 것은 곧 존경할 만한 모범이 적은 데 있다고 할 수도 있다. 청소년의 범죄와 비행을 연구하는 학자들은 부모의 행동이 부도덕하고 자식에 대한 훈육방법이 좋지 않거나 무관심한 경우에는 '부모부재현상'과 다를 바 없으며, 만일 너무 엄격한 분위기에서 자라거나 체벌을 받고 자란 청소년은 주체성과 창의성이 부족하고 강자에게는 비굴하고 약자에게는 거만한 성격을 지니기 쉽다고 지적한다. 사회적 모순과 부도덕과 타락은 많은 아버지들의 행동에 말미암아 나타나고 그것이 곧 청소년에게 모방으로 나타난다는 사실을 부정할 수가 없다. 그리하여 아버지의 역할은 가정의 차원에만 국한하지 않고 사회적인 차원에서도 바람직한 까닭에 '좋은 아버지 캠페인'이나 '나쁜 아버지 퇴치 캠페인'이 널리 필요하다는 주장이 일어나고 있다.

아버지는 아버지의 위치를 잘 지키고 그 역할을 충분히 수행할 지적, 정서적, 행동적 결단이 필요하다. (2010. 10. 13)

09
가족과 행복

20 10. 2. 13 「중앙일보」 기자가 귀성객 50명에게 '행복이란 무엇 이며 언제 느끼느냐'고 물었다. 대답은 대략 다음과 같다.

마음의 안정. 괴로움에서 벗어나는 것. 가족이 한 길로 가는 것. 보금 자리가 있는 것. 하는 일이 잘 되는 것. 아이를 키우는 것. 남편과 믿음 을 함께 나누는 것. 여자 친구와 데이트하는 것. 하루 세 끼 먹고 사고 가 없는 것. 평범하게 사는 것. 사람을 많이 만나는 것. 사소한 일에도 남에게 감사하는 마음을 갖는 것. 밴드에서 기타 칠 때. 가족이 모여 귤 을 까먹을 때. 돈이 많을 때. 남이 나를 웃음으로 반겨줄 때. 웃을 수 있 을 때. 친구들과 수다 떨고 놀 때. 추수해서 자식들에게 나누어 줄 때. 고향에 갈 때. 큰 걱정 없을 때. 아이가 크는 것을 볼 때. 군에서 전역할 때. 건강할 때. 하고 싶은 공부를 할 때. 할 일을 끝냈을 때. 가족들이 건 강할 때. 지하철에서 젊은이가 자리를 양보할 때. 기쁨과 슬픔을 누군 가와 함께 나눌 때. 컴퓨터를 만질 때. 노모를 찾아 뵐 때. 운동하며 땀

홀릴 때. 아이들이 현관에서 맞이해 줄 때. 아이가 대학에 들어 갈 때. 명절에 친척들을 만나 식사할 때. 가족에게 사랑 받을 때. 가족들이 걱정해 줄 때. 가족들과 여행할 때. 손자 손녀들이 뽀뽀해 줄 때. 손자 손녀가 공부를 잘 할 때.

귀성객들이 대답한 내용은 복잡하고 다양하고 지극히 개인적인 경우가 많다. 그러나 그 가운데는 가족과의 관계에서 느끼는 행복이 상당한 비중을 가지고 있다는 것을 알 수 있다.

가정은 우선 부부로 이루어지고 부부가 핵심적인 위치에 있으나 자녀가 있다는 사실도 매우 중요하다. 그런데 부모와 자녀라는 사이는 항상 사랑만이 넘치는 것은 아니고 때때로 긴장관계가 일어나기 쉽다. 부모와 자녀가 항상 사랑하고 존경하는 것은 당연하지만 부모의 사랑이 항상 자녀의 기대를 충족하기는 어렵고 자녀의 공경이 항상 부모의 기대를 충족하기도 어렵다. 특히 현대사회는 전통윤리의 붕괴로 인하여 자녀가 부모를 공경하는 정신이 희박하다고 지적되는 수가 많다. 그것은 농경사회에서 산업사회로 변천한 현대사회의 특성에 따른 것이기도 하지만 노부모의 형편에서 보면 결코 바람직한 현상이라고 볼 수는 없다. 자식이 있으면서도 독거노인이 많다는 사실은 우리 사회의 어두운 그림자라고 볼 수밖에 없다. 충남의 어느 지방에서 독거노파가 남의 집 지하실에서 오랫동안 빈곤하게 살다가 사망하였는데 무연고노인으로 알고 지방자치단체에서 장례를 치르려 하였더니 서울의 출세한 자식이 알고 모셔다가 성대하게 장례를 치르더라는 실화가 들린다. 젊어서는 자식들에게 모든 것을 바쳐 희생한 부모가 늙어서는 자식들에게 봉양을 받지 못하고 버려진 사례이고, 이러한 사례는 비일비재한 형편이다. 추사 김정희(秋史 金正喜)가 지은 백파선사(白坡禪師)의 비문에는 그 말미에 '사친여사불 가풍최진실'(事親如事佛 家風最眞實)이라는 말이 있다. 백파선사가 비록 불가에 귀의하여 수도생활에 들어가 있을지라도 부모 섬기기를 부처님 섬기듯이 하고 가풍이 매우 진실하였음을 짐작케 한다.

나는 가족과의 관계에서 느끼는 행복은 어떻게 가능한지 생각해 보았다. 건강이니 소원성취니 여러 가지가 거론될 수 있겠지만 그 밑바탕을 이루는 것은 '사랑'이라고 생각한다. 나는 기독교식으로 행하는 혼례에 여러 번 참석하여 주례가 《신약성서》〈고린도전서〉 13장에 기록된 '사랑'을 권면하는 말을 자주 들었다.

"사랑은 오래 참고 사랑은 온유하며, 시기하지 아니하며, 사랑은 자랑하지 아니하며, 교만하지 아니하며, 무례히 행하지 아니하며, 자기의 유익을 구하지 아니하며, 성내지 아니하며, 악한 것을 생각하지 아니하며, 불의를 기뻐하지 아니하며, 진리와 함께 기뻐하고 모든 것을 참으며, 모든 것을 믿으며, 모든 것을 바라며, 모든 것을 견디느니라."

이 가운데서도 특히 '온유하고 자랑하지 아니하며 교만하지 아니하며 무례히 행치 아니하며 성내지 아니하는 것'이 매우 중요하고 실천하기 어려운 항목이라고 짐작된다. 그 원인은 여러 가지가 있을 수 있겠지만 우선 한국사회에서는 여자보다는 남자가 교육을 더 많이 받았고 생활력도 더 강하고 육체적으로도 더 강한 편이고 사회적인 정보도 더 많이 가지고 있기 때문에 남자는 자칫하면 여자에 대하여 교만하고 여자를 멸시하고 성을 잘 내고 무례히 행하기 쉽다.

남자들은 자칫하면 여자가 집안에서 담당하는 가사노동이나 역할에 대하여 잘 이해하지 못하거나 경시하기 쉽고 여자들의 관심사나 지식은 남자들의 관심사나 지식에 비하여 값어치가 없는 것으로 생각하기 쉽다. 그리고 여자들은 완전무결하게 남자의 지배권 안에 있어야 하고, 가치관이나 인생관이나 종교관이나 교육관이나 모두 남자의 영향권 안에 있어야 한다고 생각하기 쉽다. 이리하여 남자들은 여자에 대하여 교만한 생각과 행동이 유발되어 무례히 행하기도 하고 성내기가 쉽다.

부인이 실수하였더라도 그것을 그 자리에서 지적할 필요가 없다. 지적하지 않아도 그것이 실수라는 것을 스스로 안다. 그 자리에서 모르면 잠시 후에나, 하루가 지나서나, 일주일이 지나서나, 한 달이 지나서나 반드시 스스로 깨닫는다. 스스로 깨달을 것을 구태여 남이 깨우쳐 줄 필요는 없다. 또한 그것을 깨닫지 못한다고 하더라도 큰 문제가 일어날 가능성은 거의 없다. 나는 이러한 사소한 철학을 깨닫는 데 부부생활 50년이 걸렸으니 얼마나 어리석은지 스스로 부끄럽기만 하다.

나는 이러한 원리를 남의 가정을 통하여 터득한 것도 전혀 없지는 않지만 주로 내 자신의 가정에서 내 자신의 체험을 통하여 터득한 것이 많다. 그만큼 나는 〈고린도전서〉 13장에서 가르쳐 주는 사랑의 철학을 모르고 실천하지도 못하고 살아온 것이다. 심히 부끄러워 얼굴이 뜨거워질 뿐이다. 내가 참회의 글을 쓰려면 책 한 권으로는 부족할 것이다. 내 주변에는 30년 이상이나 반신불수의 부인을 간호하며 한 번도 화내지 않고 살아온 성자 같은 친구도 있다. 나는 그 친구의 백분의 일이나 천분의 일도 따라가지 못하는 용렬한 사람임을 알게 되었다. 너무나 늦은 깨우침이다. 하지만 이렇게나마 참회하게 된 것은 내 자신을 위하여 다행한 일이다.

(2010. 2)

10
7호 태풍 곤파스(COMPASU)의 위력

아침 여섯 시쯤 되었을까, 나는 눈을 뜨고 거실로 나갔다. 창 밖에는 사나운 비바람 속에 무엇인가 검은 조각으로 된 물건들이 바람에 날려 떨어지고 정체를 알 수 없는 단단한 물질이 부서지는 소리가 바람소리와 함께 귀청을 울렸다. 가만히 살펴보니 거실 밖 발코니의 커다란 유리창에 가로 세로로 금이 나 있었다. 유리는 머지않아 벼락소리를 내면서 산산 조각이 날 것 같았다.

나는 스카치 테이프를 찾아들고 유리로 다가가서 조금씩 떼어 발랐다. 그러나 날카로운 소리가 날 때마다 겁에 질려 거실로 쫓겨 들어왔다. 몇 번이나 같은 짓을 거듭하고 있는데 거실의 스피커가 울렸다.

"태풍이 심하게 불어 재난이 일어나고 있습니다. 주민 여러분께서는 발코니의 유리에 테이프를 발라서 재난을 줄여주시기 바랍니다."

나는 긴 바지와 긴 소매 옷을 찾아 입고 몇 번이나 테이프를 발랐으나 도무지 안심할 수가 없었다. 유리가 떨어지면 화분마저 박살이 날 것 같아 화분을 치우기 시작하였다. 벌벌 떨며 겁내는 내 꼴을 바라보던 내자가 방한복을 입고 나와 화분을 치웠다. 모처럼의 합동작전이었다.

거실로 들여놓은 산스베리아, 철골소심, 꽃기린 등을 바라보며 위기에서 벗어난 것을 다행으로 여겼다. 관리사무소를 통하여 들리는 바로는 아파트단지 내 조경수(정원수) 370 그루가 뽑히거나 기울어지고, 주택 1,000여 가구 중에서 유리파손 40여 가구에 방충망 피해가 30여 가구, 옥상의 성글(덮개) 파손 1,535평방미터, 옥상 벤티레이터(환기장치) 파손 55개이며, 수리비와 복구비는 어림잡아 5천 만 원 이상이란다.

피해를 복구하는 데는 관리사무소의 직원들이 모두 동원되었으나 말이 많았다. 우선 쓰러진 나무를 일으킬 만한 것은 일으키고 일으킬 수 없는 것은 베어내야 하는데 일으켜 세우지 않고 베어냈다고 노발대발하는 주민이 있고, 아무리 돈이 들어도 성글을 모두 교체해야지 일부만 교체해서는 안 된다고 강력히 주장하는 주민도 있었다.

인근 마을에서는 메타세쿼이아가 부러져 내리는 바람에 젊은 직장인이 머리를 맞아 즉사했다고 하는데 우리 아파트단지 내에는 인명사고가 없어서 다행이었다. 그러나 일부에는 메타세쿼이아가 많아서 지하의 공작물을 위협하고, 부러지고 넘어질 위험도 있기 때문에 베어내지 않으면 안 되는데 베어내는 비용이 2천만 원 이상이나 든다고 한다.

아파트 관리사무소장은 언제나 주민의 의견을 일일이 받아들이기가 쉽지 않다. 화단에 있는 잡초를 캐내거나 베어내거나 조경수의 일부를 제거하거나 옮겨 심어도 항의가 강력히 제기된다. 바람에 물건이 날아 떨어지면서 자동차를 조금만 스쳤어도 손해를 배상하라고 요구하고 심지어는 매미가 울어서 시끄러우니 매미를 잡으라고까지 요구한다. 관리사무소장은 주민의 무리한 요구나 항의나 공격을 받을 때마다 한숨을 쉬고 신세를 한탄하기도 한다. 고향으로 돌아가서 농사나 지으며 살고 싶단다.

　발코니 유리창이 깨어진 지도 1주일이 지났다. 깨어진 유리를 제거하는 작업은 세 사람의 인부가 유리 바깥쪽으로 커다란 합판 두 장을 대고 안에서 유리를 산산 조각내어 제거하는 것이었다. 몇 개의 화분은 미리 정리해 놓았지만 나머지도 많이 치워야만 했다. 유리를 깨는 소리도 요란하지만 부서지는 모양은 처참하고 게다가 날카로운 유리조각이 거실에도 흩어져 떨어졌다. 원숭이처럼 수염이 많은 사람이 진공청소기를 가지고 유리가루와 먼지를 청소하였다. 흡입구를 막는 유리가루를 제거하고, 집진통을 비우고, 필터를 자주 청소하는 동안에 먼지가 많이 날았다. 지켜보는 나는 불안하였다. 마스크 착용도 없이 일하는 사람들에게 해로울 것 같았다. 단순한 먼지도 문제지만 눈에도 잘 보이지 않는 작은 유리가루가 호흡기로 빨려 들어갈 것 같았다. 세 사람은 1시간 남짓하게 걸려 유리 제거작업을 완료하였다. 우리 부부는 발코니를 물로 청소하고 나서 거실을 비로 쓸고 물걸레로 몇 번이나 청소하였다. 새 유리를 끼는 날까지 며칠을 기다렸다가 화분을 제자리로 옮겨야 한다.

　나는 탄천으로 산책을 나갔다. 아니나 다를까, 그렇게 탐스럽게 아름드리로 자라난 버드나무들이 쓰러져서 줄기와 가지가 끊겨 있었다. 시청 탄천(炭川) 관리과에서 시민들의 산책을 돕기 위하여 임시로 정리한 것이었다.

　쓰러진 나무들의 대부분은 콘크리트 구조물 위에 쌓인 흙 속에 뿌리를 박고 자란 버드나무들이었다. 엄청나게 탐스럽던 그 나무들의 멋진 모습들은 너무나 싱겁게 사라지고 말았다. 콘크리트 때문에 수직으로는 뿌리를 내리지 못하고 옆으로만 길게 뿌리를 뻗었던 나무들은 쉽사리 바람에 쓰러지고 만 것이었다. 외형적으로 성장하는 것만큼 내면적으로도 뿌리를 수직으로 깊이 내리지 못한 것이 원인이었다.

사람도 나무와 다를 것이 없다. 아무리 해박한 지식과 숙련된 기능을 보유하였더라도 정신적 기초가 없으면 위기를 면할 수가 없는 것이다. 이른바 재승박덕(才勝薄德)의 불행한 결과를 자주 보게 되는 소이이다. 개인도 그렇거니와 사회와 국가도 모두 마찬가지다. 갈등과 투쟁과 무질서가 사회와 국가를 망치는 것은 당연한 것이다.

내가 직접적으로 태풍의 피해를 실감한 것은 평생 처음이었다. 1946년(?)에는 고향에서 대홍수를 겪었지만 나는 워낙 철부지라 그다지 심각하게 받아들이지 않았는데 이번에 유리 한 장이 깨어진 것은 매우 심각한 것이었다. 생각해 보면 고향의 대홍수는 부모님의 마음을 몹시 아프게 할퀴었겠지만 나는 그것을 잘 몰랐던 것이다. 당시는 나의 손해가 아니라 부모님의 손해로만 느낀 것 같다.

엠디그린(MD GREEN) 병원 빌딩을 지나다가 김 선생을 만났다. 그와 나는 거의 반사적으로 손을 흔들며 상냥하게 다가섰다.

"안녕하세요? 태풍 피해가 심합니다. 유리창도 많이 파손되고 나무도 많이 뽑히고."

"그런데 라일락 뽑힌 것이 제일 아까워요."

"라일락을 좋아하시나 봐요."

"그럼요. 향기가 얼마나 좋은데요? 부부싸움을 하고나서도 라일락향기만 한 번 맡으면 금세 화해가 된대요."

"그렇습니까? 진작 가르쳐 주셨으면 참 좋았을 텐데."

"왜, 부부싸움 하셨나요?"

"그럼요. 자주 했지요. 그런데 이제 늦었네요. 꽃이 다 저버렸으니.

내년 봄, 꽃이 필 때까지 기다려야 하겠네요. 그것 참. 하하하!"

우리는 태풍의 피해는 잊어버리고 서로 웃으며 즐거워하였다.

이튿날 나는 내자와 함께 거실에 들여놓은 화분을 들어서 발코니로 옮기기 시작하였다. 그 중에는 수년 전에 균열이 간 것을 끈으로 동여놓았던 것이 있었다. 화분을 막 거실 문지방으로 넘기려는 순간, 화분의 아래쪽이 깨어지며 흙이 쏟아졌다. 흙은 쓰레받기로 퍼서 다른 화분에 나누어 붓고 깨어진 화분은 조각을 내어 비닐봉지에 담았다.

갑자기 오른쪽 가운데 손가락에서 시뻘건 피가 흐르기 시작하였다. 얼른 움켜쥐었지만 피는 바닥으로 뚝뚝 떨어졌다. 개수대로 달려가서 흙과 피가 범벅이 된 손가락을 물로 씻고 내자를 불렀다. 얼른 쫓아와서 반창고로 상처를 감아주고 나서 나머지는 자기가 정리할 테니 그대로 두라는 것이었다. 내가 끝마무리를 하려다간 전쟁(?)이 일어날 것 같았다. 결국 내자가 위험하고 날카로운 화분 조각을 모두 정리하고 작업을 마무리하였다.

나는 선언하였다.

"털끝만치도 양보하지 않는 여자!"

그러나 알고 보면 모두가 역력잖은 나를 아껴주는 마음이었다. 7호 태풍 곤파스의 위력은 유리를 깨고, 피를 흘리게 하고, 부부싸움을 시키고, 라일락의 향기를 무색하게 하였다.   (2010. 9. 24)

11
동물의 색채 식별

나는 버려진 폐지더미 속에서 책 한 권을 주워들었다. 《I Can Read English》라는 어린이용 도서였다. 20가지의 이야기가 실려 있는데 그 중에는 '동물들은 색채를 볼 수 있는가' (Do Animals See Colors?)라는 글이 있었다.

"많은 동물들은 여러 가지 색깔을 볼 수 없다. 상어는 색채를 전혀 보지 못하고 다만 어둡고 밝은 것만을 볼 뿐이다. 개는 파랑과 노랑만 볼 수 있고, 바다거북은 노랑과 빨강만을 볼 수 있다. 그러나 에이프(꼬리 없는 원숭이)는 사람들이 보는 색채를 모두 볼 수 있다. 어떤 꽃들은 사람들이 볼 수 없는 색채를 가지고 있고 나비는 사람들이 볼 수 없는 그 색채를 볼 수 있다."

사람들이 온 세상의 자연현상과 인문현상을 볼 때도 비슷한 일이 벌어질 수 있을 것이다. 어떤 사람은 그 현상을 거의 볼 수 없고, 어떤 사람은 다만 한두 가지만 볼 수 있고, 어떤 사람은 나비처럼 비상한 능력을 가지고 보통 사람들이 볼 수 없는 것을 볼 수도 있을 것이다.

사람들은 다른 동물들과 달라서 끊임없이 사물에 대하여 탐구한다. 그 탐구의 능력은 너무나 차이가 심하여 어떤 사람은 거의 백치에 가깝고 어떤 사람은 천재에 가깝다. 따라서 사람들의 통찰력이나 선견지명의 차이는 천차만별하다고 볼 수 있다.

그런데 문제는 사람들이 자신이 알고 있는 것에 대하여 과신하고 그것을 지나치게 고집하는 데 있다. 투우사들은 소가 붉은 색 때문에 흥분하는 것으로 생각하지만 소는 붉은 색채를 인식하지 못한다. 그러나 이러한 투우사들의 착각이나 그릇된 지식은 사람들에게 큰 문제를 일으키거나 피해를 주지 않는다. 잘못 알고 사랑하는 것도 문제가 되지만 잘못 알고 증오하는 것은 매우 심각한 결과를 가져 오며 범죄행위의 원인이 되기도 한다.

사람들은 자신의 능력을 과신하거나 자기의 사리사욕에 사로잡혀 행동하는 수가 많다. 한 번 학교에서 배웠거나, 책에서 읽었거나, 누구에게 들었거나, 자신이 본 것에 대하여 남이 다르게 이야기하면 그 남의 이야기를 존중하지 않고 거의 반사적으로 반박하는 수가 많다. 자기의 생각이나 관찰이나 판단이 옳다고 주장하는 것이다. 자기가, 개나 바다거북이 두 가지 색채밖에 못 보는 것처럼, 심지어는 상어처럼 완전히 색채를 인식하지 못하는 수준에서 판단하고 있다는 사실을 모르는 것이다. 이러한 경우는 심각한 무식의 소치라고 볼 수 있다.

무식의 소치보다 더 문제가 되는 것은 자기의 무식을 알면서도 절대로 자기의 주장을 굽히지 않는 것이다. 이것은 주로 자신의 자존망대나 사리사욕과 관계가 깊다. 만일 자신의 생각을 철저히 주장하지 않고 양보하기만 하면 자기의 체면이 손상되거나 자기에게 정신적 물질적 또는 유형무형의 손해가 초래된다고 믿는 것 같다. 이러한 경우에는 사사로운 개인의 문제로 그치지 않고 많은 사람에게 영향을 미치거나 가공할 사건을 일으킬 수도 있다.

사회의 지도자층에 속하는 사람들이 직접적 또는 간접적으로 타인에게 피해를 끼치고 심지어는 갈등을 조장하고 폭력을 일으키게 하고 때에 따라서는 전쟁까지도 일으키게 하여 죄 없는 불쌍한 사람들을 죽음으로 내모는 것은 자기가 개나 바다거북처럼 두 가지 색채밖에 못 보는 색맹과 다름없다는 사실을 모르거나 사리사욕을 위하여 만용을 부리는 행위이다. 이러한 행위를 인간의 제도적 규범에서 엄격히 규제하고 단죄할 수밖에 없는 것은 지극히 당연한 일이다.

나는 「성남뉴스넷」 창립9돌 기념행사에 갔다가 사진작품 액자를 하나 기념품으로 가져오게 되었는데 옆에는 멋있는 풍경사진이 있지만 거미가 비를 맞으며 가냘픈 거미줄을 지키고 있는 것을 집어 들었다. 집에 가져와서 피아노 위에 올려놓고 하루가 지나서 보니 못에 걸 수 있는 고리가 위쪽에 있지 않고 아래쪽에 있었다. 표구하는 사람의 실수로 알고 나는 고리를 위로 가도록 작품을 꺼내서 다시 끼웠다.

다시 하루가 지나서 자세히 작품을 들여다보니 거미줄 아래 지면의 모습이 도무지 알 수가 없는 모양이었다. 도대체 무엇일까 가만히 생각해 보니 지면은 아님이 분명하였다. 혹시나? 하여 그림을 거꾸로 돌려 보니 내가 지면이라고 생각한 것은 건물의 지붕처마였고 아래로는 검은 흙바닥이 나타났다. 나는 그 동안 작품을 거꾸로 놓고 감상한 것이었다.

나는 미친 사람처럼 혼자 웃으면서 원상대로 복구하는 작업을 개시하였다. 열 개나 되는 못을 건드리며 10분이나 걸려서 겨우 원상대로 복귀하고 다시 들여다보았다. 원래의 작품에서 작가는 거꾸로 매달려 있는 거미를 촬영한 것이었다. 그러나 나는 그 동안 거미가 하늘을 보고 있는 것으로 생각하였던 것이다. 사람은 아주 특별한 경우가 아니면 거꾸로 앉거나 서지 못한다. 만일 그렇게 할 수 있다면 일시적인 순간에 지나지 않는다.

그러나 거미는 바로 서거나 거꾸로 서거나 아예 차이가 없다. 거꾸로냐 바로냐 하는 것은 인간의 기준에 지나지 않는 것이다. 바로 인간이라는 종족이 가지고 있는 편견이 작용할 뿐이다. 작품의 상하도 구별하지 못하는 내가 일생을 통하여 범한 실수는 얼마나 많을까. 권력을 모르는 주변인으로 살아온 것이 다행스럽기만 하다.

2 쫓기는 새끼곰

01
잡념

인터넷 익스플로러를 클릭해 보니 캐나다에서 메일이 와 있었다. 내가 보낸 데 대한 답신이었다. 사연은 대략 다음과 같았다.

아빠, 안녕하세요? 저흰 잘 있어요. 요즘 컨디션은 어떠세요? 엄마 오실 때 용기 내서 같이 오세요. 아이들이 메일 보냈는데 받으셨나요? 여기 한국의 가을 날씨보다는 비가 자주 내리지만 양이 적고 바로 그쳐서 생활하기엔 별로 불편하지 않아요. 비가 그치고 나면 햇볕이 따가워요. 짧은 영어실력으로도 일상 생활에는 큰 어려움이 없을 것 같아요. 학교에서 주는 letter도 여러 번 읽어보면 알겠는데 제대로 이해했는지 확신이 없어 좀 답답하긴 해요. 제일 힘든 게 전화하는 거예요. 얼굴 표정을 못 보니 정말 알아들을 수가 없어서 피하게 돼요. 꼭 전화해야 할 일은 없지만 알고 싶은 게 있어도 그냥 말거나 주위에서 한국 사람을 찾거나 해요. 해영이는 반에 한국 친구도 있고 금방 다른 친구들도 사귀었는데 인영이는 여자애들도 몇 명 없는 데다가 그 애들이 인영이에게 관심을

갖지 않나 봐요. 첫날 학교에 갔다 와서 학교 가기 싫다고 해서 걱정했
는데 어제 오늘 좀 나아졌어요. 이번 주는 임시반이라서 다음 주부터
새로 반을 나누는데 착한 애들하고 한 반 되기를 바랄 뿐이에요. 그 동
안은 아이들과 하루 종일 같이 있었고 집 정리도 안 돼 있어서 여유가
없었는데 다음 주부터 ESL을 알아보고 다니려고 해요. 어려운 점도 많
지만 새로운 인생을 사는 대가가 이 정도는 되겠지 하고 씩씩하게 잘
살고 있으니 너무 걱정 마세요. 큰 병만 나지 않는다면 잘 견딜 수 있을
것 같아요. 아빠도 건강에 유의하시고 활기차게 파이팅!!·· 안녕히 계
세요.

　나는 처음으로 딸의 메일을 받고 안도의 숨을 쉬게 되었다. 첫째로
큰 어려움은 없다는 것이었고 둘째는 편지의 문장이 비교적 논리적이
기 때문이었다. 반가운 것은 ESL을 알아보아 수업을 받으려고 한다는
것이었다. 한국에 살면서 한국어를 잘 모르면 안 되는 것처럼 캐나다에
서 캐나다의 국어(영어)를 모르면 안 되기 때문이다. 영어만 잘 할 수
있으면 일상생활뿐만 아니라 음악 실력도 발휘할 수 있을 것이라고 생
각되었다. 딸이 보낸 메일 가운데 '씩씩하게 잘 살고 있으니 너무 걱정
하지 마세요' 라는 글귀가 안도의 숨을 쉬게 하였다.
　'그래, 잘 하고 있겠지? 그래도 나는 네가 멀리 떨어져 있는 것이 싫
단 말이다' 라고 속으로 중얼거렸다.

　내가 먼저 보낸 메일의 글자 크기는 14포인트 고딕체였다. 그리고 노
란 바탕색을 깔고 문장 끝에는 커다란 안경을 낀 얼굴모형을 넣기도 하
였다. 나는 메일을 쓸 때마다 늘 그렇게 하였다. 상대방을 위한 배려였
다.

"잘 있느냐? 인영, 해영에게 메일을 보냈더니 반송되었구나. 아직 개통되지 않았나 보다. 오늘(금요일) 정 서방이 이사하고 네가 쓰던 세탁기, 냉장고, 오븐, 피아노, TV, 작은 농, 검정 책꽂이 등과 어항, 화분들을 우리 집으로 가져 왔단다. 자주 소식 전해 주기 바란다. 아이들과 함께 일기를 반드시 쓰도록 권하고 싶다. '솔선수범 교지본'(率先垂範 敎之本)이란다. 인영이 반에 한국 어린이가 한 사람도 없다고 하는데 오히려 그것이 영어공부에 도움이 된다고 하더구나. 불리한 조건이 오히려 유리한 조건일 경우가 많다는 것을 인식하기 바란다. 이곳은 신종인플루엔자 때문에 어수선한데 그 곳은 어떤지 궁금하구나. 몸조심 하여라. 안전제일이다. 2009. 9. 11. 청계산

이어서 '받은 편지함'을 열고 이것저것 살피다 보니 '그리운 금강산'이 흘러나왔다. 언제나 들어도 좋은 가곡이었다. 지난 가을 잠실 올림픽 공원 체조경기장에서 프레스토 도밍고가 두 여인과 함께 연주할 때에 부르던 노래 중의 한 곡이었다. 그때 나의 딸, 지금은 캐나다로 떠난 그 딸이 코리안심포니오케스트라 단원의 한 사람으로 무대 위에 앉아 있지 않았던가.

나는 그 딸과 외손녀들의 모습이 떠올랐다. 그리운 얼굴들이었다. 가까이 있을 때는 항상 보는 것처럼 느끼더니 멀리 떠난 지금에는 아직 20일밖에 되지 않았는데도 몇 년이나 된 것처럼 그리워지는 것을 어쩔 수가 없었다. 사랑이 아니면 어디서 그런 감정이 솟아날 수가 있을까.

나에게는 날마다 전자우편이 날아 왔다. 그 중에는 제목부터가 관심을 끌지 못하는 것이 많은 반면에 꼭 열어보지 않고는 견딜 수 없는 것도 많았다. 나는 '새끼와 어미'라는 메일을 열었다. 제일 먼저 딱따구리가 높은 나무구멍에 새끼를 까놓고 먹이를 물어다 먹이는 장면이었

다. 이어서 말, 기린, 오리, 돼지, 곰, 코끼리, 산양, 호랑이, 백조, 악어, 사자, 제부라, 고래, 개, 원숭이, 고양이, 펭귄, 늑대 등이 새끼를 데리고 있는 모습들이 나타났다. 오리는 등 위에 새끼들을 태우고, 돼지는 편안히 누워서 새끼들에게 젖을 빨리고, 호랑이는 새끼를 입으로 물고 험한 길을 가고, 고래는 새끼를 데리고 시원스레 헤엄치고 있었다.

그리고 그림이 끝난 후에는 다음과 같은 글귀가 보였다.

'가장 아름다운 당신,
가장 순결한 이름,
가장 깨끗한 영혼,
영원히 시들지 않는 꽃,
어머니 당신입니다.'

동물들의 어미도 그러하거늘 하물며 사람이랴!
어미는 새끼를 위하여 수고를 아끼지 않는다. 새끼를 보호하기 위해서는 목숨을 아끼지 않는다. 병아리를 데리고 있는 어미는 개에게 달려들고 강아지를 데리고 있는 개는 사람에게 달려든다. 라디오 뉴스를 들어 보면 시골에서 새끼를 데리고 나타난 멧돼지가 논에서 일하는 노인을 공격하여 중상을 입혔단다. 새끼가 없을 때는 사람을 보고 달아나지만 새끼가 있으면 사람을 공격한다. 나는 어미 새가 새끼를 지키기 위하여, 나무 위에 있는 둥지로 기어 올라오는 커다란 뱀과 사투를 벌이는 광경을 영상으로 본 일이 있었다. 어미는 새끼를 위하여 목숨을 걸고, 항상 새끼를 곁에 두고 싶어한다.

모처럼 캐나다로 전화를 걸었다. 해영이가 받았다. 영어 이름을 지었다고 한다. 해영이는 '앤젤라 정' (Angela Jung)이고 인영이는 '아이어 린 정' (Irene Jung)이란다. 사전에 찾아보니 'Irene'은 희랍신화에 나오는 '평화의 신'이란다. 해영이의 담임교사는 'Mrs. K. Gilstead'이고 인영이 담임교사는 Mr. T. Lai란다. 인영이를 바꾸라고 하니 숙제를 끝내고 전화를 걸겠단다.

나중에 알고 보니 인영이는 숙제가 많아서 힘드는 모양이었다. 숙제는 신종 인플루엔자와 이웃나라에 관한 자료를 주고 읽어서 내용을 요약하고 자기의 생각을 쓰는 것인데 우선 영어를 잘 알지 못하니까 읽기가 힘들어서 '영한사전'에서 단어를 찾아보아야 하고 자기의 생각을 영어로 쓰자니까 얼마나 어려울 것인지 짐작이 갔다.

나는 인영이에게 부탁하였다.

"숙제를 완전하게 못해도 너무 걱정하지 말라. 할 수 있는 데까지 하면 된다. 외국에서 온 학생들은 누구나 그런 것이니까 걱정할 필요가 없다."

그리고 인영이 엄마에게도 부탁하였다.

"숙제를 다 못해도 괜찮은 거니까 걱정하지 말라고 안심시켜 주어라. 다른 학생들이 발표하는 것을 그저 듣기만 하여도 공부라고 해라."

구미의 선진국에서는 학생들로 하여금 많이 읽게 하고 그 내용을 요약하고 그에 대한 자기의 의견을 글로 쓰고 말로 발표하는 훈련을 시키는 데 중점을 두는 모양이었다. 미국의 대학에서는 리터러시(literacy)가 중요하다는 글을 읽은 기억이 새로웠다. 읽고 쓰는 능력(ability to read and write)이 중요하다는 것이었다. 첫째는 말하는 것이 중요하지만 읽고 쓰는 능력은 그 다음으로 중요하며 중요한 의사소통(전달, 교환) 방법이기 때문일 것이다. 수학문제마저도 단순한 계산과정이나 정답을 찾는 것으로 그치지 않고 생각하고 추리하는 과정을 말이나 글로

서술할 수 있어야 한다는 것이었다.

　나는 노인회관으로 나갔다. 회원들이 닭죽으로 점심을 먹는 날인 데다가 모처럼 목요강좌도 열고 싶었다. 닭죽은 푸짐하였다. 고기가 많아 술안주가 따로 필요하지 않았다. 회원들은 소주를 몇 잔씩 기울였다. 나도 한 잔을 받아서 서서히 비우고 말았다. 아침에 신문에서 읽은 글 한 도막을 칼로 오려서 가지고 나간 것을 아파트 관리사무실에서 복사하여 회원들에게 나누어 주었다.

　제목은 백성호 기자가 쓴 '일상 속의 장좌불와(長坐不臥)' 였다. '장좌불와' 라는 것이 눕지 않고 오랫동안 앉아 있으면서 수도하는 것인데 결코 쉬운 것이 아니라고 한다. 재가자(在家者)는 할 수 없고 출가승들이나 할 수 있으며, 출가승들은 할 수 없고 선방의 수좌들이나 할 수 있으며, 선방의 수좌들도 할 수 없고 목숨을 내놓는 특별한 스님들이나 할 수 있다고 한다. 이런 수도방법은 생활과는 멀리 떨어진 이야기가 되고 있으니 일상생활 속에서 수도가 실천돼야 한다는 것이 글의 요지였다.

　부처는 '자등명 법등명' (自燈明 法燈明)이라고 하였단다. 곧 자신을 등불로 삼고, 법을 등불로 삼으라는 것이었다. 나의 마음을 우주의 마음에 맞추어 나가는 것이란다. 나의 마음을 우주의 마음으로 확대시키고 우주의 마음을 나의 마음으로 받아들이는 것이 곧 수도라는 것이었다. 이것을 대인관계에서 살펴보면 나의 기쁨이나 슬픔을 남의 기쁨이나 슬픔으로, 남의 기쁨이나 슬픔을 나의 기쁨이나 슬픔으로 생각하는 정신을 갖는 것이니 나와 남을 둘로 나누지 말고 하나로 합하자는 것이었다. 내가 우주이고 우주가 나라면 나와 남이 따로 있을 수 없는 것이었다.

우 선생과 김 교장이 많은 토론을 전개하였다. 김 교장은 《성경》〈갈라디아서〉 2장 20절을 소개하고 한용운의 〈님의 침묵〉을 암송하여 불교의 대자대비사상을 밝혀 주었고, 우 선생은 '유식철학이론'에서 제6식에 해당하는 의식에 대한 성철 스님의 설명을 소개하고 이어서 야보도천(野父道泉)의 시를 소개하였다. 그리고 이어서 〈노자〉 41장(문도장)의 '상사문도근이행지 중사문도약존약망 하사문도 대소지 불소부족이위도'(上士聞道勤而行之 中士聞道若存若亡 下士聞道大笑之 不笑不足以爲道)라는 글귀를 소개하였다.

나는 전반적으로 해설을 붙였다. '자등명 법등명'은 마치 망망대해에서 사나운 풍파에 시달리는 배가 섬을 찾아 기항하듯, 사람이 자신과 우주를 밝히는 등불로 삼아 수도해야 한다는 것, 진리는 남에게서 얻어지는 것이 아니고 자신에게서 얻어지는 것이며 그 진리는 자신의 진리인 동시에 우주의 진리라는 것, 도를 듣는 사람에게는 대체로 3가지 유형으로 나누어지는데 가장 잘 듣는 사람은 태만하지 않고 부지런히 실천하며, 그 다음 사람은 실천하기도 하고 안 하기도 하면서 인욕에 좌우되는 수가 많으며, 그 다음은 세미(世味)를 탐락(耽樂)하여 도를 비웃고 말기 때문에 그 어리석은 자들이 비웃지 않으면 도가 되기에 부족하다는 것이었다.

90분 이상이나 진행된 목요강좌는 박수로 종결되었다. 강좌가 끝날 무렵 황 선생이 왔다. 나는 또 외손녀 이야기를 꺼냈다. 큰 아이가 숙제를 하느라고 고생한다는 이야기였다. 그 어린 것이 영어도 잘 모르면서 읽을거리를 읽고 요약하고 자기 나름대로 견해를 표명한다는 것이 얼마나 힘든 일일까 걱정이 태산 같다는 것이었다.

나는 또 하나의 메일을 읽었다.

지 박사님! 안녕하세요? 날씨가 많이 서늘해졌습니다. 제법 가을 냄새를 풍기고 있는 듯합니다. 보내주신 책 잘 받아서 하루의 즐거움이 되었습니다. 끝까지 기억해 주시니 더더욱 감사합니다. 어쩜 그렇게도 좋은 글 꾸준히 쓰시는지 참으로 대단하십니다. 몸도 마음도 쇠하실 때도 되었는데 지치지도 않으시고……. 저희 가족을 저의 남편 대하듯 늘 챙겨주심에 다시 한 번 감사드리며 신의에 찬 그 우정이 부럽기도 합니다. 남편에게 가까운 분을 대할 때마다 그 분 생각에 시달린답니다. 아내로서 남편에게 다하지 못한 아쉬움과 후회에서 벗어나지 못한 채…… 자녀들조차도 너무 아쉬워해서 마음 놓고 울지도 못하고 안타까운 모습도 숨기고 살아가고 있지요. 사별의 고통이 이런 줄 미처 몰랐습니다. 생각하면 눈물뿐. 지 교수님! 건강하세요. 사모님과 함께 건강 잘 돌보시고 오래 오래 같이 사세요. 저로서 꼭 드리고 싶은 저의 말입니다. 정말 이렇게 부부가 나이 들수록 귀한 관계인지 새록새록 다가온답니다. 두 분이 같이 계신 것 자체가 행복입니다. 온 가족이 주님 안에서 건강하시고 평안하시길. 평암의 처 김○○ 올림.

나는 메일을 읽고 나서 동료 교수로 근무하던 평암을 생각하였다. 평암(平岩)은 인격교육을 연구하는 이계학 박사의 아호이다. '평암' 이라는 말은 평평한 바위, 편편한 바위를 가리킨다. '平' 이라는 글자는 '평할 평' '평탄할 평' '화할 평' '다스릴 평' '고를 평' '쉬울 평' '거듭 풍년들 평' '물건 값 정할 평' '벼슬 이름 평' '편편히 다스릴 편' '편편할 편' 이라고도 한다. 그는 글자처럼 바르고 평탄하고 평화롭고 남을 교화하고 치우치지 않고 까다롭지 않고 풍요하고 규범 있고 편편하게 만들고 모든 것을 안정케 하는 편편한 인품이었다. 나는 평암을 잊지 못한다. 평암은 인품만 훌륭한 것이 아니라 학문도 넓고 깊고 후학도 많이 양성하였다. 사모님 김○○ 선생님은 평암의 서울사대 동창생이며 교육계에 헌신하고 평암을 내조한 현모양처이다. 사모님이 평암을 사별하고 그리운 마음을 참지 못하여 애태우고 흘린 눈물을 짐작할 만하다.

나는 평암이 그리울 때마다 사모님은 얼마나 평암이 그리울까 상상하게 된다. 마음 놓고 울지도 못하고 안타까운 모습을 숨기며 살아가는 모습이 그려진다. 평암의 자제 ○○ 박사는 미국에서 박사학위를 취득하고 귀국하여, 대학에서 '기독교신학'과 '교회사'를 강의하며 아버지의 교수직을 이었다.

평암은 나의 곁에서 멀리 떠났지만 나는 그의 곁을 떠나지 않았다.

02

'고전강독교실'에서

나는 '고전강독반'으로 달려갔다. '고전강독반'은 문화원에서 위탁 운영하는 '문화의 집'에 개설된 강좌이고 처음 2년 동안 내가 맡아서 강의하다가 흉곽수술을 받기 위하여 입원하게 되어 이 박사에게 강의를 부탁한 지 벌써 4년째나 되었다. 나는 건강이 회복되는 약 5개월 동안을 제외하고는 거의 강독반에 출석하여 강의를 들어 왔다. 내가 입원하기 전에 이 박사가 출석하여 수강한 것처럼 내가 이 박사에게 수강하는 모습은 학문적인 본보기가 되는 것이었다.

나는 일찍이 들어보지 못한 고전국문학강의를 듣는 것이 즐겁고 유익하였다. 약 30개월 동안이면 120주가 되고 매주 2시간씩이면 240시간을 수강하였으니 엄청난 시간이었다. 나는 종종 이 박사의 양해를 얻어 나름대로의 자료를 준비하여 1시간씩 보강하곤 하였다. 내가 강의를 담당하고 있을 때도 이 박사를 비롯한 다른 회원들에게 부탁하여 발표할 기회를 주던 관례였다. '고전강독'이 발족된 취지도 지성인들이 모여 대화를 나누자는 것이었고 나는 일방적인 강의보다 상호간에 의견을 교환하는 토론을 중시하였다.

　하루는 '융희황제 친경배관친경송'(隆熙皇帝 親耕陪觀親耕頌)이라는 자료를 신문기사에서 발췌해 온 회원이 있었다. 청명 한식이 돌아와 순종황제가 선농단(先農壇)에서 친히 밭을 가는 모습을 읊은 시였는데 '창름실'(倉廩實) '의식족'(衣食足)이라는 말이 들어 있었다. 이것은 융희4년 5월 5일 오전 9시 순종황제가 왕족과 문무백관을 거느리고 용두동 선농단으로 행차하여 천신지기(天神地祇)에게 제사하고 선농단 옆 600평쯤 되는 적전(籍田)에서 두 마리 흑우가 끄는 쟁기를 잡고 약 100미터를 친경한 바 있는데 이를 참관한 사람이 읊은 글이다. 순종의 친경에 이어 30여 명의 황족과 대신들도 쟁기를 잡고 밭을 나누어 갈고 조를 파종하였으며 배관하던 노인 10명과 농민 40여 명을 어전으로 불러 '경로기민'(敬勞耆民)이라는 4자로 훈유하고 술과 안주를 하사하였다고 한다. 친경송의 일부 내용은 다음과 같다.

　농상성(農桑盛) 호구증(戶口增) 융희 만만세.
　농부노동 천하다 아니하심이야
　만승의 자존이온 하물며
　우리 2천만 신민 더욱 근면일세.
　창름실 의식족 융희 만만세.

　나는 '창름실 의식족'이라는 글귀를 미끼로 사마천이 지은 《사기》 화식열전에 나오는 '창름실이지예절 의식족이지영욕 예생어유이폐어무 고군자부호행기덕……'(倉廩實而知禮節 衣食足而知榮辱 禮生於有 而廢於無 故君子富好行其德……)을 소개하면서 1970년대 초에 대만에 가서 보고 들은 이야기를 늘어놓았다. 당시 대만에서는 베이토우

(北投)에 성행하던 공창제도가 폐지되었는데 그 이유는 '창름실 의식족'에 있었던 것이지만 폐지를 반대하던 사람들이 있었고 매춘행위는 난토우(南投)를 비롯한 다른 지역으로 번져갔다는 이야기였다.

예나 이제나 예절을 실천하는 데는 물질이 필요한 경우가 대단히 많다. 배고픈 사람이 손을 내밀 때 음식을 주는 것이 예절이지만 자기도 굶주리고 있을 때는 음식을 주기 어렵다. 사람이 예절을 알고 영욕을 아는 것은 일반적인 일이지만 그것을 제대로 실천하려면 물질적으로 여유가 있어야 하는 까닭에 예절은 물질에 따라 좌우되는 수가 많다는 것이다. 아무리 예절을 잘 알고 있는 군자라도 아무것도 없으면 그것을 실천하기가 어렵고 물질이 있어야 실천하기가 용이하다는 것이다. 그래서 타이완의 여행가이드는 좀 더 돈을 벌어야 한다는 것이었다. 정부에서는 국민의 창름이 실하다고 판단하지만 국민의 처지로는 아직 부족하다고 생각한다는 것이다. 특히 호색관광을 위하여 몰려오는 일본인들의 호주머니를 좀 더 긁어내야 한다는 것이었다.

인류역사를 통하여 '창름실 의식족'을 내세우지 않은 통치자는 드물겠지만 그러한 목적을 달성한 통치자도 많지 않을 것이다. 어떤 통치자는 말로만 내세우고 실지로는 자신의 부귀영화만을 꾀하다가 낭패를 당하기도 하고 현대에 이르러서는 당초의 '창름실 의식족'은 어디론지 사라지고 무력증강과 전쟁준비와 폭력으로 통치수단을 삼아 인민의 창름이나 의식을 파탄 상태로 몰아넣는 사례도 있다.

사람들은 모두 부귀를 탐한다. 부와 귀는 밀접한 관계를 가지고 있어서 부하면 귀해지기 쉽고 귀해지면 부해지기 쉽다. 사람이 부귀해지고 싶은 것은 자연스런 일이며 누가 가르쳐주지 않아도 스스로 깨우치는 것이다. 부귀해지는 것이 결코 죄악이 아니며 부귀해지면 빈천한 사람에게 덕을 베풀 수 있다. 사람들은 자신이 부자가 되려고 노력하여도 되지 않을 때 불만과 불평을 느끼게 되고 다른 부자들을 부러워하거나 때로는 시기하고 증오하기도 한다. 자기는 정직하거나 불운하여 부자가 되지 못하였지만 상대방은 정직하지 못하고 운이 좋아서 부자가 되었을 뿐이라고 비하하기도 한다.

강독이 끝나고 시의원선거사무소 개소식 초청을 받은 대로 J의원의 사무소를 찾아갔다. J의원은 지방의 명문고등학교를 거쳐 진보파(?) 교수가 많기로 이름난 H대학 사회복지학과를 나온 후로 석사과정을 이수하고 대학의 겸임교수로도 활동하였다. 사무소의 한쪽 벽에는 '부자보다는 가난한 사람' 을 위하여 정치한다는 지도자들의 초상화가 보였다.

'부자보다는 가난한 사람을 위하여' 라는 정치 슬로건은 누가 들어도 좋은 말이다. 문제는 부자와 빈자를 적대관계로 대립하게 하여 갈등을 조장하면 사회적으로 분화와 대립이 조성되고 노사분규가 정도를 넘어 불법과 위법행위로까지 진행한다는 것이다. 자유민주주의 사회에서는 시장경제의 원리에 의하여 부자가 산업을 일으키고 국가발전에 공헌하는 것인데 마치 부자는 빈자의 착취자로 적대시하는 분위기를 조성하는 것은 이른바 대중영합주의로 기울고 국가발전의 커다란 걸림돌이 될 수도 있다는 것이다. 우리나라에서는 진보를 표방하는 정치인들이 대중영합주의로 기울고 그것이 실효를 거두는 사례가 잦은 것으로 보인다. 그것은 정권을 쟁탈하기 위한 수단으로 활용되는 것인데 보수를 표방하는 정치인들도 그들을 따라서 대중영합주의를 사양하지 않는 경향이 짙다. 이렇게 되면 결과는 경제발전의 둔화와 국가채무의 증가를 초래하여 나중에는 국가재정파탄의 위기를 초래할는지도 모른다. 이리하여 국민들은 대중영합주의를 초월한 진정한 애국정신과 국가경영의 전문적인 지식을 갖춘 진정한 정치인을 기대하는 것이다.

귀로에 중국식당 '라오펑유' (老朋友)로 향하였다. 이 박사 일행이 한창 술잔을 기울이고 있었다. 우리 일행이 들어서자 반가이 맞이하여 합석이 되었다. 백주(白酒)를 마시고 자장면도 먹고 난 처지였다. 식탁은 다시 웅성거리고 술잔이 활발히 움직였다. 별실에는 벽에 글자모형이 붙어 있었다. 자세히 보니 '문여하사서벽산 소이부답심자한' (問余何事棲碧山 笑而不答心自閒)이었다. 나는, 속세의 이해타산을 모두 떠나서 푸른 산에 들어가 자연을 벗하여 산다는 것은 이상적이지만 현실적으로 실천하기가 어려운 것으로 생각되었다. 속세에서 자라서 속세에서 살면서 맺어온 인연이 너무나 길고 깊어서 결코 벗어날 수 없는 것으로 여겨졌다. 현대의 인간들은 옛사람들과 달리 창름이 가득 차고 의식이 족해야 푸른 산에 들어가 살 수 있을 것 같다.

03
어느 수필가의 등단

그는 자기의 작품 〈처녀엄마〉를 통하여 어렸을 때의 환경을 기탄 없이 드러내 놓았다.

그는 강원도의 어느 시골마을에서 태어났다. 아빠는 거의 일을 하지 않고 날마다 술에 취하여 들어와 엄마와 자식들에게 행패를 부렸다. 위로 오빠와 두 언니가 있고 밑으로 두 동생들이 있었다. 그의 엄마는 남매를 남겨 놓고 가출한 어느 여인을 대신하여 아이들을 살펴주다가 급기야는 그들의 새 엄마가 되어 아이들을 넷이나 낳았다. 위로 오빠와 언니는 그의 배다른 형제자매였다. 어찌나 가난한지 중학교에 진학할 형편이 되지 못하여 재건중학교에 들어가 겨우 1~2년을 다녔다. 엄마가 아는 사람에게 교복을 빌려왔는데 너무 커서 어울리지 않았다. 하루는 엄마가 차려 놓은 밥상을 아빠가 발로 차서 엎는 바람에 엄마가 화상을 입어서 고생하였다.

추운 겨울밤에 방에서 쫓겨나 엄마와 함께 부엌에서 떨고 있다가 평펑 쏟아지는 눈을 치우다 보니 날이 새었다고 한다. 아이들은 영양실조로 인하여 버나치기로 경기를 일으켜서 죽다 살아나곤 하였다. 초근목피로 목숨을 이어가는 형편이라 언니를 남의 집 식모로 보내라는 권유를 받았으나 엄마는 완강히 뿌리치고 모두 길렀다.

그 후 그는 어떤 과정을 밟아 결혼하게 되고 지금 방송통신대학까지 진학하게 되었는지 알 수는 없다. 아마도 고등학교입학자격검정고시와 대학입학자격검정고시를 거쳤을 것으로 추측된다. 아무튼 놀라운 일이었다.

나는 그의 글을 읽고 나서 전자우편을 보냈다.

추천완료를 축하드립니다. …(중략)… 등단소감에서 '허락되지 않는 자존심 때문에 가슴 밑바닥에 쌓아놓을 수밖에 없었던 공허함'이라는 말을 하셨는데 이제 그 공허함은 모두 사라졌을 것입니다. 글 쓰는 사람들은 누구나 알게 모르게 자신을 노출시키는 것이 필연적인 과정이라고 합니다. 글의 소재나 대상이 자기로부터 점점 확대하여 이웃으로 사회로 국가로 세계로 우주로 발전하는 것이니까요. 심사평에서 '강한 체취를 느낄 수 있다. 아주 감칠맛이 난다'고 한 것처럼 매력 있는 좋은 글이라고 느꼈습니다. 앞으로 점점 깊고 넓은 글이 나올 것을 기대할 수 있습니다. 더욱이 대학에서 국어국문학을 전공하신다니 존경스럽습니다. 문학교실 회원들과 함께 학위수여식장에 가서 축하드릴 날을 기다리겠습니다. 다시 한 번 축하드립니다.

나는 문학을 전공하지 않았지만 김○○이라는 수필가를 학생처럼, 제자처럼 생각하였다. 그 동안 교육계에서 수많은 학생들을 만나고 지도한 직업의식이 고개를 든 까닭이다. 연령으로 따져도 30년 이상이나 후배이니 그럴 수밖에 없었다. 모쪼록 착실히 공부하여 훌륭한 작가가 되기를 바랄 뿐이다. 그의 문장 가운데는 '허락되지 않는 자존심'을 극복한 흔적이 역력하였다. 그것은 커다란 용기였다. 그 용기는 크게 발전할 수 있는 원동력이 될 것으로 보였다. 그러면서 나 자신도 아직 '허락되지 않는 자존심' 같은 것이 가슴 속에 많이 남아 있음을 인정하지 않을 수 없었다.

나는 이틀 후에 답장을 발견하였다.

선생님, 감사합니다. 생각지도 않은 메일 한 통에 마치 스타라도 된 듯, 마음이 구름 위로 얼른 올라앉는군요. 수필가의 도전으로 너무 늦지 않았나 많이 망설였으나 주변의 축하인사를 많이 받으며 조금의 용기를 얻어 봅니다. 글이란 모름지기 경험에 의해 비로소 진정으로 독자들의 가슴에 깊숙이 들어가 공감할 수 있어야 감동을 받을 수 있다는 생각으로 솔직하게 쓰고 싶은 게 제 생각입니다. 어렵게 살아온 어린 시절이 글쟁이에 도전하는 양분으로 빛을 보기 시작하는 것 같아서 오히려 과거의 가난이 감사하게 느껴집니다. 따지고 보면 이제 저는 경험 없는 초행길로 접어들었는데 선생님의 많은 조언과 채찍을 기다리겠습니다. 감사합니다. 꾸~벅. 김○○

그의 답장은 반가웠다. '메일 한 통에 마치 스타라도 된 듯 마음이 구름 위로 올라앉는군요'라는 구절과 '많은 조언과 채찍을 기다리겠습니다'라는 구절이 마음에 들었다. 그리고 '꾸~벅'은 신선한 정감을 주었다.

04

시조시(時調詩) 특강

성남문화원 한 원장의 시조시(時調詩) 특강을 듣게 되었다. 시조
시는 '시절가조' (時節歌調)라는 말에서 기원했다고 한다. 시절
은 일정한 시기나 계절이나 철에 따른 날씨나 세상의 형편을 가리키는
말인데 시조에서 말하는 시절은 세상의 형편을 포함하는 말로도 해석
되었다. 시조는 한국 고유의 독특한 형태를 갖춘 시라고 할 수 있으며
고려말기부터 현대까지 내려오는 것이며 '시조' 라는 용어는 국악에서
부르는 것이므로 '시조시' 라고 부르는 것이 옳다고 한다.

시조시는 한국인의 호흡에 맞아떨어지는 시문학이며 초장 중장 종
장으로 구성되었는데 역대의 시조시들을 분석해 보면 평균적으로 초
장은 3-4-3-4, 중장은 3-4-3-4, 종장은 3-5-4-3의 글자수로
이루어져서 대략 45~50자이며, 종장의 첫마디 3자는 '3자어' (三字語)
라고 부르며 고정불변이라고 한다. 흔히 3장 6구체(三章六句體)라고
부른다.

우리나라의 고시조시는 정몽주 이조년 황진이 윤선도 송시열 등의

작품이, 현대시조시는 이병기 이은상 조운 이호우 이영도 조종현 김상옥 등의 작품이 명작으로 손꼽을 만하다고 한다.

어루만지듯
당신
숨결
이마에 다사하고
내 사랑은 아지랑이
춘삼월 아지랑이
장다리
노오란 텃밭에
나비 나비 나비 나비(이영도 〈아지랑이〉)

천지개벽이야! 눈이 번쩍 뜨인다
불덩이가 솟는구나. 가슴이 용솟음친다.
여보게! 저것 좀 보아, 후끈하지 않은가(조종현 〈의상대 해돋이〉)

내 고향 남쪽 바다 그 파란 물 눈에 보이네
꿈엔들 잊으리오 그 잔잔한 고향 바다
지금도 그 물새들 날으리 가고파라 가고파(이은상 〈가고파〉 중에서)

강사는 정완영(鄭椀永) 시조시인이 집필하여 1981년 2월부터 10회에 걸쳐 일간지에 소개한 '시조짓기교실'을 소개하였다. 제목과 내용은 다음과 같다.

제1회: '3장6구 가락 속에 민족혼 담겨' ―우리 시조는 흐름(流)이 있고 굽이(曲)가 있고 마디(節)가 있고 풀림(解)이 있다.

제2회 : '서민생활의 애환 속에 소재 듬뿍' —고유의 운치를 살려야 한다. 자연과 인성의 본향을 되찾아야 한다.

제3회 : '물레질에 담긴 3장의 내재율' —종장의 자수 변용에서 묘미를 살려야 한다. 감아 넘기는 굴곡은 생활습속과 깊은 관련이 있다.

제4회 : '자유분방하면서도 테두리 지켜야' —내재율을 잃지 않는 범위에서 자수 가감은 가능하다.

제5회 : '단발로 승부짓는 명포수의 통렬함을' —적중어(的中語)는 종장에 있다. 자수도 가락에 절로 따라야 한다. 심안(心眼)을 열면 모든 사물이 시의 소재이다.

제6회 : '시상을 압축한 단수(單首)가 시조의 본령' —연작(聯作)은 변형된 것이다. 복잡한 현대인의 생활상을 반영한다. 깊은 뜻 담아도 격조를 잃으면 낙제이다.

제7회 : '말은 짧게 뜻은 길게' —……종장 뒤에 여운을 남겨라. 봄비에 옷이 젖듯, 읽는 이의 가슴에 스머들게 해야 한다.

제8회 : '넘치는 정한, 여유가 시조의 생명' —신명 앞서야 이론도 산다. 장과 장 사이에 여운이 없으면 죽은 글이다.

제9회 : '동심에 꿈을 심는 시조교육을' —자연을 모르는 도시 어린이들에게 향수(鄕愁)를 불어 넣어라.

제10회 : '누에가 명주실을 뽑듯……' —끊어질듯 이어질듯 흐르다가 때로는 장중해야 한다.

이어서 독자칼럼이 소개되었다. 첫째는 이정자 시인의 '시조의 세계화를 꿈꾼다' 이다. 우리 민족의 언어는 대개가 2음절 3음절 4음절로 이루어져 있고 5음절은 2음절과 3음절의 합성이라고 한다. 이러한 한국어의 특질이 시조의 형태를 가능하게 하는 결정적인 요인이다. 오세영 시인이 미국에서 교환교수로 있을 때 시조시를 한 수 읊어주었더니 학생들의 반응이 폭발적이었다고 한다.

다음엔 권영민 교수가 하버드대학교 영어시조 낭독회에 다녀온 글이다. 미국 교수는 학생들과 함께 영어시조(English Sijo) 운동을 전개하고 있다는 것이다. 미국의 중고등학교 학생들은 영어시간에 일본의 하이쿠[俳句]의 음절수에 맞추어 영어하이쿠(English Haiku)를 짓는 데 이것과 같은 원리로 시조시를 지으면 영어시조가 되는 것이라고 한다. 영어 시조시의 확대는 한국문화의 세계화에서 주목된다.

다음으로 류성호 문학평론가의 글이 소개되었다. 외국인들이 시조시에 큰 관심을 가지고 있으며 한국문학의 세계화는 시조시에서 그 길을 찾을 수 있다는 것이다.

내가 시조시를 대하게 된 것은 초등학교 시절에 배운 것 몇 수와 중등학교 시절에 배운 것 몇 수이고 그 밖에도 더러 읽은 것이 있긴 하지만 거의 머리에 남아 있는 것은 없는 셈이다. 본디 문학을 전공하지 않은 탓도 있지만 시조시를 읽을 기회는 거의 없었던 것 같고 새로운 맛을 느낄 수가 없었던 것이 사실이다.

한국의 젊은이들이 거의 모두 비슷한 사정이지만 나는 중등학교 시절에 시조시보다는 주로 한국의 현대시나 서양 사람들의 시를 읽었다. 한국의 시조시보다는 서양의 산문시가 더 선진사회의 고급문학이라고 생각되었던 것 같다. 요즘도 일부의 노인들을 제외하고는 많은 사람들, 특히 젊은이들은 한국문학보다는 서양의 문학에 관심이 많고 서양문학을 읽으려고 하는 경향이 짙은 것으로 보인다. 이러한 현상은 세계가 지구촌화하는 경향에 따라 자연스럽게 빚어지는 현상이라고 볼 수도 있지만 서양의 모든 문화가 결코 정치(精緻)하다고 보기도 어렵고 오히려 퇴폐적인 면도 있어서 한국의 건전한 전통문화를 부정적으로 보게 하고 파괴하는 병폐가 있는 것도 사실이다.

나는 일본의 방송프로그램에서 시민들이 하이쿠를 지어서 발표하고 감상하고 평가하는 장면을 보고 감동을 받은 일이 있다. 한국의 방송매체에서도 시조시를 지어서 발표하고 감상하고 평가하는 프로그램을 편성할 수 있을 것이라고 믿는다.

한국의 시조시가 우리의 전통적인 시이고 현대적인 감각에 맞는 작품들도 많이 있는 것으로 안다. 3-4-3-4, 3-4-3-4, 3-5-4-3이라는 음률이 우리의 호흡에도 알맞고 역사적인 맥락을 가지고 있기 때문에 당연히 읽어야 하고 또 창작도 하는 것이 바람직하다고 생각된다. 한국 사람이라면 마땅히 시조창이라도 배워서 한 수(首)씩 읊을 수 있어야 하지만 그렇질 못하니 애석하기도 하다.

시조시의 교육이 강화되어야 하고 시조시가 국민의 일상적인 생활 속에서 읊어지고 세계문학의 무대에서 인정되는 날이 오기를 바란다.

05
사회통합

사회통합이란 말은 사회가 통합되지 못한 것을 전제로 하여 그 원인과 대책을 생각하게 한다. 오늘날 국내의 각계각층에서는 분화와 대립이 심각하고 그 여파가 해외동포에게까지 미치고 있다. 이런 현상은 하느님을 신앙하는 기독교에서도 나타난다고 한다. 다문화국가인 미국의 교회에서는 분열이 없어도, 단일민족이라는 일천여 개의 재미한인교회(在美韓人敎會)에서는 예외 없이 내분이 일어난다는 말이 전한다. 그 원인은 크게 보아 주도권의 쟁탈전이고 특히 장로집단에서 심하기 때문에 장로제도를 두지 않는 교회(교파)도 있다고 한다. 한국인은 자기보다 앞서가는 사람이 있으면 경쟁하고 경쟁에 불리하면 권모술수를 동원하고 앞선 사람을 타도하기에 열중하다가 앞선 사람이 쓰러지면 창의적으로 한 발 더 앞서지 못하고 방황하다가 다시 앞선 사람이 나타나야만 그 사람을 넘어뜨리기 위하여 추격전을 벌인다는 이야기가 있다. 이광수의 〈민족개조론〉이나 최남선의 〈조선민족 갱생의 도〉가 다시 새로운 모습으로 등장할 만한 형세가 되었다.

2009. 12. 23. 중앙일보 3면에 따르면 대통령자문기구 '사회통합위원회' 위원(32명 중 24명)으로부터 다음과 같은 질문과 답변을 얻었다고 한다.

*질문1 : 우리 사회통합의 가장 큰 걸림돌은 무엇인가?

*답변 : 영호남문제를 비롯해 국정운영전반에 걸친 지역편중/ 지연에 호소하는 지역정당주의/ 보수와 진보간 이념갈등/ 상호비방만 하는 정치문화/ 경제 이념갈등, 지역노사간 갈등/ 역사적 갈등의 배경이 너무 깊고 복잡함/ 보수 진보간 충돌, 빈부격차, 지역간 갈등/ 관용의 부족, 시민문화(civic culture)의 부재/ 정치권이 증폭시키는 지역갈등과 이념갈등/ 이념에 따른 적대적 관계/ 상대방을 인정하지 않는 자기중심주의/ 공동체의식 부재와 지나친 평등성 추구의 사회적 비용/ 사회계층갈등/ 지역 감정/ 장애인과 비장애인간의 인식격차/ 소모적인 이념투쟁/ 정치의 분열, 정당이익 앞세우기/ 나의 정책과 목표만 옳다고 강변하는 정치풍토/ 보수−진보, 지역, 신구세대간 갈등/ 우리 편과 아닌 편으로 편 가르기/ 갈등을 제도 안에서 푸는 규범이나 시스템 미비/ 남북분단에 의한 이념괴리, 좌익 우익 내부분열/ 경험 없는 다문화가정 급증/ 토론문화의 부재, 반대자설득을 소통이라고 생각하기/ 권위주의 정부의 잔재./ 치열한 선거, 지역주의.

*질문2 : 통합의 걸림돌을 제거하기 위한 방안은 무엇인가?

*답변 : 골고루 인재를 등용할 것/ 정책으로 지지받는 정당 개혁/ 역사적 경험을 통한 교훈 얻기/ 교육으로 성숙한 시민 기르기/ 원인이 복잡하여 해결이 쉽지 않음/ 여론주도층이 성심을 다해 소통하고 노력할 것/ 양보하고 화합하고 돕고 이해할 것/ 교육을 통해 타인을 존중하는 시민문화 형성/ 정치권이 통합 해치는 극단적 용어 사용을 지양할 것/

사회지도층의 자기성찰/ 상대방을 인정하는 바탕 위에서 솔직한 대화 시도/ 정책 입안 때부터 사회적 비용 줄이는 고민 필요/ 도덕의 재무장 같은 사회교육이나 운동 필요/ 언론의 역할 필요/ 동의의 저변 확대/ 역지사지의 지혜 필요/ 정파적 이기심 불식/ 진영간 패싸움 양상 벗어나는 역지사지 훈련/ 모두 새로운 방식 모색/ 상대에 대한 존경과 배려로 조금씩 양보/ 민주사회의 규범 확립/ 이념적 갈등과 간극의 정치적 악용 금지/ 포용과 관용의 자세와 사회제도적 정비/ 소통의 3단계(비움−귀기울임−받아들임) 필요/ 제왕적 대통령제의 손질, 개헌.

사회통합의 걸림돌에 대하여는 지연(地緣)갈등, 이념갈등, 노사갈등, 빈부갈등, 사회계층갈등, 신 · 구세대갈등, 상호비방, 관용부족, 자기중심주의, 지나친 평등 추구, 파당주의, 토론문화의 빈곤 등을 들고 있다. 이에 대한 대책으로는 문제점에 대한 직접적 대응 외에 도덕재무장, 민주적 규범 확립 등이 제시된 것으로 볼 수 있다.

항상 느끼고 있는 바와 같이 우리는 아직도 공직사회의 부정부패가 심각한 수준에 있고 국민들은 도덕적 수준이 저급하고 민주주의의 훈련이 부족한 것이 사실이다. 매일처럼 보도되는 부정부패 부조리와 폭언폭력이 국민을 실망케 한다. 그 중에도 정치인이라면 국민들이 고개를 내젓는다. 국회에서는 민생법안을 몇 년씩 방치하고 폭언 폭력의 난장판을 연출한다. 멱살을 잡고 의장석을 점거하고 미친 사람처럼 고함을 지르고, 국회의사당 안에서 국회의원이 폭행상해를 당하는 꼴을 본다. 국가의 안보는 어디로 갔는지, 정부와 국회는 말로만 호도하고 만다.

G-20정상회의를 개최하고 세계경제 10위권을 말하고 있는 한국의 국력은 많은 국민들에게 회의를 느끼게 하고 안보의 붕괴를 염려하게 되고 불안한 국민들은 기회 있는 대로 해외도피를 궁리하고 시도하고 있다.

미국 오바마 대통령은 당선 직후에 행한 연설에서 미국의 국력은 어디서 나오는가를 말하였다. 미국의 국력은 경제적으로 세계 제1이고 군사적으로도 세계 제1위이다. 그러나 그는 경제력이나 군사력을 강조하지 않았다. 그는 미국의 진정한 국력은 민주주의(democracy), 자유(liberty), 기회(opportunity), 꺼지지 않는 희망(unyielding hope)에서 온다고 하였다. 미국의 민주주의는 다인종 다문화로 이루어진 특수한 역사의 토대 위에서 발전하였으며 그들은 자유를 생명처럼 추구하며 도덕적 지적 육체적 기능적 실력을 갖추기만 하면 그것이 인정될 수 있는 기회를 얻을 수 있고 미국사회가 추구하는 가치를 실현할 수 있는 희망을 가질 수 있다는 사실이 진정한 미국의 국력이라는 것이다. 그런데 미국은 그러한 모든 것이 완벽한 수준에 도달한 것은 아니기 때문에 대통령을 비롯한 정치인들은 보다 높은 수준으로 향상시키기 위하여 노력한다는 것이다.

우리 사회의 통합에 걸림돌로 작용하는 것을 살펴보면 개발도상국이나 남북분단국이라는 특수상황에서 거의 필연적으로 빚어지는 현상이라고 볼 수 있고 이에 대한 대책은 윤리의식의 고양과 민주주의의 습득이라고 볼 수 있다. 사회적 갈등은 사회를 불안하게 하고 민생을 도탄에 빠지게 하고 국력을 약화시킨다.

06
한중(韓中)작가회의를 다녀와서

모처럼만에 국제 세미나에 참석하러 가는 기분으로 들떴다. 더구나 낯설기만 한 '한중작가회의' 이니 새로운 얼굴도 보고 중국 사람들의 목소리도 들을 수 있다는 기대가 즐거움으로 다가왔다.

지하철을 타고 헤매다가 드디어 세미나 장소에 이르렀다. 접수대에 가서 프로그램과 책자를 한 권 얻었다. 개회식이 진행되고 커피브레이크가 있었다. 원로로 보이는 사람들에게 인사를 드리고 방청하러 왔다는 것을 알렸다.

한국의 평론가가 기조강연을 시작하였다. 그는 프랑스에서 소설의 구조를 연구하여 박사학위를 받고 이화여대 불문과에서 정년퇴직한 분이었다. 주제는 '과거와 현재, 문학과 전통' 이었다. 1945년 광복 이후 50년대, 60년대, 70년대, 80년대, 90년대에 이르는 한국의 현역작가들과 작품을 세심하게 연구한 면모가 여실히 드러났다. 그는 비판과 반성, 이상과 현실 사이의 갈등과 괴리를 파악하고 그 극복의 길을 모색하는 것이 문학의 역할이라고 밝혔다.

중국의 우커징(吳克敬) 작가는 신병으로 병원에 가 있어서 씨안(西安)에서 온 뚜아이민(杜愛民) 씨가 대리로 자신의 생각을 간단히 발표하였다. 나는 오후의 일정을 포기하고 귀로에 올랐다. 동대입구 지하철 역에서 2010. 5. 24일자 「THE KOREA TIMES」를 한 부 사들었다. 60년 대를 전후하여 내가 정기 구독하던 「KOREA HERALD」는 보이지 않았다.

왼쪽 상단에 우산의 행렬로 가득한 사진이 보였다.

'Commemorating the late President Roh' 라는 글귀가 보였다. 기사를 읽어보니 토요일과 일요일에 30,000여 명의 인파가 고 노무현 전 대통령의 1주기를 맞이하여 비를 맞으며 그 묘역을 방문하였다는 것이었다. 오른쪽에는 'Lee to reveal stern countermeasures to Cheonan today' 라는 커다란 제목이 보였다. 이 대통령이 천안함침몰사건에 대한 엄격한 대응방안을 발표할 것이라는 것이었다. 다시 그 밑에는 '134 teachers to be fired over political activities' 라는 제목이 보였다. 당국에서는 전교조 교사들의 불법정치활동에 대한 응징으로 그들을 해임 또는 파면할 모양이다.

나는 집으로 돌아와 소파에 누워 우커징 작가의 글을 읽었다. 제목은 '온난적 표달' (溫暖的 表達)이었다. '따뜻한 의지의 표현과 전달' 이라는 뜻으로 이해되었지만 지린대학교 권혁률 교수는 '따뜻한 글' 이라고 번역해 놓았다. 내용을 보니 '따뜻한 인간의 언행' 을 문학으로 표현하는 것이었다. 우커징 작가는 중편소설 〈위하오녀〉(渭河五女)라는 작품으로 알려졌는데 작가는 작중 인물들을 따뜻하게 표현하고 싶었지만 그렇게 하지 못한 것이 괴로웠던 모양이다. 그 후 그는 20년 동안 글을 쓰지 않았다. 당시는 중국사회가 '사상해방의 물결 속에서 길을 더

듬으며 한 걸음 한 걸음, 비록 대담하지만 한 편 무서운 길을 걷고 있었다. 자칫 잘못하면 …… 시대의 희생양이 되기 십상이었다'고 작가는 술회하였다. 아마도 당시의 사회가 인간의 따뜻한 이야기를 쓰는 것이 반사회적(반국가적)인 작품으로 평가되어 어떤 불행을 겪는지도 모르는 불안한 상황이었고, 작가는 그러한 위험을 무릅쓰고 인간의 진실을 그려내지 못한 것을 크게 뉘우치면서 앞으로는 '인간의 따뜻한 진실을 그려내는 것'이 자신의 창작정신이라고 고백하는 것 같았다.

앞서 말한 한국의 평론가는 '젊은 작가들이 패스티쉬(Fastish)와 패러디(Parody)라는 이름으로 타인의 상상력을 변형시켜 자신의 것으로 삼는 것은 자기 안에서 넘쳐나는 독자적 상상력을 제대로 사용하지도 않고 버리는 것이며, 이미 존재하는 상상력에 의존하는 게으른, 기계화 된 모방에 지나지 않는다. 그들 작품이 사회적 금기를 타파하고 억압으로부터 벗어난다는 구실로 섹스를 남용하는 것도 바로 그러한 게으른 정신에서 유래한다'고 지적하였다.

나는 진정한 작가 정신은 무엇인가 생각해 보았다. 한국사회는 일제 강점기부터 다양한 서구사상이 들어오고 그 결과는 혼란한 상황에까지 이르게 하였다. 다시 말하면 평론가가 지적한 바와 같이 한국문학의 일면은 '이상과 현실 사이의 갈등과 괴리를 파악하고 그 극복의 길을 모색하는, 생산적 역할을 포기하고 폭로나 충격과 같은 감정의 일회적 소비에 안주하는' 경향을 보이기도 하였고, 진정한 문학정신은 어디로 갔는지 찾기 어려운 경우가 많은 현실에 비추어 볼 때 우커징 작가의 고백과 주장은 타산지석이라고 생각되었다. 진정으로 무엇을, 어떻게, 왜 써야 하는지를 냉철히 생각하고 심각히 고민하지 않을 수 없다고 생각하였다. 이것은 작품의 품격을 좌우하는 것이며 창작을 하지 않으면 안 될 절실한 이유가 될 것 같았다.

우커징 작가는 〈피로 물든 치파오〉[濺血旗袍]라는 작품 속에서 곰보 마나님이라고 부르는 부인이 이른바 인민재판을 받는 장면을 묘사하였다. 곰보마나님은 일본군과 싸우는 장개석 군대의 한 장교의 부인이었는데 고향으로 돌아와 사유재산을 털어서 '홍방의학'(興邦義學)이라는 학교를 짓고 후진을 양성하였다. 그는 항상 여러 가지 치파오를 입었으며 한가로이 퉁소를 불기도 하였다. 일본군이 패전하고 해방군(중공군)이 승리를 거듭하는 동안, '홍방의학' 은 문을 닫게 되고 토지개혁공작대가 마을에 입주하자 곰보마나님은 체포되어 거리에서 조리돌림을 당하고 투쟁대회에서 투쟁 받는 대상이 되었다. 그는 반동군부의 마나님이요 악질지주의 마나님으로 낙인되었다. 마을 사람들은 폭풍우 같은 주먹과 발길로 그녀를 때려눕히고 그녀에게 침을 뱉었다. 어떤 사람은 벽돌로 그녀의 정수리를 때려서 머리에서 피가 샘물 솟듯이 콸콸 쏟아지게 하였다. 현(縣)인민정부에서 파견한 특파원은, 곰보마나님을 개명한 민주인사로 인정하고 홍방의학의 울안에 안장케 하였다. 그러나 문화대혁명이 일어나자 완장을 두른 젊은이들이 그 무덤을 평지로 만들었다는 것이다.

투쟁대회라는 것은 이른바 인민재판과 같은 것이며 작가는 그 불합리성과 비인도적 성격을 폭로한 것으로 보인다. 그리고 문화대혁명은 또 하나의 인민재판을 보여주는 것으로 해석된다. 우커징 작가는 작품 속에서 아마도 무엇이 옳고 따뜻하며, 무엇이 그르고 차가운 것인지를 보여주려고 마음먹은 것 같다.

작품을 쓰는 사람이 무엇 때문에, 무엇을 쓸 것인지 확실히 알아야 하고 그것이 독자에게 어떤 기능을 발휘하며 어떤 영향을 주는지 깊이 통찰해야 할 것이다. (이것이 작품의 품격을 좌우할 것이다.) 특히 문학에서 다루는 역사적 사실적 인물이나 사건에 대하여 정확한 객관적 사실을 무시하고 자기 마음대로 변조하고 날조하여 독자로 하여금 그릇된 인식이나 판단을 범하게 해서는 안 되고, 조화와 화해를 벗어난 흑백논리와 투쟁논리를 선동하고 조장해서는 안 될 것이다. 문학이라는 이름으로 사실을 함부로 왜곡하는 것은 문학에서 허용하는 허구의 범위를 함부로 벗어나는 것이다. 사실의 왜곡과 허구는 구별되어야 한다.

우커징 작가는 중국사회의 특수상황에서 자칫하면 시대의 희생양이 될 수도 있는 어렵고 거칠고 위험한 길을 일시적으로 피하였다가 다시 그 길로 들어서는지도 모른다. 그러나 그는 다시 그 길로 들어서지 않고는 견딜 수 없는 작가정신의 명령에 복종할 뿐이라고 보인다.

중국문학의 향기는 영원히 빛날 것이다.

07
노인들의 잡담

노인들의 식탁에는 간단한 안주에 소주병이 놓여 있었다. 소주에는 '초지일관' 이라는 글자가 보였다.

'초지일관' 이 무슨 뜻인지 궁금하다는 질문 같은 말이 나오고 이 사람 저 사람이 이야기를 주고받았다.

"왜 하필이면 '초지일관' 인지 모르겠네."

"……"

"도대체 무엇을 초지일관한다는 거지?"

"글쎄, 그 당초의 속뜻이야 무엇인지 알 수 없지. 공분지, 사업인지, 어떤 이념이나 이데올로긴지, 술 선전이니까 술 마시는 일인지?"

"글쎄. 초지일관하여 술을 마시라는 것은 이상하고."

"본디 그 말을 지어낸 사람의 생각이니까 남이야 알 수가 없지요."

"그러면 장본인에게 확인하기 전에는 알 수가 없겠구먼."

"그렇지. 그런데 그 장본인의 생각이 옳은 것이라면 모르지만 만일 옳지 못한 것이라면 어떻게 되지?"

"옳고 그를 게 무어 있겠어? '초지일관'은 무조건 좋은 말인데."

"정말 그럴까. 우리가 길을 갈 때에 갈림길을 만나서 한 번 오른쪽 길을 택하였으면 죽으나 사나 오른쪽으로만 가야 하고, 한 번 왼쪽 길을 택하였으면 죽으나 사나 왼쪽으로만 가야 한단 말인가? 그 길이 목적지와는 전혀 다른 곳으로 가는 길일 수도 있으니까 가는 도중에 길을 잘못 들었다고 생각하면 일단 멈추거나 되돌아와야 하는 것 아닐까?"

"듣고 보니 그렇긴 그러네. '초지일관'은 그저 단순한 뜻이 아니고 깊은 의미가 담겨 있는지도 모르겠군 그래."

"그렇지. 바로 그거지. 그것이 어떤 이념이나 이데올로기를 초지일관하여 실천한다는 뜻일 수도 있지. 만일 그렇다면 그 이념이나 이데올로기란 구체적으로 무엇인지 또 의문이 제기되고."

"이념이나 이데올로기란 개념이 결코 단순한 것이 아니니까 도무지 알기 어렵단 말이야. 그리고 소비에트연방이 와해되고 중국이 개혁 개방하여 이른바 체제경쟁이 끝났다고 하는 시대니만큼 이념이니 이데올로기니하는 문제는 이미 옛날 이야기가 아닌가?"

"서구사회에서는 다 사라졌다는 말이 있긴 하지만 우리 한반도에서는 이념의 문제가 상존하고 있다는 거지. '이데올로기의 종언'은 서구사회의 이야기란 말이야."

"그런데 이념이란 말과 이데올로기라는 말은 같은 말인지 다른 말인지 알 수가 없단 말이야."

"그것은 차이가 있다고 하더군. 이념이란 본디 완전무결하고 옳은 것이고 모든 사람이 지지하는 것이지만, 이데올로기는 반드시 옳기만 한 것도 아니고 모든 사람들이 지지하는 것도 아니래요. '이데올로기의 종언'은 결코 이념의 종언이 아니라 교조적인 사상이 끝났다는 것을 가리키는 것인데, 그런 사상은 경제적 풍요와 과학의 보급과 합리적이고 실용적인 사고의 확산으로 발붙일 곳이 없다는 것이라고 해요. 그러니까 이데올로기라는 말은 주로 사회주의를 비판하는 사람들이 쓰는 말이고, 사회주의자들은 자기들의 사상을 이데올로기라고 말하지 않는다는 거지요."

"그럼, 사회주의자들은 자기들의 사상을 무엇이라고 부르나?"

"그들은 사회주의를 과학적 사상이나 과학적 이론이라고 부르고 사회주의가 아닌 다른 사상이나 관념을 가리켜 이데올로기라고 부른다는 겁니다. 따라서 현실에 맞지 않고 공상적인 주장을 이데올로기라고 부르기 때문에 이데올로기비판이란 말은 남의 사상을 비판하는 것이고, 이념비판이라는 말은 잘 쓰지 않게 되는 것이지요. 이념은 참된 것이기 때문에 비판의 대상이 아니니까."

"그렇군. 그런데 정말 서구사회에서는 이데올로기가 끝장났는지? 그리고 우리만 아직 이데올로기의 갈등을 겪고 있는지?"

"서구사회는 서구사회대로 새로운 이데올로기가 있는 것이지요. 사회에 대한 인간의 의식과 이론이라는 것은 항상 자기가 처해 있는 사회적 상황의 영향을 받는 것이고 사회현상에 대한 어떤 관점이나 이론도 완전히 객관적이거나 완전무결할 수는 없으니까 이데올로기가 완전히 종언될 수는 없겠지요. 끊임없이 새로운 이데올로기가 나타날 뿐이라고 할까요. 그런데 서구에서는 구시대의 이데올로기는 거의 사라졌지만 '뉴레프트운동'이나 '좌익청년운동' 같은 것이 일어나는데 반하여 우리나라에서는 케케묵은 이데올로기의 갈등이 아직도 계속되고 있다는 거지요. 지구에는 200개 이상의 국가가 있고 그들은 모두 서로 다른 특수한 역사적·문화적·사상적·정치적·경제적·지정학적·국제적 특성이나 배경을 가지고 있기 때문에 세계적으로나 국가적으로나 여러 가지 형태의 이데올로기가 난립할 수밖에 없고 그것들은 모두 국가와

민족의 발전을 위하여 긍정적인 역할을 발휘하기도 하고 때로는 부정적인 역할을 발휘하기도 하겠지요. 들은 풍월에 지나지 않아서 나도 잘 알지 못해요."

"아주 재밌군 그래. 더 이야기 좀 해요. 상식적으로 알아야 하는 것이니까."

"나는 이데올로기에 대하여 연구한 일이 없어요. 문제는 한국의 정치인들이 정말로 나라를 사랑하고 국민을 사랑하는지 문제지요. 사이비정치인들이 너무 많고 포퓰리즘에 사로잡혀서 국가의 이익보다는 목전의 이익이나 당장의 당리당략에 눈이 어둡다는데 문제가 있다는 거지요. 그런데 그 포퓰리즘이라는 것이 일종의 감언이설에 가깝기 때문에 대중에게 영합되어 정치적으로 '재미'를 볼 수 있는 술수라는 거지요. 어느 나라의 어느 권력이나 대중을 무시하거나 도외시할 수는 없으니까 포퓰리즘을 전혀 배격하기는 어렵겠지만 그렇다고 하여 장밋빛 공약을 남발하다 보면 국민을 오도하고 국가의 재정을 탕진하게 되고 국가경제를 위험에 빠트릴 염려가 있으니까 포퓰리즘을 경계하는 거지요."

"그런데 진보라는 말도 있는데 그것은 어떤 것인지?"

"똑같은 단어라도 말하는 사람에 따라, 때와 장소에 따라 항상 달라질 수 있으니까 진보라는 단어도 단순하지 않겠지요. 말하는 당사자가 밝히기 전에는……."

"그런데 두어 달 전에 중국 소설가가 쓴 단편소설을 읽은 일이 있어요. 거기에는 인민재판, 아니 사상투쟁이라는 것이 나오는데 너무 참혹하여 말할 수 없더라고요."

"인민재판을 사상투쟁이라고 하는 모양이군. 문화혁명 때도 엄청난 사람이 죽었다고 하던데."

"천 만 명이니 이 천 만 명이니 하니까 알 수 없는 숫자지요."

"그런데 중국은 아직도 사회주의 국가인데 그런 소설을 써도 괜찮은 가?"

"그러니까 혁명 초기의 어두운 역사를 폭로하는 것이라고 할 수 있고, 등소평 시대를 거치면서 그만큼 중국은 예술의 자유가 보장되는 사회이고 정치적으로 민주화한 것을 말하는 것이지요. 경제적으로도 겉으로만 사회주의 국가이지 속으로는 자본주의국가라는 것 아닙니까? 마치 겉은 빨갛지만 속은 하얀 사과와 같다고 하더군."

"인민재판이라는 말을 들어 본 사람들이 많겠지만 실지로 경험한 사람은 없는 것 같더라고."

"인민재판은 고대 로마제국에서 시행한 일이 있었지만 국가가 하는 재판에서 피의자가 너무 무거운 형벌을 선고 받았을 때 인민들이 그 형벌을 가볍게 해주기 위하여 시행하였다는 말이 있어요. 요즘은 한 사람을 놓고 여러 사람이 공격하면 인민재판식이라고 합디다. 광화문에서 어떤 노인에게 젊은이들이 심한 폭언과 욕설을 퍼부어서 봉변을 당한 동영상이 돌아다녀서 인민재판식이라는 화제가 있었지요. 대중의 의견은 대단히 중요하지만 자칫하면 감정에 흐르기 쉽고 또 전문적인 식견이 부족하기 때문에 현대문명국가에서는 어느 국가나 권력분립의 원칙에 의하여 사법부와 같은 전문권력기구를 두어 재판을 하고 사회정의를 확립하는 것이지요."

"그런데 광화문에서는 노인이 젊은이들에게 무엇을 잘못한 모양이지요?"

"확실하지는 않지만 박정희와 이명박을 지지하는 말을 한 것이 문제가 된 것 같아요."

"그것이 무슨 잘못인가? 어떤 사람을 지지하고 지지하지 않는 것은 그야말로 자유인데."

"당시 젊은이들이 말하는 것은 기성세대가 나라를 망쳐 놓았으니 투표하지 말라는 거였지."

"박정희가 독재한 것은 사실이지만 사리사욕을 위한 독재가 아니라 경제발전을 위한 독재라는 것은 분명하고, 또 그렇게 독재라도 해서 지금 우리들이 이만큼이라도 배불리 먹고 잘 사는 것인데 젊은이들은 그걸 모른단 말인가?"

"모르니까 그런지 알면서도 그런지 알 수가 없지요."

"그래, 폭언이라면 어떤 폭언인가."

"노인에게 투표하지 말라는 정도가 아니고, 매우 위협적이었다는 거지요."

"아니, 그 젊은이들이 박정희를 비판하는 것처럼 노인들은 박정희를 옹호할 수도 있는 것 아닌가? 사람은 대개 공로와 과오가 함께 있는 경우가 많은데 노인들은 공로를 크게 평가하고 젊은이들은 과오를 크게 지적하는 차이가 있을 뿐인데……. 내 생각이 남의 생각과 다를 수 있고 남의 생각이 내 생각과 다를 수 있는 것이 바로 민주주의인데, 나의 생각과 다른 생각을 한다고 해서 폭언을 퍼붓고 협박까지 한다는 것은 완전히 민주주의를 위협하고 법을 무시하고 자유를 무시하는 행동이구먼."

"한 마디로 말한다면 그런 현상의 근본적인 원인은 바로 이데올로기의 갈등과 관계가 있을 것이라고 보는 사람이 있어요. '이데올로기의 종언'이라는 말은 우리에게 해당하지 않는다는 증거라는 거지요."

"우리 사회에는 비정상적인 현상이랄까, 모순되고 부조리한 현상이 많아요. 가정교육을 잘못한 부모의 책임도 있고. 선생님들의 책임도 있고."

"가정교육을 말하는 사람들이 많은데 과거에는 너무나 가난하여 부모가 교육을 받지 못하고, 자식들은 부모의 희생으로 중등교육과 대학교육을 받게 되었지만, 학교에서는 입시교육 때문에 인성교육이나 전인교육을 제대로 받지 못하고 학벌만 갖추다 보니 자식들이 부모를 존경하는 마음을 갖기도 어렵게 된 거지요."

"아무리 그래도 노인에게 폭언을 퍼붓는 자들은 제 부모도 몰라보는 것이 분명해요. 노인들의 생각이 잘못된 것이라고 생각되면 조용조용히 토론을 하여 노인들을 설득해야지, 감히 욕설하고 폭언을 하다니 그 자들은 민주시민이나 지성인의 자질을 갖추지 못한 일종의 폭력배나 다름이 없어. 그 자들은 늙은이들보다도 완고하고 편협하고 사고방식이 경직되어서 하나만 알고 둘은 모르는 자들이야."

"책임은 어른들에게 있는 것 같기도 해요. 그리고 우리 사회에는 아직도 부정부패 부조리가 심하고 빈부격차가 심한 것이 문제이고."

"……."

그들의 이야기는 끝날 줄을 몰랐다. 어떤 사람은 일생을 군인으로 보내고, 어떤 사람은 의용군으로 입대하여 낙동강전투에 참가하였다가 거제도 포로수용소로 가서 석방되었다는 것이었다.

숨은 이야기는 한없이 많은 것 같았다. 그들은 1945년 이후 이데올로기의 갈등을 몸소 겪으면서 헐벗고 굶주리고 직업전선에서 땀 흘리며 겨우 살아남은 사람들이었다. 그들은 많은 친구들을 하늘나라로 먼저 보내고 이제는 자기차례를 기다리고 있는 사람들이었다. '장강의 뒤 물결은 앞 물결을 밀어내고 한 시대의 새 사람들이 옛사람들을 제치고 나타난다'(長江後浪推前浪 一代新人換舊人)는 말을 기억하고 그것을 보고 느끼고 거기에 순응하고 있다. 신인(新人)이 나타나면 구인(舊人)

은 사라지게 마련이지만 노인들은 젊은이들을 안심하고 믿을 수는 없다는 것이다.

소주병도 '초지일관'이고 술잔도 '초지일관'이었다. 그들은 맑은 소주를 잔마다 가득 따르고 건배하였다. 그러나 술잔은 좀처럼 비워지지 않았다. 초지일관도 수미일관도 아니었다.

그들은 분명히 노인들이었다.   (2010. 7. 7)

08
‘로만 채리티’ (노인과 여인)

고 대 로마의 역사학자 발레리우스 막시무스가 쓴 책, 《Memorable Acts and Sayings of Ancient Romans》(기록할 만한 고대 로마의 연극과 전설) 속에 나오는 이야기에는 ‘노인과 여인’이 소개되어 있다. 로마에 사는 노인 시몬(키몬)은 죄를 지어 감옥에 갇히게 되고 음식을 주지 않아 굶어 죽는 형벌(사형)을 받게 되어 극한상황에 이르렀다. 그의 딸 페로는 아버지를 면회 갔다가 간수의 눈을 피하여 아버지에게 젖을 빨게 한다. 이런 사실을 알게 된 로마법정은 페로의 지극한 효심에 감동하여 시몬을 석방해 주었고 시몬은 딸의 은덕으로 살아나서 훗날 로마의 훌륭한 정치가가 되었다는 것이다.

이 고대 로마의 전설은 ‘로만 채리티’ (Roman Charity, 로마인의 자비심)라는 제목으로 17~18세기 유럽의 화가들이 즐겨 그리는 그림의 소재가 되어 여러 가지 형태의 작품으로 나타났다. 개중에는 늙은 아버지가 너무나 쇠약하여 뼈만 앙상한 모습, 딸이 아버지를 똑바로 응시하는 모습이나 반대 방향으로 고개를 돌려 창문으로 감시하는 간수를 바라보는 모습도 있다. 늙은 아버지는 검은 수의를 입기도 하고 푸른 수의를 입기도 하며 딸은 흰 빛깔이나 붉은 색 계통의 옷을 입기도 한다. 대부분은 감방 안에서 젖을 물리고 있지만 감방 바깥 창 살 사이로 젖을 물리고 있는 장면도 있다. '로만 채리티'는 여러 가지 그림으로만 그려진 것이 아니라 대리석 조각으로도 제작되었다고 한다.

여러 가지 작품 가운데는 루벤스(Rubens, 1577~1640)가 그린 그림이 있는데 원제목은 'Roman Charity'이고 'Simon & Pero'라는 부제가 붙어 있으며 남미(南美)에 있는 푸에르토리코의 국립미술관에 전시되어 있다. 푸에르토리코 사람들은 민족혼이 담긴 최고의 예술품이라고 자랑스럽게 평가하고 전시관의 맨 첫머리에 진열하고 있단다.

푸에르토리코의 원주민인 인디언들은 9세기 경에 남아메리카 대륙에서 이주하였고, 1493년 콜럼버스가 상륙하여 스페인 국왕의 영토임을 선언한 후로 스페인의 통치를 받았으나 19세기 후반부터 독립운동이 거세지자 1897년 스페인은 자치권을 부여했다. 그러나 미국과 스페인의 전쟁으로 1898년 미국이 점령하고 군정을 실시하면서 미국령이되어 1930년대에 이르러 독립을 주장하는 여론과 미국편입을 주장하는 여론이 대립하여 많은 혼란을 야기하였으나 1970년대 이후로는 독립이 아닌 미국과의 관계설정이 주요 쟁점으로 나타나 자유연합주로서의 지위를 유지하고 있다. 이처럼 외국의 지배를 받으며 독립운동가가 배출된 푸에르토리코는 '로만 채리티'라는 작품 속에서 독립운동으로 투옥되어 아사형(餓死刑)을 받고 목숨이 꺼져가는 늙은 아버지에게 젖을 먹이는 딸의 행위를 영웅적인 행위로 보고 커다란 의미를 부여하는 것이다.

그림의 중앙에는 붉은 의상을 입은 딸이 가슴을 헤치고 왼손으로 유방을 쥐고 아버지에게 젖을 먹이고 오른손으로는 아버지의 등을 끌어안은 채 시선은 창문에서 바라보는 간수에게 집중되어 있다. 수염이 길어서 짐승 같은 아버지는 두 손이 쇠사슬에 묶인 채 가슴과 배꼽이 드러나 있고 기운이 없어서 간신히 딸의 유방을 물고 있다.

　나는 노인회에 나오는 오 선생에게 물어 본 일이 있었다.
　"오 선생님, 우리나라에서 딸이 아버지에게 젖을 먹였다는 이야기를 혹시 들어 보신 일이 있습니까?"
　"아아뇨."
　"그럼, 며느리가 시아버지에게 젖을 먹였다는 이야기는요?"
　"아아니, 어떻게 딸이나 며느리의 젖을 먹어?"
　"아주 늙고 병이 들어서 음식을 못 먹으니까 젖을 먹여 드리는 거지요."
　"그래도. 징그러워서 어떻게 먹어?"
　"그럼, 먹지 말고 차라리 굶어 죽는 게 나을까요?"
　"그럼. 그게 낫지."
　"부부간에는 그런 일이 있을 것 아닙니까?"
　"글쎄. 모르지."
　"그런데 서양에는 그런 이야기가 전해 내려온답니다."
　"그래요? 서양은 서양이고, 우리는 우리지."
　"고대 로마에 아버지가 감옥에 가서 아사형을 선고받고 굶어 죽게 되었기 때문에 그 딸이 찾아가서 아버지에게 젖을 빨린 이야기가 있어서 화가들이 그런 이야기를 소재로 하여 그림을 그렸답니다."
　"……."
　오 선생은 별로 관심이 없는 것 같았다. 그리고 그것은 징그러운 일이라고 치부하고 말았다. 전통적인 유교윤리에 물들어서 그런지, 항상 근엄하고 과묵하고 순수한 감정의 발로인지 알 수는 없었다. 그러나 나는 오 선생처럼 절대로 안 된다는 생각을 전적으로 찬동하기는 어려울 것 같았다.

늙은이는 서럽다. 나이를 먹어 자연적으로 노쇠하고 병드는 것도 서러운데 쇠사슬에 묶인 채 감방에서 음식을 주지 않아 굶어서 죽게 하는 형벌을 받고 죽는 것은 더욱 서럽고 비참하다. 그러나 독립운동가들은 그보다 더한 서러움과 비참한 운명을 초월하여 조국을 위하여 기꺼이 그 길을 택하고 그 길을 걷다가 목숨을 바치는 것이다. 500년 동안이나 침략자의 억압 속에서 살아온 푸에르토리코의 인민들은 자기의 조국과 조상이 겪어온 고난과 비극을 남다르게 느낄 것이다.

독일에서 태어난 피터 폴 루벤스는 이태리에 유학하였고 바로크회화를 집대성하였다고 할 만큼 훌륭한 작품을 남겼으며, 그의 화풍은 감각적이고 관능적이며, 밝게 타오르는 듯한 색채와 웅대한 구도가 어울려 생기가 넘친다고 평가된다. 그의 '로만 채리티'에서도 그의 독특한 화풍의 일면을 볼 수 있다. 그는 비참하고도 장엄하고 사랑이 넘치는 소재를 하나의 캔버스에 옮겨 놓은 것이다.

한국에는 며느리가 시아버지에게 젖을 먹이는 설화(구비문학)가 전해지고 있다. 시아버지가 처음에는 젖을 달라고 하였지만 며느리가 젖을 내밀자 실지로 빨지는 않고 사양하고 나서 재산을 많이 물려주었다는 것이다. 사실 여부는 확인할 수가 없지만 실지로 있을 법한 이야기이다. 여인들의 젖가슴은 좀처럼 남에게 드러내놓는 것이 아니고 모유는 자식을 낳아 기르는 데 없어서는 아니 될 정도로 귀중한 것이다. 오늘날에는 직업여성이 늘어나다 보니 모유를 인위적으로 억제하는 경우가 많지만 그것은 부득이한 경우에 불과하고 자식을 자연스럽게 모유로 기르는 것이 영아의 질병면역과 성장에도 매우 유익하다고 한다. 모유는 어머니가 섭취한 모든 영양소와 생리적 기능에 의하여 만들어진 최고의 영양소이기 때문에 하느님의 커다란 선물이다.

그런데 '로만 채리티'는 얼핏 보아서는 잘 이해하기 어려운 그림이기도 하다. 나는 평소에 가까이 지내는 석 선생에게 스냅으로 찍은 사진을 전자메일로 보내는 과정에서 우연하게도 '로만 채리티'가 함께 보내진 것을 알게 되었다. 나는 석 선생을 만나자마자 사진을 보았느냐고 물었다.

"보긴 보았는데 그게 도대체 무슨 사진이요?"

"탄천에서 제가 찍어 드린 석 선생님의 사진이지 뭡니까?"

"맨 당신네들 술 먹는 사진만 있던데. 그리고 그 '노인과 여인'이라는 것은 뭐고?"

"아니, 선생님 사진만 보내 드렸는데요. 다른 것도 있단 말이지요?"

"그럼, 웬 노인이 젊은 여자의 젖을 빨어?"

석 선생은 기분이 좋지 않은 것으로 보였다. 더구나 그의 가족에게도 그런 것이 갔다는 것이다. 내가 사진을 발송할 때 실수한 모양이었다.

"제가 발송할 때 실수를 한 모양이네요. 탄천에서 찍은 선생님의 사진만 보내려고 한 것인데 잘못되었네요. 미안합니다. 그런데 그 '노인과 여인'이라는 사진을 잘 보시면 노인의 손발이 착고에 묶여 있을 겁니다. 고대 로마의 전설에 나오는 이야기인데 감옥에서 굶어죽게 된 아버지를 살리려고 딸이 젖을 빨게 하는 그림입니다. 효도에 관한 그림입니다."

"그런 이야기가 어디 있는데?"

"인터넷에 검색하면 자세히 나와 있어요. 비슷비슷한 작품이 많은데 내가 'google'에서 찾아서 모아 놓았어요."

석 선생은 매우 기분이 좋지 않았던 모양이었다. 종전에 보면 석 선생이 번번이 메일을 받지 못하였다고 하기 때문에 두 사람 앞으로 보낸 것인데 문제는 석 선생 사진만 간 것이 아니고 엉뚱한 것까지 끼어서 간 것이었다. 석 선생은 그 사진을 일종의 음란물로 보았던 것이다. 대화를 통하여 어느 정도 오해는 풀렸지만 단순한 사건이 아니었다. 나는 선의의 실수를 범한 것이었다. 석 선생이 오해를 일으킬 만한 충분한 이유가 있었다. 내가 PC를 제대로 만지지도 못하면서 경거망동하다가 실수한 것이었다. 그래도 석 선생의 노여움이 웬만큼 풀어진 것이 다행이었다.

나는 일찍이 유럽을 여행하면서 네덜란드 화가 렘브란트(1606~1669)의 그림 중에서 '어머니의 손'이라는 작품을 보고 감명을 받은 일이 있다. 등불 밑에서 성경을 읽는 어머니의 모습을 그린 것이다. 어머니의 손은 작지만 가사노동에 단련된 흔적이 보인다. 손등에는 잔주름이 많이 생겨서 어머니의 희생이 그대로 엿보이는 듯하였다.

그 어머니의 손은 바로 나의 어머니의 손이나 다름이 없었다. 예술은 사람의 마음을 잔잔히 가라앉히기도 하지만 거세게 흔들어 주기도 한다. 어머니에 대한 고마운 감정과 존경스러운 감정을 흔들어 주는 작품이었다. 그 어머니의 손은 영영 다시 볼 수가 없고, 그리운 마음만 허공을 날고 있다. '로만 채리티'나 '어머니의 손'과 같은 작품들이 세상에 많이 나타나 진정한 사랑의 메시지를 전해 주기 바란다.　　(2010. 6. 21)

09
천은정사(天恩精舍)를 찾아서

우 리는 이윽고 아담한 숲 속에 자리잡은 천은정사로 들어섰다. 1980년 우향(宇香) 스님이 창건한 아담한 사찰이다. 처음엔 신효한 약수터로 알려져 사람들이 찾아들고 기도하는 곳으로 쓰이기도 하다가 사찰로 발전한 것이었다. 매촌 선생은 차를 세우고 마당 한가운데 서 있는 커다란 석불 앞에 서서 머리를 숙였다. 그리고는 곧장 극락전(極樂殿)으로 향하였다. 나는 말없이 그의 뒤를 따랐다.

극락전은 아미타전(阿彌陀殿) 또는 무량수전(無量壽殿)이라고도 부르는데 서방극락정토(西方極樂淨土)를 주재하는 아미타불을 본존으로 모신 법당이다. 세상의 소리를 알아듣는다는 관세음보살(觀世音菩薩)과 지혜문을 대표하여 중생을 삼악도(三惡道 ; 지옥도 축생도 아귀도)에서 건지는 무상의 힘을 가졌다는 대세지보살(大勢至菩薩)을 협시보살로 모신다. 아미타전은 극락정토 왕생에 대한 강한 믿음 때문인지 대웅전(大雄殿)에 견줄 만큼 화려하다. 불단은 꽃무늬와 비천(飛天)으로 장식되고 주불 위에는 천개(天蓋)를 만들고, 여의주를 입에 물고 있는 용이나, 극락조 등을 조각하여 장식한다. 대웅전이 없는 절에서는 극락을 의역한 '안양'(安養)이라는 이름을 사용하기도 하고 안양교, 안양문, 안양루를 갖추기도 한단다.

매촌 선생은 극락전에 들어가 아미타불 정면에 무릎을 꿇고 나와서 극락전 서쪽 뒤편으로 자리잡은 삼성각(三聖閣)으로 향하였다. 삼성각은 산신(山神)·칠성(七星)·독성(獨聖)을 모시는 당우이다. 삼성신앙은 불교가 한국에 토착화하면서 토속신앙이 불교와 합쳐져서 생긴 것이라고 한다. 삼성을 따로 따로 모실 때는 산신각이나 칠성각이나 독성각으로 각각 부른다.

산신은 나이 많은 도사(신선)의 모습과 호랑이의 모습으로 나타나는데 도사는 인격신이고 호랑이는 화신(化神)으로 알려져 있다. 독성은 천태산(天台山)에서 홀로 선정(禪定)을 닦은 나반존자(那畔尊者)를 가리키는데 독수성(獨修聖)이라고 부르기도 한다. 칠성은 수명장수신(壽命長壽神)으로 일컫는 북두칠성이다. 칠성신앙은 본디 중국의 도교사상과 불교가 융합한 것인데 대개는 손에 금륜(金輪 ; 금으로 만든 윤보)을 든 치성광여래(熾盛光如來 ; 北極星)를 주존으로 하여 일광보살과 월광보살을 좌우에 협시로 두고 있다. 매촌 선생은 삼성각에서 물러나 다시 천불전(千佛殿)으로 갔다. 사홍서원(四弘誓願)이 네 기둥에서 금빛으로 빛나고 있었다.

불도무상서원성(佛道無上誓願成)
(부처님의 진리는 그보다 더 한 것이 없으니 서원으로 이루리라)
법문무량서원학(法門無量誓願學)
(부처님의 가르침은 한량없이 많으니 서원으로 배우리라)
번뇌무진서원단(煩惱無盡誓願斷)

(속세의 번뇌는 없어지기가 어려우니 서원으로 끊으리라)

중생무변서원도(衆生無邊誓願度)

(중생은 한없이 많으니 서원으로 제도하리라)

불교의 절대적 진리를 깨우치고 부처님의 가르침을 받들고, 헛된 욕심을 버리고, 남에게 은혜를 베풀기를 서약하는 내용이다. 그런데 '사홍서원'이란 무슨 뜻인가. 너와 나를 가리지 않고 모든 사람이 함께 할 수 있는 보편적인 서원이고, 서원이란 말은 맹서하고 원한다는 것이며 '서원성'이라는 말은 서원으로 목적을 이루는 것이기도 하고, 목적을 이루기를 서원하는 것이기도 하다.

부처님의 진리는 지고지선한 것, 절대적인 것이니 거기에 도달하기를 바란다는 것이며, 부처님의 가르침이 한량없다는 것은 우리의 모든 생각과 행동과 삶에 모두 적용된다는 것이니 그것을 배우기를 바란다는 것이며, 사람들은 누구나 번뇌에 시달리며 살고 있는데 그 번뇌는 진여(眞如)에 가까이 가는 데 방해가 되고 사람을 절망케 하고 타락케 하는 것이기 때문에 그것을 끊기를 바란다는 것이며, 모든 생명체는 무한히 많고 부처님의 진리를 모르고 가르침을 모르고 번뇌를 끊지 못하고 불행하게 살고 있으니 모든 중생을 그 불행 속에서 건져내야 한다는 것이다. 사홍서원은 기복종교의 차원을 멀리 벗어나서 불교의 진리를 깨우치고 실천하기 위하여 다짐하고 분발하는 것이다.

그러면 서원의 주체는 누구인가? 부처님도 아니고 남도 아니고 바로 서원하는 사람 자신이다. 여기서 인간에게 다가오는 모든 희비의 주인공은 인간자신이며 인간 스스로 깨닫고 헤쳐 나가는 인간주체사상이 확연하게 드러난다.

'천불'이란 또 무엇인가? 부처님이 하나가 아니고 천이란 뜻이라면 어찌하여 부처님이 천이나 되는가? 석가모니(고다마 싣달타)만 부처님이 아니라 깨달은 자는 모두 부처님이기 때문이다. 그래서 불자들은 서로 만나면 '성불하십시오' 라고 인사하지 않는가. 그렇다면 사람들은 누구나 깨달을 수 있고 부처님이 될 수 있으니 세계 인구 60억이 모두 부처님이 되어, 온 세상이 극락이 되는 것이 바람직한 것이다. '준동함령 개유불성'(蠢動含靈 皆有佛性)이라는 말과 같이 영을 가지고 꿈틀거리는 모든 생물들은 빠짐없이 불성을 지니고 있다고 보기 때문에 모두가 부처님이 될 수 있다는 논리가 성립한다. 다만 사람들이 자기와 부처님은 근본적으로 다르다고 보고 부처님이 되고자 마음먹지도 않고 노력하지도 않고 미리부터 자포자기하는 것이다. 서원은 이러한 자포자기를 극복하는 의지의 표현이다. 이런 점에서 사람은 누구나 성인(聖人)이 될 수 있다는 유가(儒家)의 주장과 상통한다.

우리는 '공양간'(供養間)으로 들어갔다. 식당이었다. 비빔밥 그릇에 밥을 퍼 담고 고춧잎나물과 파와 두부를 얹고, 다시 콩나물국을 떠서 들고 식탁으로 갔다. 고개를 들어보니 출입문 위쪽으로 걸려 있는 글귀가 보였다.

공양게송(供養偈頌)
나무불(南無佛) 나무법(南無法) 나무승(南無僧)
음식에 깃든 은혜/ 두 손 모아 감사하고/ 상구보리 하화중생(上求菩提 下化衆生)/ 명심발원하옵니다.

'나무' 란 말은 '돌아가 의지한다' 는 뜻이니, 믿고 받들고 순종한다는 말이므로 부처님께 귀의하고 법에 귀의하고 스님에게 귀의한다는 '삼귀의'(三歸依)를 가리키는 것이었다. 또 '상구보리 하화중생' 이란 무엇인가? '보리'는 불타정각의 지혜를 가리키는 것이니 위로는 부처님의 지혜(깨달음)를 체득하고 아래로는 중생에게 교화를 끼치는 것이다. 보리를 구하는 것도 중요하지만 그에 못지않게 중생을 교화하는 것도 중요하다는 것이다. 수도와 실천은 서로 작용하면서 영향을 주는 것이며 수도하면 실천해야 하고 실천하려면 수도해야 한다. 그러므로 수도와 실천의 병진(竝進)이 매우 바람직하다. 그러나 구태여 선후관계를 따진다면 보리를 구하는 것이 먼저일 것이다. 부처님의 지혜가 아니고는 중생을 올바로 교화하지 못할 것이기 때문이다. 잘못된 지혜로 중생을 교화하는 것은 중생을 연옥으로 인도하는 것이나 다름없는 결과를 빚을 수 있다. 유가에서 수양공부(존심양성)를 우선으로 여기는 것도 같은 이유라고 할 수 있다.

나는 배불리 먹고 나서 매촌 선생이 하는 대로 고무장갑을 끼고 밥그릇과 수저를 닦아서 제 자리에 정리하였다. '공양게송'에 있는 것처럼 음식에 깃든 은혜를 깊이 깨닫는다면, 음식을 준비한 사람들의 은혜와 이웃과 부처님의 은혜를 깨닫는 것이나 다름없고, 그것이 부처님의 곁으로 한 걸음 가까이 다가가는 길이요, 서방정토로 다가가는 길이라고 생각되었다.

나는 갑자기 입을 열었다. 그리고 대화가 오갔다.

"매촌 선생님, 오늘 여기 와서 무엇을 생각하셨어요?"

"서방정토도 생각하고 무상불도, 무량법문, 무량번뇌, 무변중생을 생각했지요."

"대자대비는요?"

"대자대비는 대웅전에 가서 생각하는 거지요."

"그렇지요. 여기는 대웅전이 없으니까."

"대자대비는 항상 마음 속에 깃들어 있는 거지. 남의 기쁨과 슬픔이 곧 나의 기쁨과 슬픔이고, 너와 내가 따로 있는 것이 아니고 하나라는 진리니까.”

“그래요. 대자대비……”

“대자대비에 이르고자 하면 우선 삼독(三毒 ; 貪 瞋 癡)에서 벗어나야겠지요. 탐욕에서, 노여움에서, 어리석음에서.”

나오는 길에는 대문이 우뚝하였다. ‘해동제일기도도량’ (海東第一祈禱道場)이라는 글씨가 빛났다. 한국에서 제일가는 기도하는 곳이 되기를 염원하는 것이었다. 천은정사는 남녀노소가 쉽사리 다가가서 약수를 마시고, 부처님을 만나고, 번뇌를 떨치고, 대자대비를 체득할 수 있는 편안한 보금자리였다.

(2010. 11. 1)

10
심우도(尋牛圖)

서 초동 불교방송국(무상사)에서 현각(玄覺) 스님의 법회(강연회)
가 열렸다. 현각 스님은 부유한 가톨릭 가정에서 지식층의 부모
슬하에 출생하여 정상적인 교육을 받으며 대학에 진학하였다. 그는 여
러 가지 책을 읽는 가운데 쇼펜하우어를 통하여 불교에 관심을 갖게 되
었으며 한국에 와서 숭산 스님(1927~2004)의 제자가 되어 불교를 공
부하게 되었고 현재는 독일 뮌헨에서 선방(선학원)을 열어 운영한다고
한다.

연제는 '심우도'(尋牛圖)였다. 열 개의 그림은 1. 심우(尋牛) 2. 견적
(見跡) 3. 견우(見牛) 4. 득우(得牛) 5. 목우(牧牛) 6. 기우귀가(騎牛歸家)
7. 망우존인(忘牛存人) 8. 인우구망(人牛俱忘) 9. 반본환원(返本還源)
10. 입전수수(入廛垂手)이다.

심우도는 '십우도'(十牛圖)라고도 부르는데 우리나라에는 〈곽암본〉
(廓庵本)과 〈보명본〉(普明本)이 전해지고 있으며 외국에서는 〈십상도〉
(十象圖)와 〈십마도〉(十馬圖)가 전하고 있단다. 본디는 도가의 '팔우

도'(八牛圖)에서 연원된 것이라고 하며 인터넷을 통하여 검색해 보면 여러 가지 종류가 있다.

여기서 공통되는 것은 소나 코끼리나 말이나 모두 사람의 본성이나 진아(眞我)를 가리키는 것이고 사람이 사람의 본성을 찾아 나서서 본성을 찾고 세상에 보시하러 나가는 것이다. 사람이라면 누구나 '희노애구애오욕'(喜怒哀懼愛惡欲)을 인식하면서 여러 가지 즐거움이나 기쁨이나 고통이나 슬픔을 겪으면서 살고 있다. 그러면서 문득문득 '나는 누구인가?' 라는 물음을 던질 때가 있다. 그러나 '내가 누구인가' 를 물으면 물을수록 내가 누구인지를 알 수가 없고 해답을 발견하기가 어렵게 되어 물음 자체가 어리석게 여겨지기도 하고 종당에는 '불가해' 라는 결론에 도달하게 되어 질문을 포기하거나 기피하거나 조소하기도 한다. 그 물음에는 묻는 사람의 형편에 따라 절실함의 차이가 있다.

'나는 누구이며 어디서 와서 어디로 가는가?' 라는 풀리지 않는 질문을 가지고 사람들은 일생을 두고 고심하며 수도하고 참선하며 고행을 하기도 한다. 이러한 번민과 번뇌 끝에 마치 소의 발자국을 발견하듯이 인간본성의 어떤 흔적을 발견하게 되고 마침내 소의 머리나 꼬리를 발견하듯이 본성의 일부를 발견하여 소를 고삐로 붙들듯이 붙드는 것이다. 그러나 소는 쉽사리 붙들리지 않는다. 득우의 그림처럼 소는 몸을 뒤로 빼고 버티며 사람의 올가미를 거부한다. 일종의 긴장과 저항과 투쟁이 일어난다. 현각 스님은 그것을 마치 시어머니와 며느리의 사이로 비유하여 말한다. 시어머니 쪽에서는 며느리가 과연 시어머니의 눈높이에 잘 맞을지, 가풍을 존중하여 잘 복종할지 걱정하고, 며느리 쪽에서는 시어머니가 과연 며느리의 개성과 인격을 존중하여 자유롭게 해줄지 걱정이어서 서로 긴장하게 되는 것처럼 본성을 찾아 닦는 일이 쉽지 않다는 것이다.

사람이 소를 붙들었으면 잘 길러야 하는 것처럼 사람도 고행과 수행으로 탐진치(貪瞋癡)를 멀리 떨어버려서 함부로 욕심을 부리지 않고 성내지 않고 어리석음을 범하지 않아야 한다. 그러면 야생으로 놓아먹였던 소가 길들여지는 것처럼 본성도 길들여지는 것이다. 그래서 소에게 풀을 먹이는 그림(목우도)은 소의 누런 빛깔이 하얗게 변하고 있다. 그러나 소가 잘 길들여지기는 결코 쉬운 일이 아니기 때문에 코를 뚫고 고삐를 단단히 하고 채찍을 마련하여 소가 말을 듣지 않을 때는 채찍으로 때리기도 한다. 소의 빛깔이 희게 변하는 것은 소의 야성(野性)이 순화되어 사람이 하라는 대로 말을 잘 듣게 되는 성품의 변화를 나타내는 것이다. 소가 채찍을 맞으면서 길들여지는 것처럼 사람도 스스로 채찍을 맞으면서 수도하는 것이다. 이리하여 소가 잘 길들여지면 사람이 소를 타고 편안히 집으로 돌아가는 것(騎牛歸家)처럼 사람의 마음에 아무런 장애도 없게 된다. 집으로 돌아간 사람은 소에 대한 마음이 없어지고(忘牛存人), 드디어는 자기 자신도 잊은 무심무아의 경지에 이르게 되고 완전히 공(空)의 세계(人牛俱忘)에 도달하고, 마침내 우주의 본원처에 돌아가 우주와 하나가 된다(返本還源). 이러한 경지가 곧 해탈이요 니르바나의 경지라고 보인다. 사람의 본성을 발견하고 깨달은 후에는 중생을 제도하는 일이 남은 것이다. 나만 깨닫고 마는 것이 아니라 남도 깨닫도록 돕는 것이며 남의 고통과 슬픔을 덜어주고 대자대비를 실천하는 것이다(入鄽垂手).

이처럼 잃어버린 본성을 찾는 것이 마치 잃어버린 소를 찾는 것과 같다고 생각하고 그림으로 그린 것이 '심우도'이며, 깨달음의 한 과정을 그림으로 표현한 것이다.

나는 심우도를 한참이나 들여다보며 생각하였다. 나는 지금 잃어버린 소를 찾으려고 마음먹고 있는지? 찾으러 나가고 있는지? 발자국은 발견하였는지? 머리나 꼬리를 발견하였는지? 고삐를 매고 길들이고 있는지? 잘 길들여서 소를 타고 집으로 들어왔는지? 그리고 소를 잊은 상태가 되었는지? 내 자신도 잊었는지? 우주의 본원처에 들어가 있는지? 저자거리로 나가 민중과 더불어 함께하고 그들에게 선이나 자비를 베풀고 있는지?

나는 이따금 너무나 모자라는 사람임을 발견한다. 그 모자라는 것은 너무나 형형색색이고 많지만 그 중에는 남을 원망하기도 하고 남에게 화를 내는 수도 있으며 그 원인은 남이 제공한다고 생각하고 반격을 서슴지 않는 것이다. 이러한 사건은 외부에 나가서 일어나는 경우보다는 오히려 가정에서 일어나는 경우가 많은 편이다. 따라서 나는 아직도 길들여지지 않은 나의 본성이 제멋대로 날뛰는 수준에 머물고 있음을 시인하지 않을 수 없게 된다. 소를 붙들기는 붙들었으나(得牛) 길들이지(牧牛) 못한 단계에 있는 것이다. 그러면 어떻게 나의 본성을 길들일 것인가?

달마대사는 스승을 찾으라고 하였다지만 그 스승도 좀처럼 나에게 다가서지 않는다. 내가 다가가지 않는데 스승이 스스로 나에게 다가올 가능성은 희박하다. 나에게는 수많은 스승님들이 있었다. 초등학교부터 대학원까지만 해도 수 백 명에 이른다. 학교뿐만 아니라 가정과 마을과 사회에서 수없이 많은 스승을 만났다. 그리고 수많은 책을 만나고 대중매체를 만났다. 그래도 아직은 나의 본성이 충분히 길들여질 만한 무서운 채찍을 드는 엄격한 스승을 만나지는 못하였으니 참으로 불행한 일이다. 이제 내 나이 팔십의 문턱에 이르렀으니 내 스스로 나의 스승이 되어 채찍을 들 수밖에 없게 되었다.

(2010. 11. 20)

11
쫓기는 새끼곰

나는 전자우편을 열어 보았다. '곰의 모성애' 라는 한글 제목이 보였지만 'the cougar scene' 이라는 동영상이 나타났다. 쿠거(cougar)는 '아메리카 라이온' 이라고 부르는 일종의 표범인데 멀리 새끼곰이 혼자 놀고 있는 모습을 보고 입맛을 다시며 추격하기 시작하였다. 풀밭에서 재롱을 떨며 놀다가 쿠거가 달려오는 모습을 발견한 새끼곰은 '오금아, 날 살려라' 하고 달아나다가 개울에 이르러 쓰러진 나무를 타고 도망쳤지만 나무 끝이 건너편에 닿지 않아 하는 수 없이 물러나려 했지만 벌써 쿠거는 나무 위로 올라오고 있었다. 새끼곰은 곰삭은 나무 끝이 부러지면서 급류 속으로 떨어졌으나 다시 나무토막에 의지하여 떠내려갈 수 있었지만 하류 쪽에서 목을 지키고 있는 쿠거에게 걸려서 결국 피격을 당하게 되었다. 새끼곰은 유혈이 낭자한 채 쿠거에게 저항하였다. 새끼곰의 운명은 촌각을 다투는데 쿠거는 갑자기 뒤로 물러나 도망치고 말았다. 어미곰이 새끼곰의 비명소리를 듣고 달려왔던 것이다. 새끼곰은 구사일생으로 목숨을 건져 어미에게로 달려갔다. 어미는 새끼의 상처를 핥으면서 안도의 한숨을 쉬었다. 제목의 주인공은 쿠거이지만 자연계의 약육강식이 적나라하게 나타나고 새끼곰의 운명이 너무나 잘 표현되어 있었다.

나는 연거푸 동영상을 보며 사람들의 운명도 어쩌면 새끼곰과 같을 거라고 생각하였다. 어미를 떠나 놀던 현장에서, 아니면 달아나다가 개울에 걸려 있는 나무에서, 아니면 급류 속에 떠내려가다가 걸린 길목에서 쿠거의 밥이 될 수 있는 새끼곰처럼 언제나 불안하고 위험하고 목숨이 끊어지고 말 운명이 아닌가. 사람도 새끼곰처럼 죽음의 막다른 골목에서 은인을 만나 구원을 받는 일이 허다하다. 사회적으로 어려운 처지에 놓여 있을 때 남의 도움을 받아 어려움을 극복하는 수도 있고 치명적인 질병에 걸렸다가 훌륭한 의사를 만나 목숨을 구하는 수도 있다.

사람은 누구나 어려운 일을 겪게 마련이다. 뜻하지 않은 천재지변이나 건강의 악화나 질병으로도 어려움을 겪고, 가정이나 사회나 국가적인 환경적 요인으로도 어려움을 겪는다. 그리고 다른 사람과는 아무런 관계가 없는 자신의 잘못이나 실수로도 어려움을 겪는다. 자신의 실수는 판단의 오류나 탐욕으로 빚어지는 수가 있다. 판단의 오류는 자신의 감각이나 지적 능력을 과신하는 데 기인하는 수가 많다. 인간의 감각기관은 항상 불완전하여 사물을 잘못 보거나(눈) 잘못 듣거나(귀) 잘못 맡거나(코) 잘못 맛보거나(혀) 잘못 느끼는(피부) 경우가 많다. 이런 잘못된 감각에 의존하여 내린 판단은 당연히 잘못된 판단일 수밖에 없다.

사람은 이 밖에도 탐욕으로 과오를 범하고 어려움을 자초하는 수가 많다. 흔히 음식을 탐하여 질병을 얻을 뿐만 아니라 물욕을 탐하여 모험하기도 하고 성내기도 하고 손해를 자초하거나 심지어는 남을 속이고 배신하고 도둑질하고 강도짓이나 살인까지 하는 수가 있다. 이른바 불교에서 흔히 말하는 오욕(五慾)이나 탐진치(貪瞋癡)가 원인이 되어 불행을 자초한다. 이러한 여러 가지 어려움을 겪는 인간들은 쿠거에게 쫓기는 어린 새끼곰이나 다름이 없다. 자신의 그릇된 지식이나 판단이나 탐욕은 자신도 모르는 사이에 사나운 쿠거로 자라나 자신을 위협한다. 그러나 어리석은 사람들은 자신의 잘못이 쿠거로 변하여 자신을 위협한다는 사실을 알지 못하거나 설령 안다고 하더라도 벌써 뒤늦어서 모면하기가 어려운 경우가 많다. 동영상에서 새끼를 구해낸 어미는 어떤 존재일까. 어려움에서 건져 준 은인이나 질병을 고쳐 준 의사와도 같겠지만 그 어미곰은 어떤 불안이나 위험도 없는 존재일까. 새끼곰에게는 어미라도 있어서 다행이지만 어미에게는 불행히도 자신을 도와줄 어미도 없는 처지가 아닌가. 그러니 어찌 어려움이 없고 위험이 없을 수 있겠나. 차라리 새끼곰보다도 더 어렵고 절박한 처지가 아닐까.

나는 자신이 살아온 세월을 더듬어 보게 되었다. 외부로부터 말미암은 어려움만이 아니라 스스로 범한 탐진치가 자라나 새끼곰을 쫓는 쿠거처럼 자신을 쫓는 쿠거가 되어 위협하고 있다는 사실을 깨닫게 된다. 이제 새끼곰의 처지가 지나서 어미곰의 처지가 되어 더욱 외롭고 어렵고 위험한 벼랑 끝으로 쫓겨온 것을 어찌 할 수 없었다.

새끼곰은 어미곰이 되고 만다. 새끼곰은 어미곰을 의지하지만 어미곰은 누구를 의지할 것인가. 사람도 부모나 스승이나 동기간이나 이웃에게 의지할 단계를 벗어나 스스로 홀로 서지 않으면 안 된다. 누구를 향하여 홀로 서야 하나? 이웃을 향하여, 세계를 향하여, 우주를 향하여, 창조주를 향하여, 절대적 진리를 향하여 홀로 서지 않으면 안 된다. 무저갱(無底坑) 안에서 쥐가 갉아먹는 등나무 줄기에 매달린 인간처럼 절망적이고 고립무원한 자신을 발견할 때 인간은 절대자를 부르게 된다. 인간은 절대자의 창조물이기 때문이다. (2009. 12. 26)

3 '붉은 악마 응원단'
에 대하여

01
종소리

팔당 댐의 수면은 잔잔하였다. 엷은 안개가 낀 호수의 한가운데에는 나무들이 울창한 가늘고 긴 섬이 별천지 같은 인상을 주었다.

최 박사는 가는 곳마다 사진을 찍었다. 여러 가지 꽃들 가운데 코스모스에 관심이 기울고 있었다. 우연하게도 '고전강독반'에 출석하던 유 선생을 만났다. 지금도 서도반에는 열심히 나간다고 한다. 마침 《맹교수의 사랑방 이야기》가 있기에 한 권 주고 싶었다. 그는 내가 서명한 책을 들고 몹시도 즐거워 하였다.

최 박사는 정가도요(鄭家陶窯)에 들러 물건을 돌아보고 다기(茶器)를 구입하였다. 공부하러 오는 학생들이 전통차를 좋아하기 때문에 필요하다고 한다. 그리고 주인에게 내가 소설을 썼다는 이야기를 하자 읽고 싶다고 하였다.

"책을 좋아하시나 봐요."

"예, 좋아합니다. 시간이 많으니까요."

"어떤 책을 좋아하시는지."

"소설이나 시나 다 좋아합니다."

"내 책은 노인소설인데요. 노인 이야기는 재미가 없을 텐데요."

"노인소설이 얼마나 좋은데요. 노인들은 경험이 풍부하고 지혜롭기 때문에 매우 유익하거든요."

"그렇습니까. 책 한 권 드려야겠네요."

"아이고 죄송해라."

주인은 책을 받아들고 너무나 고맙다고 머리를 조아리고 나서 진열대로 가더니 다기 한 개를 가지고 왔다.

"변변치 못하지만 답례로 드리겠습니다."

"아니 그만 두세요. 책은 내가 증정한 것입니다."

"저도 염치가 있습니다. 작은 물건이지만 받아주시기 바랍니다."

주인이 이중 삼중으로 포장하여 건네주는 다기는 내가 다가가서 유심히 들여다보던 물건이었다. 갈색 바탕으로 된 표면에 동글동글한 볼록이 어우러져 마치 새하얀 구슬을 뿌려 놓은 듯한 것이었다. 어떻게 내가 관심을 가졌던 물건을 알아차리고 가져다주는지 신기한 생각이 들었다. 그런 것이 곧 '이심전심'인 것 같았다.

점심을 먹던 식당에서도 주인에게 책을 한 권 주고 왔는데 댐에 와서도 두 권이나 기증하였으니 책이 잘 팔린(?) 셈이었다. 줄 수 있는 것이 즐거웠다.

차를 몰고 돌아오다가 망월사로 핸들을 꺾었다. 나는 처음 가는 절이었다. 들어서자마자 조롱박으로 감로수를 받아 마셨다. 그리고 대웅전을 지나 종각으로 갔다. 종각에는 주련이 보였다.

종소리를 들으니 번뇌가 끊어지고(聞鐘聲 煩腦斷)

지혜가 자라나니 보리가 난다(智慧長 菩提生)

지옥을 떠나고 삼계를 벗어나(離地獄 出三界)
원컨대 성불하여 중생제도하리라(願成佛 度衆生)

종소리는 무엇인가. 나는 어려서 듣던 교회의 종소리를 생각하였다. 그러나 교회에만 종소리가 있는 것이 아니고 학교에도 있고 마을에도 있고 절에도 있다. 서울의 중심지 보신각에도 있다.

종소리는 사람들에게 메시지를 전한다. 교회로 오라, 학교로 오라, 공회당으로 오라, 하느님께 기도하라, 예불하라, 귀가하라…….

그렇다면 번뇌를 끊어주는 종소리는 무엇인가? 부처님의 음성이 아닌가. 부처님의 음성을 듣고 번뇌를 끊으라는 것이다. 번뇌란 무엇인가? 눈앞의 고락에 미혹하여 탐진치(貪慾 嗔心 愚癡)로 말미암아 마음의 동요를 일으켜 몸과 마음을 뇌란하는 정신 작용이란다. 근본적인 번뇌가 있고 근본번뇌에 따라서 일어나는 수번뇌가 있다. 여러 가지 종류의 번뇌를 수로 헤아리면 108번뇌, 8만4천 번뇌라고 한다. '그래, 번뇌를 끊는 종소리!' 그 종소리가 그리웠다.

하필이면 절에서 들려오는 종소리가 아니어도 좋다. 거리에서 국회에서 청와대에서 대법원에서 국민의 번뇌를 끊어주는 종소리를 울려줄 수 없는지. 종소리는 음악으로, 웃음소리로, 설교와 설법으로 나타날 수 있고 정치인의 진실한 애국애민 행위로 나타날 수 있다.

정치인이 보내는 종소리는 무엇보다도 국민의 화해와 통합이다. 계급론을 불식하고 증오심을 넘어 협력과 건설을 노래하는 것이다. 정치인들이 종소리로 번뇌를 끊어주기는 고사하고 오히려 번뇌를 조장하는 꼬락서니에 국민은 실망한다. 말로는 '국민'을 미친 듯이 부르짖으면서 국민을 위한 정치는 생각지 않고 사리사욕과 당리당략만을 꾀하는 사이비 정치인들이 날뛰는 동안은 국민의 번뇌를 끊어 줄 종소리가 울려 퍼지지 못한다.

지혜가 자라나면 깨달음이 생겨나고 지옥을 떠나 삼계를 벗어나게 된다. 삼계는 식욕 색욕 수면욕으로 이루어진 욕계와, 미묘한 형체가 있는 색계와, 정신작용으로 이루어진 무색계를 포함하여 말하는 것이다. 이러한 삼계는 미혹이 따르는 세계이니 마땅히 벗어나야 할 속계이다. 이리하여 사람들은 부처가 되어 어리석은 중생, 미혹의 삼계에서 번뇌로 허덕이는 중생을 제도하려는 것이다. 종소리를 듣고자 하는 마음은 상구보리(上求菩提) 하화중생(下化衆生)에 있는 것이다.

02
캐나다에서 날아온 메일

할아버지 안녕하세요. 인영이에요. 할아버지 잘 지내고 계시죠? 전 잘 지내고 있어요.

여기도 좋은 것 같아요. 전 8일 날 개학이에요. 지금 여긴 7일이고요. 오전 11시 30분이에요. 어제 영어일기 처음으로 썼어요. 앞으로 매일매일 쓸게요.

제 이메일은 지금 제가 보내고 있는 이메일도 되고요. 또 아니면 iy010144@nate.com 을 사용해도 돼요. 할아버지, 자주 연락해요. 그리고 화상통화도 아빠가 할아버지 집에 달아드리면 자주 해요. 할아버지 사랑해요♡(2009. 9. 8)

해영이의 메일주소는 c0326c@naver.com이었다.

할아버지 안녕하세요? 저 해영이에요~!
할아버지랑 할머니랑 이모가 보고 싶어서 빨리 한국에 놀러가고 싶어요. 어제 밤에 언니랑 일기를 썼어요. 전 5~6줄만 썼는데 언닌 10줄도 넘게 쓴 거 있죠! 일기 쓰는 것도 나름대로 재미있었어요. 앞으로 꾸준히 쓸게요.

어제는요 공원에 갔는데 소피라는 아이가 말을 걸어서 같이 놀았어요. 흑인인데 8살이래요. 캐나다 나이로는 전 10살이에요. 소피가 저보단 2살, 언니보단 4살이나 적은데 키는 우리와 비슷비슷해요. 캐나다 아이들은 한국 아이들보다 키가 더 크더라고요.

내일이 개학이에요! 정말 떨려요. 비로소 유학생이 되는 날이니까요. 할아버지 그럼 안녕히 계세요. 할머니랑 이모한테도 안부 전해주시고요. 메일 또 할게요. 빠이빠이.(2009. 9. 8)

나는 눈으로 읽고 또 소리 내어 읽어 보았다. 내자에게도 읽어주었다. 목이 메는 것을 참으며 간신히 읽어 내려갔다. 철자법과 띄어쓰기에 약간의 문제가 발견되지만 문장에 구김이 없어 좋았다. 영어로 일기를 쓰기 시작하고 앞으로 꾸준히 쓰겠다는 각오가 칭찬할 만하였다. 노인회관 '사랑방' 에 나가서 김 교장에게 메일을 보여 주었다. 저녁에는 탄천에서 만난 최 박사에게 또 이야기하였다. 걱정인지 자랑인지 분간하기가 어려웠다.

안녕하세요? 할아버지.

잘 지내고 계시죠? 전 잘 있습니다. 지금은 저녁 6시 41분인데 비가 주룩주룩 오고 있어요. 낮에는 소리가 무섭도록 바람만 불더니 지금은 속이 시원할 정도로 비가 주룩주룩 내리고 있어요.

2010년 올림픽이 밴쿠버에서 열려서 학교에서도 올림픽에 관련된 걸 많이 볼 수 있어요. 저희 학교 전교생이 red, yellow, blue, green

팀으로 나뉘어서 하는 활동도 있어요. 올림픽 symbol이 red, yellow, blue, green, black인 거 아시죠? …(중략)… 저랑 해영이는 red팀이에요. 어! 갑자기 비가 멈췄네요. 여긴 정말 신기할 정도로 날씨가 왔다 갔다 해요. 그럼 안녕히 계세요. (2009. 11. 6)

p.s : 할로윈 대호박 다 파고나면 이런 모양이 돼요.^^

한 주일 뒤에 인영이의 메일이 다시 날아 왔다.

안녕하세요? 할아버지. 잘 지내시죠? 여긴 내일이 rememberance day에요. 그래서 내일은 학교에 안 가요. rememberance day란 우리나라의 현충일 같은 날이에요. 세계 1차대전, 2차대전, 그리고 한국 6·25전쟁 때 도와주고 희생한 사람들을 기리는 날이에요. 학교에서 나눠준 거 보니까 'world war 1, world war 2, and Korean war' 라고 쓰여 있더라고요. 저는 처음에 그거 보고 한국이랑 캐나다랑 전쟁한 줄 알았어요. 그런데 캐나다가 우리를 도와준 거더라고요. 여기는 rememberance day날 poppy(양귀비)를 가슴에 달아요. 전사한 병사들 묘에 양귀비꽃이 피어났대나요? 뭐. 그래서 양귀비꽃 모양의 브로치를 달아요. 학교에서 하나씩 나누어주어서 우리도 하나씩 달았어요. 한국에서는 11월 11일이 '빼빼로 데이'인데 여기는 rememberance day네요. 할아버지 빼빼로 데이날 빼빼로 많이 드세요. 인영. (2009. 11. 11)

나는 답장을 썼다.

인영아, 정말로 좋은 정보를 보내주어서 고맙다. 나는 CANADA에

rememberance day가 있다는 것을 전혀 알지 못하였단다. CANADA 는 한국전쟁(6·25사변) 때 우리를 도와 준 고마운 나라란다. 그런데 요전에 보내준 메일에서 red, blue, green, yellow팀으로 나누어 하는 활동이 있다고 하였는데 실지로 무슨 활동을 하였는지 꼭 알고 싶구 나. 알려주기 바란다. 그리고 여기는 신종플루로 휴교하는 학교도 있 는데 캐나다는 어떤지? 모쪼록 조심하기 바란다. 안녕! 2009. 11. 13 할아버지.

다시 인영이의 메일 한 장.

　할아버지 안녕하세요? 저희 동네엔 신종플루가 유행하진 않아요. 인터넷에선 캐나다가 신종플루 유행이라고 나오는데요, 온타리오주 쪽이 유행인가 봐요. 그래서 저희 동네엔 별로 유행하지 않아서 걱정 하실 필요 없어요. 그리고 여기는 국민들이 인터넷에 나와 있는 것들 이 좀 과장된 것 같다고 해요. 예방주사도 위험할 수 있다는 쪽으로 많이 생각하고요.
　학교에서 하는 팀별 활동은 특별히 딱 정해져 있는 건 아니에요. 저희 조회(assembly)할 때 'gotcha' 라는 쿠폰 같은 걸 상자에서 뽑아 요. 그 쿠폰은 선생님들이 애들 잘 했을 때 주는 건데요, 그거 받으면 이름, 반, 팀을 써서 상자에 넣는 거에요. 그렇게 하면 head teacher인 Mr. Gurney가 뽑으시는데요, 당첨된 애가 속해 있는 팀에겐 점수를 줘요. 선물도 있는데 그건 개인이 받는 거고요. 현재 green팀이 제일 앞서나가고 있어요. 그 다음은 red팀이에요. (저랑 해영이는 red팀이 에요) yellow는 제일 꼴찌고요. blue가 red팀 다음이에요. 저도 한 번 ESL 선생님이 주서서 넣었는데 안 뽑혔어요. 한 번에 한 네다섯 명 뽑아서 안 뽑힐 확률도 많아요.

얼마 전엔 팀별로 포스터 그려서 gym에 붙여 놓았어요. 그리고 팀마다 이름을 길게 하면 색깔, 꾸며주는 것, 겨울운동 이름이에요. 예를 들면 yellow yelling bobsladers처럼요. 다른 팀은 무언지 잘 모르니까요. 다음번에 알려드릴게요. 심지어 저희 팀까지 뭔진 까먹었어요. ㅋㅋ.

참 할아버지 '선덕여왕'이라는 프로그램 보세요? 저희는 컴퓨터로 보는데 참 재미있더라고요. 근데 아직 4회까지밖에 못 봤어요.

할아버지 사랑해요. 그럼 안녕히 계세요. (2009. 11. 13)

편지 끝에는 하트 그림과 스마일 그림이 붙어 있었다. 또 하나의 메일이 왔다. 인영이의 메일이다.

할아버지 안녕하세요? 잘 계시죠?

할아버지, 저희 학교에서 사회 시간에 크로마뇽인(Cro-Magnon man) 같은 것에 대하여 배웠는데요, 팀끼리 그것에 대한 포스터 같은 거 만들어서 발표해요. 저희 팀은 저까지 합쳐서 7명인데요, 포스터랑, 파워포인트, 그리고 보드게임 만든 걸 발표할 거예요. 꽤 잘 만들어서 기대돼요.

할아버지, 제 친구들을 소개해 드릴게요. (제 친구가 누구인지 모르시죠?) 저랑 제일 친한 친구는 4명이에요. Feruza애랑요, Sophia, HaeRin, Tijana랑 가장 친해요. Feruza는 한국말론 푸르자라고 읽어요. 얘는 혼혈인데요, 아빠가 아프가니스탄 사람이고 엄마는 우즈베키스탄 사람이에요. 공부는 잘 못하는데 항상 활발하고 걱정이란 게 없는 애예요. Sophia는 한국 애예요. 근데 나이는 나보다 한 살 어리

고요. 여기서 태어난 애라서 한국어보단 영어를 더 잘 해요. HaeRin
은 한국애예요. 애들 중에 얘랑 제일 친한 것 같아요. 영어 이름이 없
어서 그냥 한국 이름 그대로예요. 저보다 1년 일찍 왔는데 아직 영어
는 잘 하지 못해요. 마지막으로 Tijana는 설비아 애예요. 설비아는 러
시아쪽 나라예요. 예전엔 설비아가 러시아에 속해 있었대요. 그래서
어쨌든 얘는 서양 애예요. 눈이랑 머리가 갈색이에요. 제가 보기엔
머리카락이 예뻐요. 얘는 영어는 잘 하구요, 티에나라고 읽어요.

　저랑 친한 애들은 해린이 빼곤 다 영어는 잘 해요. 공부는 몰라도
요. 얘네 말고도 저희 반의 Kimberlee, Emily, Sharon하고도 친한 편
이에요. 다른 반에 있는 블러리나랑 로렌, 멜리사랑도 꽤 친하고요.
제 친구에 대해 궁금한 것이 있으면 무조건 물어봐 주세요. 전 다 알
아요. 영어 스펠링으로 이름 모르는 애들도 있지만요, 그건 알아보면
충분히 알 수 있으니까요. 아이쿠 편지가 길어졌네요. 그럼 안녕히
계세요.

　추신: 아 참! 전 우리 반에 있는 흑인 애, Verma하고도 꽤 친해요.
그럼 진짜로 안녕히 계세요.(2009. 11. 27)

　추신: 방금 전에 보냈는데 깜박한 사실이 많아서요~!

　오늘 버나비에 있는 국제학생들만 학교에 안 가고 소풍을 갔어요.
요 근방에 있는 산에 갔는데요, 야외스케이트도 타고, 얼음 위에서
미끄럼도 탔어요. 정말 재미있었어요. 그리고 내일은 우리 학교에만
있는 파자마데이에요. 파자마(잠옷)를 입고 가는 날인데요, 아침은
조금만 먹고 가도 돼요. 왜냐하면 가자마자 팬케익(호떡같이 얇은 빵
종류)을 주거든요! 학교에 수두 때문에 계속 못 가다가 내일 가는데
재미있을 거예요.

　할아버지 그럼 진짜로~ 정말로~ 안녕히 계세요.··

아이들이 캐나다로 떠난 후로 070전화를 가입하여 자주 통화하고, 사진도 주고받고 메일도 주고받지만 그래도 늘 아이들이 그립다. 아이들은 '할머니와 같이 오세요. 비행기 10시간만 타면 돼요. 힘을 내세요'라고 하지만 나는 웬일인지 용기가 나지 않는다. 2007년 1월 흉곽외과 수술을 받은 후로는 후유증이 심하였고 건강에 자신을 잃고 말았다. 왕년에 유럽으로, 미국으로, 중국으로, 동남아시아로 돌아다니던 기백은 옛날 이야기가 되고 말았다.

나는 교육자라는 마스크를 벗지 못한 탓인지 캐나다의 교육에 관심을 갖게 되었다. 7학년과 5학년에 입학한 아이들은 수학(math), 체육(gym; P.E), 국어(word study), 사회(social study), 음악(music), 미술(art)을 공부한단다. 한국에 비하여 체육시간이 더 많고 쉬는 시간에도 꼭 밖에 나가서 놀이를 해야 하고, 문제를 푸는 데도 정답보다는 '어떻게 알았느냐'가 더 중요하다고 한다. 인영이는 처음에 Mr. Lai 선생의 반이었는데 그 반에는 ESL level 1을 공부하는 아이가 인영이 혼자이기 때문에 Miss Chu선생 반으로 옮겼다고 한다.

아이들은 버나비시에서 밴쿠버시 Valley Drive로 이사하였단다. 인영이는 9월 7일부터 Prince of Wales Secondary School 8학년에 입학하고 해영이는 Shaughnessy Elementary School 6학년에 입학한다.

인영이는 최근에 보내온 몇 통의 영문 메일에서 대략 다음과 같이 썼다. (이제는 영어로 편지를 쓰는 것이 불편하지 않은 모양이다.) 날씨가 한국보다 춥지 않다는 것, 학교에서 잘 지내고 있다는 것, 친구가 많고 매우 편하다는 것, 중국·홍콩·타이완에서 온 친구들이 있는데 홍콩에서 온 아이는 한국 음식, 한국 사람, 한국 음악, 한국 드라마를 좋아한다고 하였다. 그리고 대략 다음과 같이 이어졌다.

한국에서는 중학교부터 교복 입고 머리 짧게 자르고 염색이나 파마하는 것 모두 금지하는데 캐나다에서는 아이들의 헤어스타일, 패션스타일 악세사리 등등 모두 자유예요. 물론 너무 야하거나 욕설, 또는 마약에 관한 글귀나 그림은 금지예요. 여기 선생님들은 아이들을 때리면 감옥행일 거예요. 아이들을 때리는 대신 사무실에 앉아 있거나, 부모님께 알리거나, 하루 동안 집에서 반성하기, 선생님이 정해준 문장 50번 100번 200번 쓰기를 하기도 해요. 학생이 수업시간에 껌을 씹으면 'I will not chewing gum again in the school'을 계속하여 써야 돼요. 학생들은 주로 껌을 씹거나 예의에 어긋나게 굴거나 체육복을 가져오지 않거나 심하게 떠들거나 욕을 해서 혼나지요.(2010. 7. 1. 목요일)

안녕하세요? 할아버지. 얼마 전에 'Work Habit Report Card'가 나왔는데 8과목 중에 3과목은 E(excellent), 5과목은 G(good)를 받았어요. 물론 이것은 성적이 아니라 숙제능력, 수업태도, 출석률을 mark한 것이에요. ……성적 마크도 좋게 나온다면 더없이 기쁘겠지만요. 저는 빨리 한국에 놀러 가고 싶어요. 하지만 내년에 못 갈 수도 있대요. ㅠㅜ. However, 건강하세요. 할아버지 손녀 인영 올림.

Dear Grandfather,

Hello, I'm your granddaughter Irene. How are you? I'm fine.

I'm having pretty good time in Vancouver. Are you having good time in Korea? I hope you do. Secondary school is more difficult than elementary school, but I'm glad that I have new friends in my new school. English is very difficult for me. But I'll be a good student. Have a wonderful day! Love Irene.

Hello. Dear Grandfather.

Today at school, I dissected the sheep's eyeball……. Yes, it was really gross……. Actually, I didn't really do it……. My friend, Samantha, was really brave, so mostly she did a lot of it. I just closed my eyes for the whole class……. One or two years later, I might dissect a frog. I should be more brave!! (2010. 11. 20)

인영이와의 메일 교환은 한국어의 범위를 벗어나는 경향이 있다. 영어를 혼용하기도 하고 순전히 영어만 사용하기도 한다. 우선 급하기는 영어이지만 한국어도 영어에 못지않게 공부하기를 바랄 뿐이다.

03
미국에서 날아온 메일

내가 미국에 와서 한 20여 년 살면서 고통을 느끼는 것은 오직 언어장벽입니다. 만약 의사소통만 매끄럽다면, 또한 정직하고 성실하다면 대통령자리 말고는 다 할 수 있는 곳이라고 믿습니다. 실력만 있으면, 능력만 있으면 되고, 인종차별이란 말은 한낱 핑계일 뿐입니다. J선생님도 가끔 한국 사람들이 미국에 와서 출세한 자랑스런 이야기를 듣고 보실 것입니다.

나는 가끔 주위 사람들에게 '나는 미국체질인가 봐요' 라는 말을 합니다. 간단한 생활방식이라든가 남을 별로 의식하지 않는 실용적인 의식구조라든가 말입니다. 이곳은 내 집 내 소유가 아니더라도 시원스럽고 넉넉한 주변 환경을 보는 것 그 자체만으로도 즐겁거든요.

내가 나이 50이 다 되어 이곳에 온 것은 돈도 아니고 출세도 아닙니다. 다만 아이들을 이곳에 뿌리내리게 하기 위한 것입니다. 사방이 시원하고 넉넉합니다. 이따금 한국에 대한 안타까운 심정이 솟구칩니다. 너무 많은 인구, 생사를 가르는 투쟁, 부정부패, 무질서, 허위, 가면…… 그것을 잘 알기 때문에 도망쳤습니다. 한국이 싫어서가 아니고 내가 그곳에서 살아남기가 너무 힘들었기 때문이었습니다. 아이들 세대가 되면 더욱 치열해질 것이고…….

오늘 J선생님과 나누고 싶은 이야기는 이렇게 거창한 것이 아닙니다. 나는 평소에 많이 걷는 편인데 길을 걸을 때도 느끼는 것이 많습니다. 이곳 보도에는 공사연도가 새겨져 있는데 거의 모두가 50년 이상입니다. 한국에서는 공사한 지 몇 년 되지 않아 걷어냅니다. 작은 일인 것 같지만 큰 일이라고 생각합니다. 남북한을 비교해 말하면 북한은 근면 절약인데 남한은 낭비와 허식입니다. (그래도 남한이 북한보다는 엄청 나게 잘 살지만).

미국인들은 정직하고 준법정신이 강해서 우직하게 보이기도 합니다. 도로에서 빨간 신호등일 때는 아무리 다른 차들이 없더라도 정지선에서 미동도 하지 않습니다. 도로에 선을 그을 때도 우선 점선으로 그어서 시행해 보다가 다시 수정할 필요가 없다고 판단될 때 실선을 긋습니다.

우리 국민의 조급성 비타협성 허식……. 이런 것 쉽게 바뀔 수 있을까요? 한 사람 한 사람을 보면 매우 우수하지만 말입니다. 그래서 훌륭한 지도자가 필요합니다. 훌륭한 지도자만 있으면 지구를 끌어다가 다른 위성에 매달아 놓을 수도 있을 것입니다. J선생님은 어떻게 생각하십니까? 고견을 듣고 싶습니다.

나는 김 선생의 메일을 읽고 나서 여러 가지 생각에 잠겼다. 미국에서는 언어만 능통하고 정직하고 성실하기만 하다면 성공할 수 있다는 것, 언어밖에는 불편이 없다는 것, 인종차별이란 핑계라는 것, 미국인들은 정직하고 준법정신이 강하고 실질적이라는 것, 한국 사람들은 조

급하고 비타협적이고 허식이 많다는 것, 부정부패, 무질서, 허위, 가면 따위가 판친다는 것, 그래서 살아남기가 너무 힘든다는 것, 아이들 세대에는 더욱 치열하리라는 것, 그래서 아이들을 미국에 정착시키고 싶었다는 것이었다.

나는 김 선생의 주장에 대하여 반박할 만한 논리가 발견되지 않았다. 김 선생은 한국에서 적응하려면 남들처럼 부조리한 행위를 저질러야 하는데 그럴 수는 없기 때문에 도피행각을 택할 수밖에 없었던 것 같다. 치세(治世)에는 정직한 사람이 출세하지만 난세(亂世)에는 부정직한 사람이 출세하기 마련이라고 할 수 있을 것 같다.

나의 뇌리에는 김 선생의 순수하고 정직한 생활 모습이 떠올랐다. 그는 나와 함께 중등학교에서 근무하던 교사시절에 그러하였다. 그래서 자기가 태어나고 자라고 일류대학을 나와 직장을 얻었던 한국보다는 대단한 연고도 없고 언어도 통하지 않는 미국을 택하여 정든 고향을 버리고 조국을 등졌던 것이었다.

나는 김 선생이 한국 사람들의 '생사를 가르는 투쟁' 을 지적한 것이 가슴 아프게 다가왔다. 크게 보면 남북의 대결과 국내의 분열상황이 그것을 말해 주는 것이라고 생각되었다. 왜 무엇 때문에 좌우로 나뉘어 서로서로 목숨을 걸고 싸웠는지? 그것도 1945년 광복 이후 지금까지 60여 년이 넘도록 계속하고 있는지? 어째서 폭력을 예사로 생각하는지? 왜 그리 큰 소리하기를 좋아하는지? 어째서 자기 생각이 절대적으로 옳다고 믿는지? 어째서 검찰의 소환에도 응하지 않고 버티는지? 어째서 폭력을 쓰고 위협하고 거짓말하고 큰 소리치는 사람이 잘난 사람으로 인정받게 되었는지?⋯⋯ 알 것 같으면서 정답을 찾기가 힘 드는 것을 어찌할 수 없다.

굴원(屈原)이 지었다는 〈어부사〉(漁父詞)가 떠올랐다.

"선생은 삼려대부가 아니십니까? 어쩌다가 이 지경에 이르렀습니까?"

"온 세상이 다 혼탁한데 나 홀로 깨끗하고 모두가 다 취해 있는데 나만이 깨어 있으니 그런 까닭으로 쫓겨나게 되었소."

"성인은 세상만물에 얽매이지 않고 세상을 따라 변하여 갈 수 있어야 합니다. 세상 사람들이 모두 탁하면 왜 진흙탕을 휘저어 흙탕물을 일으키지 않으십니까? 사람들이 모두 취해 있다면 어째서 술찌개미와 박주를 마시지 않으십니까? 어찌하여 혼자만 깊이 생각하고 고결하게 처신하여 스스로 쫓겨나고 마십니까?"

"내가 듣건대 새로 머리를 감은 사람은 반드시 관을 털어서 쓰고 새로 목욕한 사람은 반드시 옷을 털어서 입는다고 합디다. 어찌 결백한 몸으로 더러운 것을 받아들일 수가 있겠소? 차라리 상강(湘江)에 가서 빠져죽어 물고기 배 속에 장사를 지낼지언정 어찌 결백한 몸으로 세속의 먼지를 뒤집어 쓸 수 있겠소?" ('어부사'는 '어보사'로 읽어야 한다는 주장이 있음.)

만일 어부의 말이 옳다면 굴원은 남들이 하는 대로 부정부패 행위도 하고 정치야 어떻게 되거나 말거나, 백성들이야 어떻게 되거나 말거나 그럭저럭 안일무사하게 지내면서 강한 자에게 아부하고 아랫사람에게 너그럽게 대하면서 부귀영화를 누리면 되는 것이었다. 그러나 그것을 할 수 없어서 저항하다가 보니 추방을 당하고 종당엔 멱라수에 빠져 죽고 만 것이다. 그때 굴원은 어디론가 망명하여 살 수는 없었는지 모를 일이다.

미국에 있는 김 선생은 굴원보다는 선택의 여지가 넓었던 것 같다. 미국은 한국에 비하여 선진국일 뿐만 아니라 세계에서 가장 강대한 나라이고 세계 도처에서 미국으로 이민가기를 희망하는 사람들이 줄을 설 정도이니 많은 사람들이 부러워하는 나라이다. 여건만 허락된다면 한국인의 대부분이 미국으로 가서 살고 싶을 정도이니 김 선생의 이민은 나무랄 수 없는 일이었다. 엄밀히 따진다면야 미국이라고 좋은 점만 있는 것은 아니겠지만 적어도 한국보다는 보기 싫은 꼴을 덜 보게 될 것은 분명한 것 같다.

나는 옷을 주워 입고 거리로 나갔다. 은행도 들르고 노인회관 사랑방에도 들르고 바람도 쐬고 싶었다. 횡단보도에 나가니 또 버스가 신호를 어기고 승용차가 정지선을 넘어 들어와 있었다. 그러면 안 된다는 신호를 보내면서 짜증을 내 보았지만 아무 소용도 없었다. 자칫하면 봉변을 당할 수도 있으니 무사히 넘긴 것만으로도 다행한 일이었다.

순간적으로 미국의 김 선생이 보낸 메일이 떠올랐다.

'그래, 김 선생은 미국으로 잘 갔어. 나도 가고 싶어. 진작 서둘러 보았어야 했어. 지금은 늦었단 말이야. 에이 더러운 놈들! 이게 모두 정치한다는 놈들 때문이야. 정치한다는 놈들이 제일 나쁜 놈들이야. 법을 제일 잘 어기고 거짓말을 제일 잘 하는 놈들이거든. 당장 내일이면 모두 들통 날 일도 모두 잡아떼고 본단 말야. 더러운 놈들. 그 놈들 보고 국민들이 다 배운단 말야.'

나는 김 선생이 부러워지기도 하였다. '까마귀 싸우는 골에 백로야 가지 마라./ 성난 까마귀 흰빛을 새오나니/ 청파에 조히 씻은 몸을 더럽힐까 하노라' 라는 시조가 떠오른다. 그렇다고 정말 조국을 등지고 침을 뱉으며 타국으로 떠날 수가 있을까?…… 그것은 …….

04
백척간두진일보(百尺竿頭進一步)

나는 중원도서관 멀티미디어 교육실로 향하였다. 성인독서토론회에 참석하기 위한 것이었다. 토론회의 지도교수는 오래 전부터 잘 알고 지내는 최 박사였다. 최 박사는 방송통신대학 가정학과를 나와 유아교육에 종사하다가 다시 정규대학에서 한국 문학을 전공하여 석사학위와 박사학위를 취득하여 대학강사로 활약하며 교회에서는 피아노반주로 봉사하고 있었다.

최 박사는 나와 고향도 인근일 뿐만 아니라 연령으로도 사제 간이 될 만하여 서로 존경하고 가까이 지내는 처지였다. 최 박사는 나의 참여를 바람직하게 여기고 때때로 문자 메시지를 보내오기도 하였다. 내가 항상 배우기를 즐기고 남과 사귀기를 좋아하는 성품인지라 서로 조화를 이루고 있었다. 최 박사에게는 나의 철학적인 이야기가 좋았고 나에게는 최 박사의 문학적인 전문지식이 즐거웠다.

시작하는 시각은 13시 정각이지만 늘 지각하는 사람들이 있어서 정규강의는 늦어지는 수가 많았다. 내가 도착한 시각은 20분이나 늦었지만 최 박사는 반갑게 맞아주었다.

주제는 채연이 지은 《예술의 달인, 호모아르테스》이었다. 최 박사의 지명에 따라 회원들은 차례로 독후감을 발표하였다. 한 점의 그림을 볼 때 그림의 주인공이 위쪽에서 아래쪽으로 내려오면서 씨 뿌리는 것을 보면서 자기는 어떤 씨를 뿌릴까 생각하고, 강과 하늘과 땅(뭍)과 쪽배가 있는 풍경을 보면서 그 구성물들이 나타내는 뜻이 무엇일까 나름대로 상상하고 해석해 본 경험이 발표되었다. 그런데 그 구성물들이 결코 분리된 것이 아니라 하나로 혼연일체를 이루고 있다는 것을 볼 수 있다는 것이었다.

토론 중에는 '백척간두 진일보'(百尺竿頭 進一步)에 관심이 집중되기도 하였다. 일백 척이나 되는 긴 대나무 줄기에서 한 걸음을 더 나아간다는 것은 도저히 불가능한 것이며 만일 한 걸음을 더 나아간다면 그것은 백 척이나 되는 벼랑 밑으로 추락하는 것을 의미하고 추락은 파멸이나 죽음을 뜻하는 것이다. 그러나 발표자 박○○ 씨는 한비야의 《그건 사랑이었네》를 인용하면서 '나에게는 날개가 있다'는 말을 가지고 해결하였다. 날개가 있으면 결코 파멸이나 죽음을 걱정할 필요가 없고 오히려 적극적으로 진일보를 감행하지 않고는 견딜 수 없을 것이다. 그러나 많은 사람들은 자기가 날개를 가지고 있다는 사실을 모르고 살 뿐만 아니라 날 수 있는 날개를 키워 나갈 마음을 먹지 않는다. 무턱대고 백척간두에서 한 걸음만 나아가면 죽는다고 믿고 겁을 먹고 징징거리면서 울고 있거나 자포자기로 타락하기 쉽다.

그런데 막상 죽기를 결심하고 한 걸음 나아가고 보니 뜻밖에도 날개가 펼쳐져서 위기를 극복하고 새로운 세계로 날아갈 수가 있는 경우도 있다. 그리고 만일 우리가 지혜롭다면 없는 날개가 돋아날 수 있도록 미리미리 준비할 수도 있을 것이다.

'진일보' 한다는 것, 벼랑 끝에서 한 걸음 나아간다는 것은 흔히 있을 수 없는 대약진이요 대전환이요 문학(소설)에서 이야기하는 이른바 반전(反轉)이다. 특히 단편소설에서는 이 반전이 결정적인 성공요소라고 할 수 있다. 반전 없는 이야기는 이야기가 아니고 반전 없는 소설은 소설이 아니라고 한다. 반전은 사회적 통념에서 벗어나는 것이요, 권위와 전통과 철학의 기존체계에서 벗어나는 것이요, 자기 중심적인 경험이나 인식이나 가치판단에서 벗어나는 것이요, 세상 사람들의 입소문에서 벗어나는 것이다. 이런 점에서 볼 때 반전은 분명히 철학이다.

토론자 가운데는, 작품이 뛰어난 작품이 되려면 일반적인 상식을 뛰어넘고 그것을 깨쳐 버리는 것이어야 한다고 하였다. 맞는 말이다. 프란시스 베이컨이 지적한 것처럼 사람들은 종족의 우상, 시장의 우상, 동굴의 우상, 극장의 우상에 사로잡혀 살고 있다. 반전은 이러한 우상에서 과감히 탈출하여 새로운 가치판단과 비전을 제시할 수 있는 것이어야 한다. 위기와 반전은 선후관계로 나타나는 것이 일반적이다.

사람들은 어디까지나 사람이다. 그런 까닭에 자연계에 대하여 어디까지나 사람의 척도에서, 사람의 눈과 귀와 코와 혀와 피부로 인식할 따름이다.

사람들은 대중의 상식과 언어에 지배되어 인식하고 판단한다. 사람들이 많이 모이는 것이 시장이며 사람들은 시장의 우상에 사로잡혀 산다. 사람들은 자기의 경험을 중시하고 고집하며 자기의 경험대로 행동하려고 남의 경험이나 가치판단을 무시해 버리는 수가 많다. 마치 동굴 속에 갇혀서 바깥세상을 모르고 우물 안 개구리처럼 사는 것이다. 사람들은 전통적인 관습이나 인습이나 철학이론이나 이데올로기나 성인들의 경전에 얽매어 산다. 극장의 배우를 신봉하듯이 특정 대상에 사로잡혀 산다. 이것이 극장의 우상이다.

따라서 우상에서 탈출하는 것은 편견과 아집에서 벗어나 객관적이고 넓은 세계에서 넓은 안목으로 사물을 보는 것이고, 결코 진선미를 파괴하고 거짓되고 악하고 추한 것을 추구하는 작업이 아니다. 그러므로 진선미를 더욱 알차게 승화시키는 것이다.

　내가 생각하는 백척간두진일보나 반전이라는 것은 이러한 우상에서 과감히 탈출하는 것이고 더욱 높고 넓고 깊은 차원의 진선미를 추구하는 것이다.

05
경로우대관광

'인천대교'를 보러 가기 위하여 관광버스에 올랐다. 이웃아파트노인회를 합쳐 버스는 만원이었다. 출발한 지 한 시간 남짓하여 인천대교의 위용이 펼쳐졌다. 넓은 갯벌과 바닷물이 보기에도 시원하고 건축공학의 첨단기술을 짐작할 수 있었다. 인천대교는 인천국제공항이 영종도와 인천경제자유특구로 지정된 송도신도시를 연결하는 다리이다. 2005년에 착공하여 2009년에 완공한 대교는 전체 길이 21.38km에 이른다.

일행은 인천대교의 웅장한 모습을 보며 대한민국의 발전을 실감한다고 말하였다. 한국의 건설업체는 국내의 건설뿐만 아니라 해외에서도 선두를 달리고 있어서 국위를 선양하는 분야이기 때문에 대형건설을 볼 때마다 가슴을 뿌듯하게 하는 것이다.

인천대교를 벗어난 버스는 소래 습지를 지나 충남 아산으로 향하여 달리다가 도중에 대중식당에서 멈추고, 일행은 점심을 먹었다. 돼지고 기두루치기와 상추가 소주안주로 어울리고 된장국이 일미였다.

버스가 다음으로 찾아간 곳은 '장수사슴농장' 이었다. 강사는 축산대 녹용연구센터에서 연구하여 작성한 것으로 보이는 차트가 걸린 강의실에서 녹용의 성분과 효능, 복용방법을 설명하고 나서 현품을 구경시키고 대대적인 할인가격을 제시하면서 구입하기를 권고하였다. 듣는 사람들이 별로 구입의욕을 보이지 않아서인지 강사는 약제를 처음으로 구입하는 고객에게는 '개시보너스' 라는 명분으로 특별히 더 많이 준다고 유인하였지만 이상하게도 한 사람도 구입하지 않았다. 남자들은 먼저 퇴장하고 다시 버스에 올랐다.

버스에서는 안내자가 격앙된 목소리로 말하였다.

"단 한 사람도 물건을 사지 않는 것은 처음 봅니다. 정말 여행사는 부자가 아닙니다. 오늘 소요 경비도 그렇고 저도 먹고 살아야 합니다. 다음 들르는 곳에서는 특별히 도와주시면 고맙겠습니다."

버스를 운행하고 점심을 대접하는 모든 경비가 관광객들이 약제를 구입하는 커미션에서 충당된다는 것을 쉽사리 짐작케 하였다. 버스 안의 분위기는 완전히 가라앉고 말았다. 안내자는 단순한 안내자가 아니라 노인들을 동원하여 물건을 사게 하고 커미션으로 수입을 잡는 상행위자로 완전히 바뀌어 있었다. 이윽고 버스는 '○○제약 ○○○연구소' 에 도착하였다. 대형 리프트를 타고 올라간 강의실에는 '○○알부민에프출시기념제품설명회' 라는 플래카드가 전면에 걸리고 알부민을 설명하는 차트가 걸려 있었다.

하얀 가운을 입은 사람이 강의를 시작하였다.

유산소운동을 하라. 조깅 · 수영 · 걷기가 좋다. 노인들에게는 걷기가 제일 좋다. 술 담배를 삼가라. 기름진 음식을 피하라. 오메가쓰리,

등 푸른 생선, 들기름, 견과류를 먹어라. 즐겁게 지내라. 스트레스를 피하라, …….

스트레스는 누구에게 받는가? 영감한테서 받고 부인한테서 받는다. 그러나 자기성격이 원인이다. 승부욕이 강하고 집착이 강하면 스트레스를 받는다. 긍정적으로 생각하고 유머감각을 가져라. 웃어라.

나는 강의하면서 스트레스를 받는다. 심각한 얼굴로 째려보는 사람 때문이다. 좀 웃어 달라. 지금도 네 사람이 나를 째려보고 있다.

알부민 에프는 의외로 많이 팔렸다. 남자들은 아무도 사지 않았지만 여자들은 거의 모두가 두 박스씩 사는 것이었다. 한 박스보다는 두 박스가 워낙 싸기 때문이었다.

노인들, 특히 할머니들이 관광나들이에서 약품을 사는 것은 우선 용돈의 여유가 있고 자신에게도 약이 필요하지만 자식들과 손자들에게 필요하다고 판단하기 때문인 것 같다. 평소에는 용돈을 쓰지 않고 꼭꼭 감추어 두었다가 관광나들이에서 돈 쓸 기회를 얻는 것이다.

이번에는 커미션이 두둑했던 모양이다. 버스 안내원은 표정이 완전히 부드러워져서 감사하다는 말을 여러 번 하고 할아버지들에게는 소주를 권하고 할머니들에게는 노래 부르기를 권고하였다. 관광버스에서는 노래를 금하고 특히 통로에 나가서 몸을 흔드는 행위는 교통안전을 위하여 엄금해야 하는데도 불구하고 안내원이나 운전기사가 선동하는 편이었다. 버스가 조용하면 기사가 졸게 되고 기사가 졸면 위험하다는 것이었다.

돈 들이지 않고 인천대교를 보고 소풍한 것은 좋았지만 원하지 않는 약제강의를 듣고 약제구입을 강요받고 하루 종일 시간을 낭비한 것을 생각하면 기분이 우울해지는 것을 억누를 수 없다. '세상에 공것이 어디 있어? 공것을 바라면 사람이 추해진단 말이야' 라고 몇 번씩이나 강조하던 어떤 노인의 목소리가 귓전을 울리는 것이었다.

　노인들은 외롭다. 자식들은 직장으로 나가고 손자들도 다 자라서 할아버지 할머니의 보호가 거의 필요하지 않게 되었다. 노인들은 가정에서 대화의 상대자가 없다. 가정에 들어앉아 있으면 며느리에게 심리적인 부담을 안겨주게 된다. 며느리들이 마음 놓고 외출하기도 힘들고 눕기도 어렵고 노래를 부르기도 어렵다. 그래서 밖으로 나가 찾는 곳이 노인회관이다. 노인회관도 권태로울 때가 많다. 어디론가 여행을 해 보고 싶을 때가 있다. 이때 경로관광에 유혹되어 버스를 타고 나가서 한번 돈을 쓸 기회를 얻는 것이다.

　전국적으로 행해지는 '경로우대관광' 의 문제점이 신중히 검토되어야 할 것이다. 보다 명랑한 관광을 위하여.　　　　　(2010. 6. 24)

06
토정비결

노인회관에 나가니 탁자 위에 《토정비결》이 놓여 있었다. '823 대통지의 왕래지상'(大通之意 往來之象)이라는 표제가 나왔다.

하늘의 신이 나를 도우니 기쁜 일이 끊이지 않고 이어지리라. 마침내 꾀하던 바를 이루리라. 귀인이 나타나 나를 돕게 되므로 우연한 일이 이루어지고 그로 인하여 재물을 얻게 되리라.

곡식에 비가 내리니 오곡이 되기 위해 준비하는 운세라. 재성이 나를 따르니 가만히 있어도 천금을 모을 수 있는 운세로다. 우연한 일로 횡재한다.

순한 물위에 배를 띄우니 모든 일이 흔들리지 않고 순풍에 돛단 듯이 잘 풀려 가리라.

뜻밖에도 크게 성공하니 이름을 널리 알리겠고 금과 옥이 풍성하리만큼 많은 재물을 얻어 부귀를 누리게 되리라.

높은 집에 앉아 태평한 가운데 스스로의 재력을 가늠하니 얼마나 한가한 일인가.

참으로 좋은 이야기들이다. 운수가 대통할 것이니 말이다. 그러나 다음과 같은 말도 끼어 있다.

가까운 사람이 나를 해하니 조심하라. 교만을 경계하면 더욱 빛날 것이다. 운이 열려 길 한가운데도 액이 들어 있다. 친한 사람과 한 번은 다투겠고……
목성(木姓)과 금성(金姓)은 좋지 않으니 가까이 하면 해를 입으리라. 관귀가 발동하는 액이 들어 있으므로 경거망동하지 말고 멀리 떠나지 말라.
부모의 근심을 유의하라.

마치 《주역》의 괘사나 효사를 연상하게 한다. 주역은 64괘에 괘마다 6개의 효가 있으니 384효가 되고 효마다 효사가 있고, 《토정비결》은 144괘에 괘마다 12달로 세분되어 있으니 1,728언이 1년의 운수를 설명하고 있는 셈이다.
아무튼 수 십 년만에 본 《토정비결》은 소원성취할 수 있고 돈도 많이 생길 것이라고 하니 대길이라고 할 수 있다. 그런데 막상 무엇이 나의 소원인지 잘 알 수가 없다. 항상 염려하는 건강의 회복인가 아니면 전공서적의 출판인가. 그것도 아니면 아이들의 성공인지 잘 알 수가 없다. 그리고 가만히 생각해 보면 '가까운 사람이 나를 해한다, 친한 사람과 한 번은 다툰다, 길 한가운데도 액이 들어 있다, 부모의 근심을 유의하라'를 생각해 보면 굳이 길한 운수라고 보기도 어렵다.
길(吉)한 가운데도 액운이 있다는 논리는 〈주역〉의 논리와 너무나 상통한다. '역'(易)이라는 말은 바뀌는 것이다. 이를테면 양은 음으로 바뀌고 음은 양으로 바뀌며, 물질계의 모든 물질이 시공에 따라 변화하며 정신계의 모든 현상도 바뀐다는 것이다. 다만 사람들의 기준에서 볼 때는 그 변화가 쉽사리 관측되지 않는 경우가 많을 따름이다. 호사다마라는 말처럼 호사는 영원한 호사가 아니고 미구에 흉사로 바뀔 수가 있는 것이다.

어느 이름난 신경정신과 의사가 말한 것을 기억한다. 자신이 만일 부유한 가정에서 태어났으면 사회적으로 성공하지 못하였을 것이니 가난한 부모 밑에 태어난 것이 오히려 행운이었다는 것이다. 모든 괘에 길흉이 함께 포함되어 있으니 길한 괘나 흉한 괘나 정도의 차이가 있을 뿐이고 상대적인 차원에 그친다.

나는 대학 진학이 좌절되어 우왕좌왕하고 있을 때 객지에서 우연하게도 《토정비결》을 본 일이 있다. 그러나 뜻밖에도 모친상을 당할지도 모른다는 것이었다. 나는 그 해가 다 가도록 어머니에 대한 걱정이 그치지 아니하였다. 효도 한 번 못하고 어머니를 이별할 것처럼 생각되어 항상 마음이 괴로웠다. 그러나 다행히도 어머니는 아무런 일없이 그 해를 넘기시고 96세까지 장수하셨다. 나는 그 해부터 절대로 《토정비결》을 보지 않았고 모든 예언은 미신이며 사람들을 현혹시키고 사회적인 폐단을 낳는다고 생각하였다.

그럼에도 불구하고 나는 또 한 번 시험에 들고 말았다. 대학을 졸업하고 사은회 겸 망년회를 하던 날 나보다 연세가 많은 동기생과 몇몇이 다방에서 잡담을 하게 되었는데 그 연세 많은 동기생이 생년월일시를 묻는 대로 대답하고 말았다. 알고 보니 그는 사주를 보아 생계를 유지하는 직업적인 운명감정사였다.

한 달이 지나서 졸업식 날이 오자 그는 나에게 한 발이 넘는 감정서

(?)를 건네주는 것이었다. 졸업식이 끝나고 하숙집으로 돌아와 읽으면서 나는 놀라움을 억누를 수가 없었다. 지나간 일은 거의 모두 들어맞는 것으로 보였다. 더구나 모든 문장이 일류 명문으로 된 한시(漢詩)였다. 그러나 나는 한문에도 관심이 없었고 일종의 미신적인 예언으로 치부하고 말았으며 나의 과거사가 맞는 것은 우연이라고만 생각하였다. 나는 그 이전부터 '풍수설'이나 '도참설'이나 '성명철학'이나 '관상학'이나 모두 비슷한 차원에서 부정적으로 인식하고 있었다. 나는 아이들의 이름을 지을 때도 가족끼리 의논하여 지었고 혼인할 때도 궁합을 멀리 하였지만 실수가 없었다.

　나는 선친께서 늘 말씀하시던 '진심갈력'(盡心竭力)을 생활신조로 삼고 살아온 셈이다. 그것은 요즘 말로 표현하면 '최선을 다하는 것'이라고 생각한다. 돌이켜 보면 '최선을 다했다'고 자부하기 어려운 것도 많지만 그래도 마음만은 최선을 다하고 싶었고 그것이 인간의 도리라고 생각하면서 살아온 셈이다. 최선을 다한 결과가 항상 최선의 결과를 보장하는 것은 아닐 수도 있겠지만 그것은 인력의 한계를 벗어난 것이라고 할 수밖에 없을 것이다. 그래서 '진인사대천명'(盡人事待天命)이라는 말도 있는 것으로 안다.

　《토정비결》을 통하여, 길흉화복은 돌고 돈다는 것을 깨달으면 좋을 것이다. 길이나 복을 남용하면 흉이나 화가 되고 흉이나 화를 극복하면 길이나 복이 된다는 자연스런 법칙을 깨달아야 할 것이다.

　《토정비결》은 '운명의 노예가 되고자 함이 아니라 파란만장한 미래사에 대비하고 그 굴레에서 벗어나고자 하는 적극적인 의욕에서 비롯된 책'이라는 이유도 진심갈력을 통하여 명백히 드러날 것이다.

(2010. 2. 14)

07

반야원(般若院)을 찾아서

"**따**르릉!따르릉!"

여여당의 전화다. 노인장기요양기관으로 알려진 반야원을 방문하자는 것이었다. 몸은 피로한 편이지만 좋은 일이기 때문에 응낙할 수밖에 없었다.

여여당은 이따금씩 자동차를 몰고 가락동 농수산물시장으로 달려가서 채소나 과일을 사서 노인요양기관에 기증하곤 하였다. 자녀들이 없거나, 있어도 부양을 받지 못하는 고독한 노인들을 위하여 작으나마 베풀고 싶은 것이었다. 정부에서 재정적으로 노인회를 지원하는 것은 순전히 먹고 놀라는 것이 아니라 사회활동도 전개하라는 것이고 고독한 노인들을 돕는 일은 사회봉사활동의 타당한 분야라고 생각한 것이었다.

노인회의 총무가 중심이 되어 가까운 시장을 찾아 과일과 채소류를 보았다. 무더운 여름이니 수박이 적당할 것으로 합의하였다. 수박 한 덩이에 17,800원이었다. 수박 여섯 개와 여타 과일을 사고 여여당은 개인적으로 양파를 비롯한 채소류를 추가로 구입하여 자동차의 트렁크를 가득 채웠다. 자동차는 짐이 너무 무거워 보였다.

반야원(般若院)은 약 120명의 노인들을 수용하고 있었다. 대기하던 직원들이 반가이 맞아주었다. 사단법인 '부처님마을 반야원' 대표는 전직 공무원이고 원장은 불교를 전공한 법사였다. 그들은 일찍이 의지할 곳 없는 고독한 노인들을 돕겠다는 장한 뜻을 세우고 부부가 함께 1984년 12월, 방 5칸을 빌려서 무의탁 노인과 장애인을 임종할 때까지 무료로 봉양하기 시작하여 5명, 32명, 45명, 120명으로 늘었다고 한다.

나는 디지털 카메라로 사진을 찍었다. 다른 회원들에게도 보이고 활동실적으로 남기고 싶었다. 종전에도 사회봉사활동이 전혀 없었던 것은 아니지만 여여당의 제안으로 활성화하게 되어 불교계통의 요양기관 뿐만 아니라 종교를 초월하여 순번에 따라 도와나가자는 공론이 이루어졌다. 나는 방문객들에게 선사하는 《생활 속의 불교》와 《선행문》(禪行門)을 집으로 가지고 와서 읽어보았다.

나는 10여 년 전부터 몇 년 동안 '정의사회봉사단원'들과 함께 고아원과 양로원을 찾아 본 일이 있다. 고아원이나 양로원을 경영하는 사람들은 대개 기독교인이나 불교인이 주종을 이루고 있는 것 같다. 그들은 종교적인 사명감을 가지고 '사랑'을 실천하는 사람들이었다.

최근에는 장애인청소년을 돌보고 교육하는 복지재단을 들러 사랑의 정신을 느껴 보기도 하였다. 이사장의 말에 따르면 재정적인 걱정은 거의 없다고 한다. 정부에서도 보조가 많을 뿐만 아니라 민간차원에서 기부가 많다는 것이었다. 민간 차원의 기부가 많다는 것은 놀라운 소식이었다. 그는 모든 재정을 완전히 투명하게 공개하며 기부자에게는 지체없이 세제(稅制)의 혜택을 받도록 조치한다고 하였다. 우리 사회에서 불신이나 의혹이 제기되는 것은 주로 재정적인 불투명에 기인하는 것이다. 자기가 납부한 세금이나 기부한 금품이 어떻게 투명하게 쓰이고 있는지를 확인하지 못할 때 보람을 느낄 수 없게 되고 납세나 기부를 주저하게 된다. 더구나 기부를 전담하는 기구에서 재정을 함부로 낭비한다는 매스컴의 보도를 볼 때 국민들은 실망한다.

어느 나라나 국가에서 돌보아야 할 사람들은 많겠지만 한국에는 그런 대상자가 더욱 많을 것으로 추측된다. 그 원인 중에는 일제(日帝)의 침략과 6·25 사변이 커다란 원인이 될 것이다. 수많은 동포가 생계를 잃고 죽고 다치고, 전쟁미망인이나 전쟁고아나 장애자나 부양받을 수 없는 노인들이 될 수밖에 없었던 것이다.

한국은 아직도 사회적으로 소외된 계층을 돌보는 복지제도가 미흡한 형편이다. 아직도 개발도상국이라는 단계를 벗어나지 못한 상태에서 그럴 수밖에 없겠지만 사회복지는 중요한 국가적 과제이다. 그 동안 한국의 전쟁고아들은 미국을 비롯한 세계의 선진국으로 많이 입양되어 왔다. 이제는 한국의 가정에서 입양을 많이 받을 수 있음에도 불구하고 현실은 그렇질 못한 형편이다. 심지어는 장애인학교가 마을에 들어오는 것은 혐오시설로 인정하고 결사반대로 나서는 사람들이 허다한 실정이니 국민의 의식구조는 아직도 너무나 저급한 수준이다. 장애인이 언제 어디서나 마음 놓고 생활할 수 있는 사회가 선진사회이다.

(2010. 6. 30)

08
북한재해복구 지원에 대한 공론

태풍 곤파스의 피해가 심각하다. 2010년 9월 3일자 J일보 18면에는 '5명 목숨 잃고 168만 가구 정전, 농작물 손실 심각, 전국 곳곳 태풍 피해' 라는 굵은 글자가 보였다.

자연재해는 폭서, 폭풍, 폭우, 한발, 폭설, 혹한, 우박, 낙뢰, 지진, 해일, 황사, 병충해 등 헤아릴 수 없이 많다. 자연재해가 더 많은 나라에 견주면 한국은 적은 편에 속한다고 하지만 그래도 국민들에게 주는 타격은 적지 않다. 옛날 같으면 제왕의 부덕(不德)으로 빚어지는 하늘의 노여움으로 해석하여 제왕의 근신(謹愼)을 강행하기도 하였지만 현대 사회에서는 자연재해를 최소화하기 위하여 여러 가지 예방대책과 복구대책을 강구하는 것으로 그친다.

북한의 자연재해도 남한보다 덜하지는 않은 모양이다. 태풍이란 것이 본디 태평양에서 일어나 북쪽으로 올라오면서 한반도에서는 상륙 도중에 약해지기도 하고, 대개는 북한으로 올라가기 전에 동해나 서해로 빠져 나가기 때문에 태풍의 영향이 남한보다는 적은 편이지만 산림

녹화사업이 저조하여 홍수의 피해액이 많다는 것이다.

요즘 남한에서는 북한의 재해복구 지원에 대한 여론이 분분하다.

첫째로, 인도주의의 정신에 따라 우선 식량이 부족한 북한을 지원하는 것은 당연하다는 여론이다. 남한에서 150만 톤이나 남아도는 식량을 보관하는 데는 엄청난 비용만 든다. 남한에도 가난한 사람들이 많다고는 하지만 내 배 다 불리고 나서 나머지로 남을 돕기는 어렵다. 동족이 동족을 돕지 않으면 누가 돕는단 말인가. 북한이 도발하기 때문에 지원할 수 없다는 것은 전쟁을 하자는 것이나 다름없다. 전쟁하면 모두 죽는다. 그러므로 도와야 한다.

둘째로, 북한은 100만 톤이나 되는 군량미를 비축하고 있고 남한에 대하여 도발행위를 계속해 왔기 때문에 지원해서는 안 된다. 종전에 일어난 여러 가지 사건은 그만두더라도 2008년 금강산관광객 총격사살사건이나 2010년 천안함격침사건에 대하여 북한이 사과하지 않으면 안 되며, 한 걸음 더 나아가 아무리 사과하더라도 북한이 적화통일전략을 포기하지 않고 핵무기개발과 남한을 볼모로 하는 전술을 포기하지 않는다면 절대로 지원해서는 안 된다. 북한이 군비만 축소하고 낭비하는 예산만 줄여도 식량을 해결할 만한 능력은 충분하고, 또한 남한에도 생활보호를 받아야 할 사람들은 무수히 많다. 북한을 지원해도 실지로 굶는 동포에게 돌아가는 것이 아니고 북한의 선군정치를 도와주는 결과가 되고 개혁개방만 늦추게 되어 북한 인민의 고통만 연장하게 된다. 일부에서 떠드는 인도주의는 허구에 지나지 않는다.

셋째로, 남한 정부는 상황에 따라 적절히 대처해야 한다. 인도주의에 입각한 지원도 필요하고 북한의 군비강화도 경계해야 한다. 북한을 지원하라는 주장과 지원하지 말라는 주장을 잘 절충해야 한다. 정부가 나서서 방향을 제시하고 강력히 추진하는 일이 쉽지는 않지만 그렇다고 하여 우왕좌왕해서도 안 된다.

　이와 같이 의견이 분분한 상황에서는(특별한 전문가가 아니라면) 어느 한쪽의 의견만이 절대적으로 옳거나 그르다고 판단하기는 어렵다고 사람들은 말한다. '악한 자를 대적치 말라. 누구든지 네 오른 뺨을 치거든 왼편도 돌려대며, ……겉옷까지도 가져가게 하며, …… 너희 원수를 사랑하며 너희를 핍박하는 자를 위하여 기도하라' 는 《성경》(마태복음 5:38~44) 말씀도 있지만 국민을 보호하고 나라를 지키는 정부에서는 결단하기가 어렵다는 것이다. 자기 자식을 살해한 살인범에게 자비를 베풀어 용서하고 자기의 자식처럼 사랑하는 사람도 있고, 적군을 사랑하는 연인들도 있으며, 전쟁이 끝난 후에는 교전국이었던 나라를 도와주고 공고한 우방관계를 유지하는 나라들도 있다. 그러니 아무리 미워도 원수를 사랑할 수만 있다면 사랑하는 것이 바람직하겠지만 그것이 결코 쉬운 일이 아니란다.

　여기서 《논어》(論語) 헌문편(憲問篇)의 한 구절을 생각하게 한다. 어떤 사람이 공자에게 물었다.

　"덕으로써 원수를 갚는 것은 어떻습니까?"(以德報怨 何如).

　"어찌 덕으로써 갚을 수 있는가? 원수는 직(直)으로써 갚을 것이요, 덕은 덕으로써 갚을 것이니라."(何以報德 以直報怨 以德報德).

　원수는 마땅히 직(直; 至公無私)으로 갚아야 하고 덕(은혜)은 덕으로써 갚아야 한다는 것이다. 직이란 무엇인가? 사랑하고 중오하는 것을 한결같이 지공무사(至公無私)로 한다는 것이며, 마땅히 사랑할 것을 사랑하고 중오할 것을 중오한다는 것이다.

　예수의 말씀과 공자의 말씀을 비교하면 전자는 모든 이해관계를 초월한 초아(超我)와 초현실(超現實)의 사랑이요, 후자는 이해(利害)와 현실의 규범에 입각한 사랑이라고 할 수 있다.

극락이나 천국이 아닌 인간 세상에는 항상 사회적 규범이 있고, 의와 불의를 따지게 된다. 개인과 개인도 그렇거니와 집단과 집단도 그렇고 특히 국가와 국가는 다시 말할 나위가 없다. 그리하여 어느 시대 어느 정부도 국민의 생명과 재산을 수호하기 위하여 외적의 침입을 용납하지 않으며, 만일 외적의 침입을 용납하거나 비호하거나 방조하면 그 행위자는 중벌에 처하게 된다. 원초적으로는 하나의 핏줄이요 분명한 형제간이면서 현실적으로는 견원지간이 되어 있는 특수한 남북의 현실에서 위정자들은 갖은 권모술수를 동원하고 언어의 조작과 논리를 동원하여 국민의 가치판단을 흐리게 하고 대혼란으로 이끌 수도 있는 소지가 있고, 이른바 사이비 정치인과 사이비 지성인이 날뛰게 된다.

최근 매스컴에 따르면, 북한의 언론은 '남에게 빌어먹는 절름발이 경제를 다음 세대에 물려주는 것처럼 큰 죄악은 없다', '남의 힘에 의거하고 외자를 끌어들이면 당장 급한 고비를 모면할 수 있다. …… 그러나 우리는 결코 이런 길을 택할 수 없었다', '자력갱생의 혁명정신을 높이 발휘하여 오늘도 내일도 언제나 혁명과 건설의 모든 분야에서 주체를 철저히 세우고 모든 문제를 자신의 힘에 의거해 풀어나가야 한다'고 하였다.

남한과 북한은 그 동안 유엔을 중심으로 한 다양한 국제적 지원을 받아왔으며, 남한은 경제적으로 지원국의 대열에 들어섰으나 북한은 아직도 피지원국의 대열에서 벗어나지 못하고 있다. 북한의 경제가 뒤떨어진 까닭은 아마도 '남에게 빌어먹는 절름발이 경제'를 경계하고 외자도입을 거부하며 자력갱생의 정신을 살리려 한 결과인지도 모른다. 그러나 굶어 죽는 자식의 목숨을 구하기 위하여 남에게 구걸이라도 할 수밖에 없는 부모의 심정으로 외자를 도입하는 나라도 있으니 결과적으로 어느 것이 과연 인민을 위한 정책인가를 생각하게 된다. 자력갱생의 정신이 바람직하다는 것은 움직일 수 없는 진리임에도 불구하고.

실리(實利)와 명분(名分)은 때에 따라 상호간에 대립하고 갈등하고 혼란을 일으키기도 한다. 명분도 중요하고 실리도 중요하지만 명분 없는 실리는 인욕(人慾)에 기울고, 실리 없는 명분은 구두선에 기운다. 명분과 실리가 서로 떨어질 수 없는 관계에서 보면 명분이 실리요, 실리가 명분일 수도 있지만 문제는 인민이 먹고 사는 문제이다. 진정한 정치는 진정한 명분과 실리에 있고 진정한 명분과 실리는 인민의 인간다운 삶에 있다.

공론은 항상 분분하다. 그러나 무엇보다도 중요한 것은 화해와 믿음과 사랑의 정신이다.

(2010. 9. 26)

09
'붉은 악마 응원단'에 대하여

'붉은 악마 응원단'은 1995년 12월에 대한민국 축구국가대표팀 서포터스 클럽으로 발족하였고, 2002년 월드컵 경기를 통하여 한국인의 단결력과 애국심을 여실히 보여주어 많은 국민의 사랑과 신뢰를 받고 있다. 그런데 왜 하필이면 '붉은 악마인가?' 하는 의아한 생각을 가진 사람들이 있다는 사실에 주목하게 된다.

한국의 축구선수들은 벌써 1970년대부터 붉은 유니폼을 입고 세계무대에서 뛰었다. 붉은 빛깔은 정열적이고 상대방을 제압하는 위력을 나타내는 까닭에 경기를 유리하게 이끌게 되어 다른 빛깔보다는 승리할 확률이 높다는 점에서 실용성과 효용성이 있으며, 또한 붉은 빛깔은 양(陽)을 뜻하는 것이어서 태극기와의 관계가 매우 깊을 뿐만 아니라 한국이나 중국의 민간에서는 길상(吉祥)이나 희경(喜慶)을 나타내고, 사악한 것을 물리치는[辟邪] 빛깔로도 알려져 있다.

'붉은 악마 응원단'은 화하(華夏) 민족의 시조로 알려진 황제(黃帝)에게 대항하여 싸웠다는 한(韓)민족의 치우천왕(蚩尤天王)을 마스코트로 사용함으로써 한민족의 역사적 연원을 밝히고 있다. 치우천왕은 환인(桓因)이 건국한 환국(桓國)에 이어 세워진 배달국(倍達國)의 천왕이었다는 기록이 전하며, 머리는 구리로 되고 이마는 쇠로 되었으며, 모래를 먹으며, 우레와 비[雨]로 산과 강을 바꾸어 놓으며, 오구장(五丘杖)과 도극(刀戟)과 태노(太弩)를 만들었으며, 환웅천왕의 신하였고 단군왕검의 제후였으며, 중국의 한고조(漢高祖) 유방(劉邦)이 항우(項羽)와의 마지막 전투에서 그에게 제사를 드리고 조선시대의 충무공 이순신장군이 그를 사당에 모시고 제사를 올렸다는 전설적(?)인 인물이며, 군신(軍神)이나 전쟁신(戰爭神)으로 알려져 있다.

그런데 문제는 '붉은 빛깔' 이 종전에는 특수한 이데올로기와 관계가 있었기 때문에 국민들 가운데는 의아한 태도를 보이는 사람들이 있다는 점이다. 20세기에 들어와 지구촌 여러 곳에서 일어난 그 이념은 이른바 '붉은 깃발' 을 높이 들고 혁명투쟁에 나섰고, 서구에서는 '중공' 을 'Red China' 라고 불렀으며, 일본에서는 소비에트 러시아의 정규군을 가리켜 '적군' (赤軍) 또는 '적위군' (赤衛軍)이라고 부르고, 한국에서는 '빨갱이' 라는 말이 생겨나기도 하였다. 그리고 붉은 빛깔은 위험이나 혈승(血勝)이나 폭력이나 극단적인 행위를 나타내는 것으로 인식되기도 하여 붉은 빛깔에 대한 경계심이나 편견을 완전히 벗어나지 못한 사람들이 있다는 것이다.

그리고 왜 하필이면 '악마' 라고 하느냐는 것이다. 악마는 악(惡) 또는 불의(不義)를 의인적(擬人的)으로 나타낸 요괴(妖怪)이며, 신(神)의 적대자(敵對者)로서 사람을 유혹하고 죄를 저지르게 하는 존재로 기독교에서는 사탄(satan)과 같은 존재라고 한다. 따라서 악마는 악한 짓만을 행하고 사람을 해치지만 한국의 응원단은 결코 악한 행위를 저지르는 집단이 아니므로 '악마' 라고 부르지 말고 '도깨비' 라고 부르는 것이 좋겠고, '도깨비'는 'Ghost'라고 영역(英譯)할 수 있으니 'Dokkaebi'로 표기하여 사용하는 것이 좋겠다는 의견도 있다.

또한 'Be the Reds!' 'Reds, Go together for our Dream!' 'We are the Reds'라는 표현에 대하여 의아하게 보는 네티즌도 있다는 것이다. 만일 그 어느 네티즌의 지적을 그대로 믿는다면 '붉은 악마'에 대한 명칭과 구호와 응원가의 곡조에 대하여 의구심을 갖는 사람들이 나타날 수 있고, 수 십 만 명씩이나 집결하여 단체행동을 하는 경우에는 정치적 군중선동(mass agitation)에 악용될 수도 있다는 지적이 나올 수 있을지도 모른다.

그 동안 '붉은 악마 응원단'[紅魔拉拉隊]은 치우천왕기(蚩尤天王旗)를 제작하여 사용하고, 초대형 태극기 밑에 수많은 소형 태극기를 흔들었고, 얼굴이나 옷에는 빨갛고 파랗게 태극을 그리고 썬더 스틱(thunder stick)을 치며 '대한민국'을 외치면서 태극전사(太極戰士, 太極虎)를 응원하여 2002월드컵 경기를 4강으로 이끄는 데 지대한 공로를 세웠고, 2006월드컵 경기에서는 대한민국 태극전사의 '필승'을 위하여 멀리 독일까지 날아가 응원하여 많은 외국인들에게 감동을 주었으며, 한편 세계적으로는 구소련체제의 와해 이후로 붉은 색깔의 이데올로기적 상징이 현저히 희석되고 금기(禁忌, taboo)의 벽이 거의 허물어졌다. 개별적인 인식이나 시각에 따라서는 색다른 생각을 일으킬 수도 있겠지만 '붉은 악마 응원단'들은 결코 대한민국의 정체성을 훼손하는 의도나 행위를 추호도 보이지 않았으며, 많은 국민들은 그들의 대한민국에 대한 애국심을 의심의 여지없이 믿고 있는 현실이다.

'붉은 악마 응원단'이 부르는 응원가의 가사는 '꿈은 이루어진다, 힘내자, 싸움터로 가자, 대한민국은 반드시 이긴다, 너와 나 하나 되어 승리의 노래 부르자'는 내용이고, 곡조는 '아, 대한민국'이나 '아리랑' 이나 찬송가를 적절히 편곡한 것이다. 그들의 외침은 '대한민국' 이며 '코리아' 이다.

온 국민은 그들의 응원을 통하여 위로를 받고 힘을 얻고 희망을 갖는다. 대한민국 국민들은 지금 붉은 빛깔을 기피하고 두려워하는 수준을 벗어났고, 한 단계 높아진 '악마' 의 숨겨진 뜻을 창조하는 수준에서 '붉은 악마' 를 예찬할 수 있다고 믿는다. 그들의 매력은 온 국민을 사로잡고 있다.

(2006. 7. 24)

10
봄을 맞이하며

나는 늘 난타나를 들여다 본다. 파란 녹색 이파리가 무성하고 샛노란 꽃이 피는 것이 신기하게 보였다. 문득 보면 한 송이처럼 보이지만 20~30개의 작은 꽃이 한데 모여 가장자리부터 차례로 안으로 들어가면서 피었다.

처음 난타나를 주워들고 올 때는 이름도 모르고 꽃도 몰랐다. 아파트의 울타리 옆에서 우연히 발견한 것이고 신기하게 보이는 것도 아니고 그저 이름 모를 식물에 지나지 않았다. 생전 처음으로 보게 된 낯선 식물이고 꽃이 피었던 것 같은 흔적이 있어서 가만히 주워들고 보니 누군가가 화분에서 뽑아서 내버린 것이 틀림없었다. 발코니로 가져와서 빈 화분에 심고 물을 주었더니 미처 한 달도 안 되어 꽃망울이 맺히기 시작하고 한 마디에 두 봉오리씩 샛노랗게 꽃이 피는 것이었다.

도무지 이름을 알 수가 없어서 휴대전화로 촬영하여 몇몇 사람에게 물어보아도 알질 못하였다. 드디어 막내에게 물었더니 인터넷을 검색하여 사진을 보여주고 이름을 알려주었다. 그러나 나는 그 '난타나' 라는 이름을 쉽사리 잊어버리고 말았다. 궁금증을 오랫동안 참다가 밤중에 일어나 서재로 달려가 인터넷으로 '야생화'를 검색하고 이름을 다시 확인한 것이었다. 나타나는 품종에 따라 색깔이 여러 가지였다. 노란 것은 노래서 좋았다. 향기는 허브와 비슷한 냄새이지만 그리 좋은 것은 아닌 것 같았다. 그런데 잎이나 열매나 꽃이나 모두 독성이 강하여 사람이 먹으면 치명적이라고 하니 두렵기도 하다. 잎이 들깻잎처럼 생기고 친밀감을 주는 한편 독성으로 자신을 방어하는 식물이었다.

꺾꽂이가 잘 된다고 하니 모래를 준비하여 한 번 시도해 보고 싶었다. 꺾꽂이가 잘 된다는 것은 그만큼 생명력이 강하고 새로운 환경에 적응하여 살아남는다는 것이었다.

나의 발코니에는 40여 개의 크고 작은 화분이 늘어서 있다. 키가 큰 고무나무가 서너 그루, 군자란이 서너 개, 산스베리아가 서너 개, …… 그 중에서 일 년 열두 달, 항상 꽃이 피는 것이 꽃기린이다. 꽃기린은 벌써 10여 년 전, 연구원에 근무할 때 부원장실에 근무하는 미스 진으로부터 작은 가지를 얻어서 꺾꽂이로 기른 것이었다. 그런데 작은 가지를 나에게 떼어 준 미스 진은 그 후 건강 문제로 직장을 그만두고 소식이 없었다. 꽃기린을 볼 때마다 나의 머리에는 미스 진이 떠올랐다. 그는 현모양처형의 인상을 주어서 어딘가에 중매를 서주고 싶었으나 마음뿐이었다.

봄이 되어 두 개의 분에서 난이 개화하였다. 나는 보름 이상이나 날마다 코를 대고 향을 맡았다. 바로 옆에 서 있는 철골소심(鐵骨素心)과 어울려서 보기에 좋았다. 이제 여름이 되어 철골소심이 개화하면 그 향기가 온 집안을 감돌며 성스러운 분위기를 만들 것이며, 나도 모르게 선(禪)의 경지(?)로 들어갈 것 같다.

이어서 군자란이 탐스럽게 꽃을 피우더니 다시 석란(?)이 꽃을 피워

눈길을 끌고 있다. 밑은 네모지고 위는 둥근 청화백자 난분에 심겨진 석란은 줄기나 꽃이나 요조숙녀처럼 고고하기도 하고 예술적이기도 하지만 어떻게 보면 애처로운 인상을 주기도 한다. 내자는 자기가 화분에 옮겨 심은 것이라고 특별히 관심을 기울이더니, 거실로 옮겨 놓고 향내를 퍼지게 하였다.

다시 또 하나의 꽃이 피기 시작하는 것은 공작선인장이다. 겨우내 얼어 죽을 것만 같던 것이 어떻게 소생하였는지 새빨갛고 탐스런 꽃을 피우고 있다. 거실 안에서 내어다보아도 탐스럽고 신비스럽다. 그런데 그 선인장을 질투하는지 아니면 반가워서 바라보려는지, 키 작은 제라늄이 고개를 들고 꽃을 피우기 시작하였다.

내가 집에서 가꾸는 화초들은 선물로 받은 것도 있고 시장에서 사온 것도 있지만 남이 버린 것을 주워 온 것이 더 많다. 무정하게 버린 사람들은 그럴 수밖에 없는 사정이 있겠지만 버려진 화초들은 어쩐지 가여운 생각을 일으키게 한다. 나는 난타나를 바라보며 무성한 생장의 저력과, 여름이나 겨울이나 끊임없이 꽃을 피우는 끈기에 감동을 받곤 한다. 꽃이란 도대체 무엇일까. 씨앗을 맺어서 종족을 유지하려는 의지일까. 아니면 아무런 목적도 없이 그저 천명을 다하는 생명의 표현일까. 창조주의 뜻은 너무나 오묘하여 허울에 지나지 않는 우상에 사로잡힌 어리석은 인간의 감각이나 판단이나 상상으로 헤아리기 어렵다.

너도 나도 다투어 피는 꽃들은 아름다움과 경이로움을 안겨주며 나에게 다가왔다. 봄은 결코 홀로 오지 않았다. 겨울의 인고와 성실을 통하여 꽃과 더불어 나의 가슴 속으로 찾아 들었다. 유리창 너머로는 화사한 백목련과 개나리와 벚꽃이 활짝 웃고 있다.

4 모닥불

01
윤 박사

나는 탄천을 향하여 걷고 있었다. 매송초등학교 앞 무지개다리를 바라보니 다리의 난간 양쪽 바닥에 반딧불이 같은 빛이 늘어선 것처럼 보였다. 가까이 다가가 보니 행인의 안전을 위하여 인공적으로 설치한 일종의 안전등(?)이었다.

그런데 문제는 어찌하여 빛이 나는지 알 수가 없는 것이었다. 지나가는 젊은이에게 물어보았다.

"혹시 저 다리 위에 설치한 안전등이 무엇인지 아십니까? 처음 보는 것이라 도무지 알 수가 없네요. 전기는 아닌 것 같고요."

"아, 예. 저것도 전기입니다."

"전깃줄도 없는데 전기란 말입니까?"

"그렇습니다. 태양광 에너지를 이용하는 배터리입니다."

"아, 그렇군요. 태양광으로 충전하여 불이 켜진다는 것이군요."

"반도체니 실리콘이니 하는 말을 하지 않습니까?"

"그렇다면 저것이 바로 반도체를 이용하는 것입니까? 우리나라의 반도체산업이 세계에서 제일이라더니 바로 그것을 응용하는 것인가요?"

"그렇다고 말할 수도 있지만 로얄티를 주고 외국에서 사들여 오는 것이 많을 것입니다."

"그렇군요. 지금은 모든 기술이나 산업이 국제적으로 연관되어 있으니까요. 국적을 따지기도 어렵습니다."

내가 궁금히 여기던 보도교(步道橋)의 안전등에는 'solar pot'(솔라 팟)이라고 쓰여 있었다. 태양광 에너지로 충전하여 발광하게 하는 것임을 쉽게 이해할 수 있었다. 오작교를 건너면서 어림수로 솔라 팟을 헤아려 보니 약 80개 쯤 되는 것 같았다. 서현동 쪽을 향하여 걸어가다가 우연히도 윤 박사를 만나게 되었다.

"윤 박사님, 안녕하세요?"

"안녕하세요? 지 박사님."

"그 동안 적조했습니다. 어디 여행이라도 다녀오셨습니까?"

"아닙니다. 집에서 '방콕휴가'를 즐겼습니다."

"저도 마찬가집니다. 저쪽 벤치로 가실까요?"

"그러시지요."

나는 앉자마자 먼저 솔라 팟에 관하여 확인하고 이야기를 나누기 시작하였다. 윤 박사는 선진국에서 축산영양학을 전공하고 특히 축산대학 축산학과에서 강의한 분이기 때문에 나에게는 새로운 것이 많았다.

나는 《대학》에서 말하는 '치지는 격물에 있다'(致知在格物)는 명제를 마음에 새기고 있었다. '물'이란 무엇인가? 인식의 대상은 모두 '물'이라는 개념에 포함될 수 있지만 첫째로 자연계의 물체와 문화적 소산으로서의 물질세계가 포함된다고 생각하였다. 사람은 형이하학적 물질세계를 떠나 형이상학적 정신세계를 논하기는 어렵다고 보았다. 윤 박사의 이야기는 언제나 흥미가 있었다.

윤 박사는 경기도 고양군의 부유한 가정에서 출생하여 서울의 배재고등학교 졸업반일 때에 6·25사변이 일어나 시골에서 숨어 살고 있었다. 그의 선친은 친척집에 숨어서 지냈으나 그의 모친은 폭격기의 공습을 받아 사망하고 말았다. 그때 윤 박사는 형들과 함께 흙구덩이를 파고 수시로 그 속에 들어가 지냈는데 하루는 형 하나가 독사에 물려 사망하고 마을에 있는 고대광실은 불타서 폐허가 되었다. 국군이 북진하자 윤 박사는 학도병으로 입대하였다가 의병제대하게 되어 다시 학교로 복귀하였다.

　　윤 박사는 나보다 3년이나 연장자이고 검소하고 소탈한 인상을 주며 땅거미가 질 무렵이면 항상 산책을 즐긴다. 수년 전에 대장암 수술을 받고나서는 운동과 절제를 건강수칙으로 삼고 있으며 산책 중에는 바이타민 씨를 입에 물고 나에게도 자주 권한다.

　　그는 농대 축산학과를 졸업한 후로 농촌지도소에 근무하다가 덴마크로 건너가서 1년간 잡 트레이닝(직업훈련)을 마치고 돌아왔는데 다시 호주에 가서 초지연구 실습을 마치고 대학원 석사과정과 박사과정을 이수하였다. 그는 대학원 재학시절에 사료공장 실습을 거쳤기 때문에 귀국하여 사료공장에 취업하였다가 호주에서 가지고 돌아온 사료공장 설계도를 이용하여 공장을 건설하고 직접 경영하였다.

　　사료공장은 순조롭게 운영되고 기대한 것 이상으로 매출이 증가하여 번영하였지만 농대시절의 은사님이 대학강의를 권고하자 거절하지 못하고 교수 생활을 시작하여 축산대학장과 부총장을 거쳐 정년을 맞이하였다. 교수시절에는 학생들에게 장학금을 주선해 주는가 하면 제자들을 선진국으로 보내어 학위를 취득하게 한 후에는 모교의 교수로 임용하였는데, 교육과정 운영에 반드시 필요한 제자를 임용하기 위하여 자신은 사직원을 던지기도 하였단다.

　그는 한때 외국 친구들과 사귀고, 사조직을 결성하여 폭력배를 소탕하는 의협심을 발휘하기도 하였으며, 부친의 엄명에 따라 결혼하고, 신혼의 신부를 4년간이나 홀로 두고 해외에서 형설의 공을 쌓았다. 그가 대학을 졸업하고 국가공무원으로 취직할 무렵만 하더라도 그대로 공직에서 성실히 근무하기만 하면 승진도 무난히 하고 처자와 더불어 단란하고 행복한 가정을 이루어 살 수 있음에도 불구하고 스스로 발전하고 향상하기 위하여 해외로 떠나 힘겨운 실습과 학문을 아울러 해내고 만 것이었다.

　그는 내가 흥미를 가지고 있는 정치문제를 비롯하여 인생철학과 자연과학의 지식이 해박하여 이야기가 끊이지 않을 정도이다. 영어와 일본어에 능통한 그는 항상 광범위한 독서와 사색으로 살며, 텔레비전 43번 채널, 내셔널지오그래픽을 많이 시청한다고 한다.

　그는 미국산 광우병 쇠고기의 수입문제가 온 나라의 쟁점이 되어 몇 달씩이나 광화문 일대가 마비되고 폭력시위가 일어나는 문제에 대하여도 일가견이 있었다. 본디 광우병이라는 것은 동물성 사료가 원인이 되고 동물성 사료는 영국에서 생산되어 전 세계에 수출되었는데 한국에서도 그것을 수입하였기 때문에 미국의 쇠고기나 한국의 쇠고기나 같은 차원의 문제라는 것이다.

　따라서 광우병을 이유로 미국산 쇠고기 수입을 반대하는 것은 타당한 이유가 될 수 없다는 것이었다. 그리고 한국의 지성인들 가운데는 자기 기만적이고 위선적인 언행을 서슴지 않는 사람들이 있음을 지적하였다. 자신의 인지구조와는 상반되고 모순되는 언행으로 대중에게 영합하고 선동하기도 한다는 것이었다.

　나는 윤 박사 같은 분이 반드시 자서전을 써서 후진들에게 읽혀야 한다고 생각한다. 자서전은 자기의 성공담을 통하여 자기를 선전하는 효과도 없지는 않지만, 실패담을 기탄없이 털어 놓고, 자기의 일생을 회고하고 반성하는 동시에 후진들에게 간접경험을 제공하여 판단력과 의지를 심어주어 용기를 발휘하게 하고, 시행착오를 줄이는 교훈적인 기능을 발휘하기 때문이다.

나는 그가 하루 속히 붓을 들기 바라며 그의 소중한 자서전이 젊은이들의 손에 들어가 교본이 되기를 기대한다.

(2010. 8)

02
이런 일, 저런 일

나는 어렴풋이 라디오 소리를 들으며 잠이 깨었다. 한밤중에 가슴이 답답하고 잠이 오지 않아 맨손체조를 하고 손발과 어깨와 등을 두들기다가 라디오를 들으며 겨우 잠이 들었던 것이다.

'오늘은 병원에 진료를 받으러 가는 날이지…….'

혼자서 입속으로 말하면서 시계를 보니 벌써 8시가 넘었다. 내자가 와서 말을 걸었다.

"금식하고 병원엘 가나요?"

"그래요. 그런데 확실치는 않아요."

"확실치 않다면 식사할 수도 있다는 건가요?"

"그렇지요. 문자 메시지를 보니까 '혈관경화도검사' 라는데 음식하고는 무관한 것 같기도 하고."

"메모해 둔 것을 찾을 수 없으면 전화로 확인해 보면 어떨까요?"

"그런데 9시는 돼야 제대로 통화가 될 거요. 옷이나 입고 나갈 때 전화하든지 해야겠어요."

나는 병원으로 갈 준비를 마치고 정각 9시가 되어 전화를 걸었다. 자동응답기의 안내를 받으며 겨우 통화가 이루어졌다. 식사나 복약과는 관계가 없고 마취도 필요하지 않은 간단한 검사이니 보호자도 필요하지 않다는 것이었다. 10시까지 병원에 도착하려면 시간이 빠듯하지만 허기를 달래기 위하여 식사를 하였다.

승강기를 타고 보니 702호 황 사장이 나타났다. 평소에 그리도 건강해 보이는 그도 백내장 수술로 병원엘 다니는 중이란다. 매송문방구점을 지나 횡단보도 앞에 이르러 청색 신호를 기다리는데 박 선생이 나타났다.

"안녕하세요?"

"안녕하세요? 어딜 가세요?"

"병원에 진료를 받으러 가는 길이에요."

"나도 병원엘 가는 길이랍니다."

"그렇게 건강하신데 병원엘 가다니요? 의사 아버지도 아픈 곳이 있나요?"

"허허허허."

"잘 다녀오세요."

내가 신호를 기다리는 동안에 압구정역으로 가는 9407번 좌석버스가 지나갔다. 다음 차를 기다리면 예약시간을 어길 것 같아 택시를 탈 수밖에 없었다.

"어서 오세요."

"안녕하세요?"

"일원동 S병원으로 가주세요."

나는 무료함을 달래기도 하고 기사의 이야기도 듣고 싶어서 말을 걸었다.

"오늘 날씨가 참 좋습니다."

"예, 그렇습니다. 그런데 아직 낮에는 햇볕이 따갑습니다."

"그렇습니다. 그런데 경기는 좀 나아졌습니까?"

"아직 모르겠습니다. 힘듭니다."

"손님이 없습니까?"

"손님도 적고 유류대금도 오르고 힘듭니다."

"경기가 풀리고 서민생활이 좋아져야 하는데……."

"그렇습니다. 그런데 금년에 농사는 풍년이랍니다."

"농사라도 풍년이라니 다행입니다."

"하지만 쌀값이 폭락이라 갈아엎는답니다."

"벼를 갈아엎는답니까?"

"그렇다는 것 같습니다. 배추농사 갈아엎듯이 갈아엎는답니다."

"하하, 그것 참. 벼를 갈아엎다니……."

"흉년이 들면 쌀값이 올라서 걱정이고 풍년이 들면 내려서 걱정이고. 그런데 식품을 수입하는 것도 문제지요."

"그래요. 우리가 수입하지 않으면 우리가 수출하는 데 문제가 생긴다고 하니 국제경제란 것은 정말 묘하고 어려운 문젭니다."

"그렇습니다."

"남한에 남는 쌀 북한에나 보내주면 좋을 텐데."

"물론 보내주면 좋긴 좋지요. 허지만 보내주고 싶게 행동을 해야 하는 것 아닙니까? 이번 이산가족상봉을 조금 추진해 주고 또 식량을 달라, 비료를 달라, 손을 내미는 모양인데……."

"글쎄요. 그 동안 1988년부터 남한에서 북한에 있는 이산가족을 상봉하겠다고 신청한 사람은 12만 7천명이 넘는데 그 중에서 신청만 해놓고 사망한 사람이 3분의 1이나 되고 나머지 생존자는 8만 6천여 명인데 1985년부터 지금까지 18번이나 상봉행사를 했지만 1700여 명에 지나지 않고 화상상봉을 한 가족이 550여 가족이랍니다. 지금 신청자들은 70대 이상이 대부분이어서 앞으로 상봉할 기회는 거의 없어질 형편이랍니다. 지난 2000년 8.15 이후 17차례에 각 100명씩 만나는 방식으로는, 모두 만나려면 500년이 걸릴 형편이랍니다. 지난 8월에는 상봉탈락을 비관한 실향민 이 모씨가 수원역에서 투신자살했답니다. 우선 급한 것은 신청자 모두의 생사확인과 서신왕래라고 합니다. 직접 만나지는 못하더라도 생사를 확인하여 서신만 왕래하더라도 얼마나 좋겠습니까. 그러니 북한이 달라질 때를 기다릴 시간도 없고 한 가정 만나는데 쌀 몇 킬로그램씩 준다는 조건이라도 내세워서 추진하면 좋겠다는 의견이 있어요."

"이번 상봉에서는 100세 할머니가 58년 전에 헤어진 75세의 딸을 만났다고 하는데 북한은 1000만이산가족의 눈물을 그렇게 많이 흘리게 하고도 아직도 달라질 줄을 모르니까 쌀이 썩어도 도와줄 마음이 생길 수가 없다는 것이지요."

"인민의 눈에서 눈물이 흐르지 않게 하고 배를 굶주리게 하지 않는 것이 정치인데 북한은 정말 그런 것도 모르고 있을까요?"

"그 놈의 6·25 때문에 이산가족도 생긴 것인데 전쟁나면 전쟁 일으킨 사람들이 죽는 것이 아니라 죄 없는 인민들이 죽고 다치고 굶주리고 헐벗게 되니까 전쟁만은 절대로 하면 안 됩니다."

택시는 어느덧 병원의 정문에 도착하였다. 나는 본관 2층 안내소로 갔다. 안내전화도 친절하였지만 직접 안내자들을 대면하니 더욱 친절하고 용모도 인형처럼 아름다웠다. 혈관경화도 검사는 간단한 편이었고 진료시간을 앞당겨주었다. 심장이나 혈관이나 별다른 문제는 없고 식생활에 관계가 있으니 식생활습관에 유의하고 복약을 더하라고 처방하였다. 의사의 설명은 간결하고도 친절하였으며 간호사나 접수창구의 직원들이나 자원봉사자들도 모두 나무랄 데가 없었다.

나는 별관 지하 3층에 있는 의학정보센터에 들러 《맹교수의 사랑방 이야기》 두 권을 기증하고 암센터 '폐식도외과'로 가서 간호사실에 책을 한 권 기증하고 귀로에 올랐다.

나는 저녁을 먹고 탄천으로 나갔다. 소나무가 빽빽한 운중천 기슭을 지나다 보니 노인회의 박 여사가 나타났다. 악수를 나누고 함께 산보하자고 하였다. 둘이 이야기를 나누고 있는 것을 보고 25동 김 여사가 소리쳤다.

"무슨 이야기를 그렇게 많이 해요? 깨가 쏟아지네요."

"아이고 김 여사님, 안녕하세요?"

"안녕하세요?"

세 사람은 계단에 걸터앉아 이야기를 나누었다. 객지에서 친구를 사귀기는 쉽지 않다는 것, 늙어서 손자녀들을 돌보고 나름대로 취미생활을 하는 것, 건강을 위하여 운동을 해야 한다는 것, 어떤 할머니가 편찮으시다는 것, 부모가 돌아가시고 나니 고향이라고 찾아갈 일이 없다는 것, 명절이 돌아와도 쓸쓸하기는 마찬가지라는 것, 손자가 대학에 가려고 고생한다는 것, 아들이 사업으로 골몰한다는 것, 일제 때 고생 많이 했다는 것, 6·25를 겪으며 전쟁을 실감했다는 것, …… 잡담은 두서없이 이어지고 있었다.

나는 어릴 때 고생한 이야기를 하다가 최근에 큰딸이 해외로 나간 이야기를 꺼냈다.

"나는 그동안 가슴이 아팠어요."

"무슨 일인데요?"

"내 큰 딸이 아이들을 데리고 외국으로 떠났어요."

"그 나라는 살기가 아주 좋다던데요."

"범죄가 없고 평화스럽기는 하답니다."

"그런데 왜 가슴이 아프다는 건지?"

"걔들이 내 곁을 떠나니까 그래요. 바로 옆에 살았었거든요. 이제 보고 싶어도 보기가 어려워요."

"그래도 선진국으로 공부하러 간 것인데 잘한 일인데요 뭘."

"글쎄요. 잘한 일인지, 잘못한 일인지 두고 봐야 알겠지요."

"남들이 다 부러워하는 해외 유학인데 가슴이 아프다는 건 이해할 수 없어요. 사모님도 가슴 아프다고 하나요?"

"아니요. 그 사람은 오히려 잘 된 일이라고 해요."

"그것 보세요. 사모님 말이 맞아요. 남자가 돼 가지고 그러면 이상하지요."

"글쎄요. 난 정말 마음이 너무 여린 것 같아요. 걔들이 떠나던 날, 비는 억수같이 쏟아지고 큰 아이가 발이 아프다고 하니까 '왜 진작 말하지 않고 지금 떠나는 시간에 말하느냐'고 어미가 아이를 나무라는 걸 보니 어찌나 아이가 불쌍한지 눈물이 날 뻔했어요. 그래도 요즘은 좀 덜 해요. 인터넷 전화를 개통하여 날마다 전화하고 전자우편을 주고받아요."

"아이고, 나는 어미 없는 막내손자를 대전으로 보내면서 나 혼자 눈물을 많이 흘렸어요. 여기는 좀 복잡하기 때문에 대전에 사는 저희 고모가 보내라고 하여 보내게 되었는데 이놈이 가지 않겠다고 하더라고요. 살살 구슬러서 데리고 가서 떼어 놓고 오는데 어찌나 마음이 아프던지 눈물깨나 흘렸어요. 세상에 정이란 게 무언지. 어미 없는 그 놈,

불쌍하기도 하고."

아이는 부모의 별거로 어머니와 헤어진 것이었다.

"어떻든지 다시 합치라고 권해 보세요. 몇 년씩 별거하다가도 다시 결합하는 사람들도 있으니까요."

"그럴 수만 있으면 좋지만, 안 돼요. 이젠 너무 늦었어요. 가망이 없어요."

"어른들이 자꾸 권해야지요."

"그럴 사정이 있어요. 억지로는 안 되니까요."

나는 세상에 가정보다 더 소중한 것이 없다는 것을 다시 느끼고 결손가정의 아이들을 생각하게 되었다. 부모들이 서로 양보하지 않고 인내하지 않고 협동하지 않아서 아이들이 불행에 빠지는 것은 너무나 심각한 부조리라고 생각되었다. 도대체 아이들이 무슨 죄란 말인가.

03
불천노불이과(不遷怒不貳過)

아침에 일어나 02-3400-3000으로 전화를 걸었다. 통화중이었다. 저고리 안 주머니에서 건강보험카드를 꺼냈다. 접어 넣은 쪽지를 펼쳐 보니 CT촬영 예약증이 나왔다. 시각은 10:30. 6시간 금식이란다. 버스를 타고 병원에 도착하여 접수하였더니 먼저 수납하고 오란다. 채혈실에 접수하고 기다리다가 순번에 따라 채혈하고 CT촬영실을 찾아가 서약하고 접수하였다. 갈증이 나고 피로하였다. 조영제(造影劑) 주사는 항상 반갑지가 않다. 입으로 숨을 쉬란다. '숨을 들이쉬고 참으세요', '숨을 쉬세요' 가 몇 번 반복되고 촬영은 끝났다. 풀었던 타이를 매는데 밖으로 나가서 옷을 입으란다. 쫓겨 나와서 옷을 입고 내자에게 스카프를 달라고 하니 내놓질 않는다. 바깥에 있는 넓은 복도로 나가 벤치에 앉아 기다려도 오질 않는다. 한참을 기다리다가 쫓아갔더니 그제서야 자리에서 일어난다.

"왜 오지 않아요?"

"오라고 하지 않았잖아요?"

"왜 스카프는 주지 않고?"

"물 마시고 다시 검사하는 줄 알고."

"내가 얘기했는데. 그리고 다시 검사할 사람이 왜 옷을 입고 이쪽으로 나왔겠어요?"

"그러면 다 끝났으니 가자고 해야 알지 아무 말도 하지 않고 혼자 갔잖아요?"

"도대체 나를 도우러 따라온 거요? 아니면 괴롭히러 온 거요?"

나는 다 끝났으니 가자는 말을 하지 않은 것이 사실이지만 마치 말한 것처럼 언성을 높였다. 배도 고프고 기운도 없고 조영제 주사에 대한 기억이 불쾌하게 남아 있었다.

"이제 어떻게 하는 것이 좋겠어요? 구내식당으로 갈까, 외부식당으로 갈까, 아니면 집으로 갈까?"

"아직 열한 시밖에 안 됐는데."

"그래서 어떻게 하는 것이 좋겠느냐구요? 내가 결정하면 또 토를 달 테니까 묻는 거요."

"마음대로 해요. 구내식당으로 가던지."

"집으로 갑시다."

나는 화난 사람처럼 걸었다. 피로를 느끼고 은근히 불쾌하였다. 그리고 그 화풀이(?)는 내자에게로 향하였다. 집으로 돌아오자마자 감귤쥬스를 마셨다. 물을 많이 마시고 소변을 많이 보아야 조영제 주사액이 배설된단다.

내가 채혈하고 CT검사를 받은 것은 정기 검사였다. 흉곽외과 수술을 받고 나서 6개월만큼 받는 것인데 지난 연말로 예약되었던 것을 3개월 늦추어 받은 것이었다. 뇌신경내과와 순환기내과를 드나들며 피로를 느꼈기 때문에 담당의사와 의논하지도 않고 임의로 연기하였던 것이다. 담당의사가 어떻게 생각할지 신경이 쓰였다. 언제까지 6개월마다 검사를 받아야 하는지 알 수도 없는 일이고 잦은 CT촬영이 해롭지는 않은지 의심스럽기도 하였다.

건강문제로 병원을 드나들면서 돈도 많이 쓰고 내자에게도 괴로움을 끼치기 때문에 미안한 생각으로 겸손해져야 하건만 나는 거의 정반대로 행동하였다. 평소에도 화를 잘 내고 언성을 높이는 일이 자주 있었지만 흉곽수술을 받고나서도 좀처럼 달라지지 않았다. 사람의 심리란 참으로 종잡을 수가 없고 미묘하기도 한 것 같다. 조금 출세하면 교만해지고, 실패하면 실망하기도 하고 열등의식을 갖기 쉽다. 그리고 자기의 심리적 변화에 따라 남을 대하는 태도가 달라지고 남에게 불쾌한 반응을 보이고 자기의 잘못을 남의 탓으로 돌리기도 한다.

오늘도 병원에서 수없이 많은 환자들을 보았다. 어떤 환자는 피골이 상접하여 보기도 민망한 수가 있고, 어떤 환자는 너무나 초라하여 측은한 마음을 일으키게 한다. 어떤 환자는 모험적인 대수술을 받기도 하고, 어떤 환자는 수술이 불가능하여 거절을 당하는 수도 있다. 심지어는 중환자실에서 마지막 숨을 기다리는 환자가 있고, 더러는 마지막 숨을 거두고 영안실로 가는 환자도 있다. 나는 어느쪽에 속하는가. 나는 아직 그들에게 속하지는 않는다. 나는 병원에 갈 때마다 거의 정장을 차리고 나선다. 누가 보아도 환자로 보기는 어려울 정도이고 문병(問病)이나 다니는 사람으로 볼 것 같다.

나는 행운의 환자에 속한다. 생활에 여유가 있어 보이는 노신사(?)쯤으로 남이 보는 것 같다. 의사도 간호사도 친절하게 대해 준다. 그래도 나는 무엇이 그리 잘 났다는 것인지 겸손하질 못하고, 특히 내자에게는 거리낌 없이 언성을 높이니 참으로 이상한 환자가 된 셈이다. 나는 아직도 탐진치(貪瞋癡)의 굴레에서 전혀 벗어나지 못하고 있는 것이 분명하다.

《논어》옹야편(論語 雍也篇)에는 애공(哀公)이 공자에게, 제자 가운데 누가 학문을 좋아하느냐고 물었을 때 안회(顔回)라는 자라고 대답한 이야기가 나온다. 안회는 배우기를 좋아하여 불천노불이과(不遷怒 不貳過)하였다고 한다. 다시 말하면 어떤 사람이나 다른 일로 말미암아 노여웠던 일을 다른 사람이나 다른 일에까지 옮기지 않는 것이며 한번 잘못한 일을 다시는 거듭하여 잘못하지 않는다는 것이다. 나는 몸이 좋지 않아서 병원엘 다니면서 검사를 받는 것이며, 검사를 받는 과정에서 자신도 모르게 기분이 좋지 않게 된 것일 뿐이지 결코 내자의 잘못으로 내가 기분이 상한 것은 아님에도 불구하고 마치 내자에게 잘못이 있는 것처럼 내자에게 노여움을 옮긴 것이다. 그리고 이러한 잘못이 처음으로 일어난 것이 아니고 지난날에도 무수히 많았으니 잘못을 거듭해 온 것이다.

학문이란 것은 곧 문사(文辭)를 쓰고 외우는 데서 그치지 아니 하고 그 배운 바를 바르게 실천하는 것이라고 한다. 안회가 일찍 죽고 나서 아직은 배우기를 좋아하는 자를 듣지 못하였다고 공자는 말하였다. 얼마나 학교교육을 많이 받고 책을 많이 읽고 연구하고 사색하였느냐에 따라 학문을 많이 하였는지를 평가하기는 어려운 것이고 반드시 그 실천을 보아야 한다는 것을 깨달아야 하겠다. '불천노불이과' 를 되새겨 본다.

04

고 여사와의 대화

고 여사에게 전화를 걸었다.

"고 여사님, 안녕하세요?나 맹○○입니다."

"예, 오래간만입니다."

"그래요. 요즘은 어떻게 지내시는지?"

"나야 항상 똑같지요."

"요즘도 운동하시고요?"

"그럼요. 요가도 하고 산책도 하고 ……."

"또 무얼 하세요?"

"신문도 읽고 텔레비전도 보고요."

"텔레비전도 볼 만한 프로그램이 많지요?"

"그럼요. 채널이 너무 많아서 볼 만한 것이 항상 있어요. '바보상자' 라는 말도 있지만 공부할 만한 것이 너무 많아요."

"책도 많이 읽잖아요?"

"어제부터는 한비야의 《그것이 사랑이었네》를 읽기 시작했어요."

"그거 연애소설인가요?"

"연애소설? 한비야를 잘 모르는가 보네요."

"알긴 알아요. 책도 읽어 본 일이 있어요. 《바람의 딸》이던가?"

"그러면서 연애소설이냐고 물으세요?"

"몰라서 그렇지요."

"한비야가 연애소설 안 쓰는 작가라는 것을 모른단 말이죠?"

"글쎄요. 연애소설을 쓸 수도 있을 것 같은데."

"《그것이 사랑이었네》는 에세이집예요. 그 사람 연애소설 같은 거 안 써요."

"아, 그래요? 재미있어요?"

"이제 읽기 시작했다니까요. 그런데 책을 재미로만 읽나요? 유익하니까 읽는 거지."

"그렇지요. 고 여사도 글이나 쓰시지 그래요? 한비야보다 더 잘 쓰실 텐데."

"난 글 같은 거 쓰기는 싫어요. 읽기는 좋아해도요."

"쓰기만 하면 걸작이 나올 텐데 안 쓰면 그 재주가 아깝잖아요?"

"왠지 쓰기가 싫어요. 골치 아플 것 같고. 하기야 쓰기만 하면 못쓸 것도 아니지만."

"그럼요. 정말 잘 쓸 텐데. 지금까지 살아온 이야기, 보고 듣고 생각한 이야기를 부담 없이 죽 써 내려가면 될 텐데."

"막상 쓸려고 하면 쓸 만한 소재도 없어요."

"연애한 이야기 있잖아요?"

"연애도 못해 봤어요."

"놈팽이나 하나 사귀지 그래요?"

"놈팽이는 사귀어서 무엇 하게요?"

"이야기도 나누고 놀러도 다니고 맛있는 것도 사 먹고……."

"다 필요 없어요. 놈팽이들 보면 구지레한 게 가까이 가면 냄새가 날 것 같고 싫어요."

"그래도 접근해 오는 놈팽이들이 자주 있을 것 같은데요."

"있기는 있지만 다 싫다니까요. 구지레하기만 하고."

"그럼, 프로포즈하는 놈팽이들을 모두 사정없이 차버리는 모양이네요."

"그래요. 내 눈엔 모두 시시하게 보이거든요."

"그럼, 나도 일찌감치 찬물 마시고 맘 돌려야겠네요?"

"글쎄요. ○○○이라면 조금 다르지만."

"그래요? 그럼 차버리지 않는다는 건가요?"

"마음대로 생각해요. 착각은 자유니까."

"도무지 알 수가 없네요. 오케이인지, 노우인지."

"약간 다르다는 거지요. 오케이는 아니지만."

"무엇이 다르다는 건지 구체적으로 말해 줄 수 없을까요?"

"○○○은 글을 쓰잖아요? 내가 못쓰는 글 말이오."

"내가 쓰는 글이 너무 시시한 거 알면서 그래요? 만날 자비출판만 하는 형편이고."

"정말 좋은 책은 사람들이 모르는 수가 많아요. 베스트 셀러라는 것도 광고만 요란하지 별 거 아닌 것이 많아요. 진광불휘(眞光不輝)라는 말처럼 정말로 좋은 것은 사람들의 눈에 잘 보이지 않거든요."

"역시 고 여사는 고 여사군요. 베스트 셀러를 평가할 정도고. 대단한 독서가이고 평론가이고."

"또 비아냥거리는 건가요? 그러면 안 돼요. 가만히 보면 비과를 많이 사먹었나 봐요. 꽈배기도 많이 사먹고."

"비과니 꽈배기니 하는 게 무슨 상관이지요?"

"한국 사람 비과를 많이 먹어서 비꼬기를 좋아한다는 말이 있잖아요? 그것도 몰라요?"

"그래요. 그 우유과자 말이지요? 그거 옛날에 비과라고 했지요. 그거 제일 흔한 싸구려라 이따금 사먹었지요. 난 꽈배기를 참 좋아해요. 한 번 사줘 보세요. 얼마나 좋아하는지 보여 줄게요. 그런데 항상 고고하기만한 고 여사님. 그렇게 고고하게 굴면 뭐 생기는 거 있어요?"

"내가 뭘 고고하게 군다는 거지요? 걸핏하면 고고하게 군다고 하는 것 같은데 가만히 보면 칭찬하는 말은 아니고 비꼬고 흉보는 말 같아서 유쾌하지가 않단 말이오. 그런데 어째 박사님의 말씀이 그렇지요? 남을 조롱하는 건지 비아냥거리는 건지. 학자면 학자답게 말씀을 하셔야지 왜 그리 시시하고 수준 낮은 이야기만 자꾸 하시지요?"

"아, 그래요? 고고하신 고 여사가 들으면 그렇단 말이지요? 평범한 게 좋은 거 아닌가요? 고고한 거보다? 나는 '고가'(高哥)가 아니라 고고한 것하고는 너무 멀어요."

"성이 '맹' 가라 맹하다고 했지요? 세상 돌아가는 것도 모르고."

"그렇지요. 난 너무 모르는 것이 많아요. '한비야' 도 모르고 베스트셀러도 모르고. 정말로 맹하거든요."

나는 고 여사에게 은근히 흥을 잡히고 충고를 들은 기분이었다. 말한 마디가 얼마나 하기 어려운 것인지 다시 한 번 깨닫게 되었다. 율곡 선생은 《격몽요결》에서 '사람을 만나면 마땅히 말이 간결하고 무거워야 한다'(接人則當言簡重)고 하였는데 말을 간략하고 쉽고 요령 있게 해야 한다는 것이 아닌가. 그런데 고 여사와 나눈 이야기는 농담과 비슷한 이야기이고 하지 않아도 좋은 이야기였다고 생각되었다. 고 여사는 말을 유머러스하게 하면서도 항상 요령 있고 뜻이 분명하였다.

　고 여사는 글은 쓰지 않지만 책은 광범위하게 많이 읽어서 아는 것이 많은 여자로 소문이 나 있었다. 그는 일찍이 대학시절에 어떤 젊은이가 목숨을 걸고 청혼하는 바람에 결혼한 것이 잘못되어 별거하면서 자녀를 기르고 독서와 서예에 취미를 붙이고 살아왔다는 것이다. 내가 그를 알게 된 것도 20여 년 전에 어느 서예전시회에 갔다가 대상을 받은 그의 작품을 본 것이 계기가 되었다. 고 여사의 작품은 도연명의 시였다.

　춘수만사택(春水滿四澤)
　하운다기봉(夏雲多奇峰)
　추월양명휘(秋月揚明輝)
　동령수고송(冬嶺秀孤松)

　그가 휘호한 내용은 흔히 볼 수 있는 것이지만 서법(書法)이 매우 훌륭하다는 평가를 받았다. 그리고 고 여사가 다니고 있는 서실의 원장은 그의 글씨가 그의 성격을 그대로 반영하고 특히 '동령수고송'과 같은 기질과 인품을 보여준다고 하였다. 봄비가 흡족히 내린 봄 풍경이나, 뭉게구름이 일고 있는 여름 풍경이나, 휘영청 달 밝은 가을 풍경이나 모두 아름답지만 외로운 소나무가 절개를 지키고 서 있는 겨울 풍경은 더욱 사람을 감동하게 한다는 것이었다.

　나는 모니터 앞에 앉아서 마우스를 움직이고 자판을 때리기도 하였다. 이브 몽땅이 부르는 〈고엽〉(枯葉)이라는 노래가 흘러 나왔다. 프랑스 시인 쟈끄 플레베르가 지은 시에 조셉 꼬스마가 곡을 붙이고 1946년

〈밤의 문〉이라는 영화에서 이브 몽땅이 부른 것이 시초라고 한다. 샹송의 대표라고 할 만한 불후의 명작이라고 예찬되는 곡이었다. 그런데 나는 그 노래의 가사를 전혀 알 수가 없었다. 내가 불어를 공부한 것은 대학에서 조교생활을 하면서 《초급불어》를 한 권 뗀 것이 전부인데 그것도 배울 때뿐이지 송두리째 잊어버리고 만 형편이었다. 나는 은근히 〈고엽〉에 끌려 들어가고 있었다.

나는 가사를 알기 위하여 'google'을 열고 검색하였다. 영어로 번역된 제목은 〈Autumn Leaves〉이었다.

The falling leaves drift by the window
The autumn leaves of red and gold
I sea your lips, the summer kisses
The sunburned hands, I used to hold.

(떨어지는 낙엽이 창가를 떠도네./ 붉기도 하고 황금색도 띠는 가을 낙엽들/ 거기서 나는 당신의 입술과 여름의 키스를 보네./ 내가 항상 감싸 안던 햇볕 그을린 당신 손 같은 낙엽들.)

Since you went away, the days grow long
And soon I' ll hear old winter' s song.
But I miss you most of all my darling,
When autumn leaves start to fall.

(그대가 떠난 뒤 하루하루는 더디기만 하네./ 이제 곧 겨울의 노래를 듣게 되겠지./ 가을의 낙엽이 떨어지기 시작할 때/ 내가 가장 그리워하

는 것은 내 사랑 당신.)

　가을에 떨어지기 시작하는 낙엽을 보며 연인을 그리워하는 내용으로 보였다. 장(이브 몽땅)이라는 주인공은 말로라는 아름다운 여인을 만나지만 그 여자의 동생이 레이몬드(장의 친구)를 게슈타포에게 넘긴 것을 알게 되었다고 한다. 정치는 정치이고 사랑은 사랑이지만 양자가 영원히 양립하기는 어렵다는 것을 보여준다. 어디 정치와 사랑뿐이던가. 양립하기 어려운 것은 너무나 많다.

　낙엽이 창가에 휘날리는 모습을 보며 연인을 생각할 수 있고, 새싹이 돋아나고 꽃이 피는 것을 보고 연인을 생각할 수 있을 것이다. 이브 몽땅의 은근한 목소리가 좋아서 누구와 함께 듣고 싶은 노래라고 생각되었다. 문득 고 여사가 떠올랐다. 전시회에서 우연히 만났던 숙녀! 서예와 독서로 산다는 그 여인! 어쩌면 교만하기까지 한 그 고고한 여인! 지금은 무엇을 하는지? 글씨를 쓰는지, 책을 읽는지. 아니면 그도 어떤 외로움에 사로잡혀 먼 산을 바라보고 있는지 알고 싶었다.

　나는 고 여사에게 노래를 보내고 싶었다. 고 여사도 〈고엽〉을 좋아할 것 같았다. 백발의 고 여사는 백학처럼 고고하게 살고 있다.

05
성묘를 다녀와서

증평군 증평읍 송산리(松山里) 사곡(射谷, 沙谷, 삽사리)으로 성묘를 떠났다. 대아봉(大雅峰) 밑 콘크리트로 포장된 방축동(防築洞) 좁은 길을 지나 산소 밑에 이르니 수년 전까지 산소 앞을 가리고 있던 소나무들이 모두 자취를 감추고 산소가 바라보였다. 잔디를 새로 입힌 탓으로 종전의 모습과는 사뭇 달랐다. 산소 앞에 두 번 절하고 주변을 살폈다. 제절 한쪽으로 서 있는 노간주나무는 잘 자랐지만 화양목들은 거의 모두 없어지고 겨우 한두 그루가 초라한 모습으로 명색을 드러내고 있었다.

나는 엎드려 절하며 마음 속으로 어버이에게 고하였다.

"아버지 어머니! 불효자식이 왔습니다."

벌써 성묘한 지가 몇 해가 되었는지 헤아리기가 어려울 지경이었다. 병원에 입원하여 고생한 후로는 기력이 없다는 핑계로 가지 않았고 그 이전에도 몇 년을 가지 않았으니 오륙년은 되는 듯싶었다.

나는 준비해 간 작은 톱으로 화양목을 뒤덮은 덤불과 칡덩굴을 걷어

내었다. 남들처럼 부모님 산소를 아름답게 가꾸지 못한 것이 죄송하였다. '이렇게 불효하고도 복 받기를 바랄 수 있으랴?' 하는 마음이었다.

묘표의 비문을 어루만지며 눈으로 훑어보았다. 그 동안 부모님께 고할 일이 한두 가지가 아니었다.

1985. 1. 8 아버지께서 돌아가신 지 벌써 25년이 지나고 1992. 9. 20 어머니께서 돌아가셨으니 18년째가 된다. 장례를 모시던 날이 바로 엊그제 같은데 세월은 너무나 빨리 흘렀다. 조선 철종 8년(1857)에 위항시인(委巷詩人) 305명의 한시를 모아 유재건과 최경흠이 엮은 《풍요삼선》(風謠三選)에는 '葬親空山裡 一年一省墓 自愧孝子心 不如墓前樹'(빈산에 어버이를 장례지내고 일 년에 한 번 성묘하니 자식의 불효심이 부끄러워 산소 앞에 서 있는 나무만도 못하구나)라는 시가 있다고 한다.

시를 쓴 사람은 1년에 한 번이라도 부모의 산소를 찾는다지만 나는 도무지 몇 년만에야 부모님 산소를 찾아왔던가. 자식이 북경에 유학하여 철학박사 학위를 받고 국립대학에 교수로 근무하며 손녀와 손자가 각각 하나씩이고, 며느리가 중등학교 음악교사로 근무한다는 것, 큰딸이 음대를 나와 교향악단에 근무하고 외손녀가 둘인데 작년에는 캐나다로 아이들을 데리고 이민을 갔다는 것, 작은 딸이 고체화학을 전공하여 이학박사가 되어 미국에서 연구를 마치고 좋은 직장에서 수석연구원으로 근무한다는 것, 그리고 나 자신이 아버지가 돌아가신 다음 해에 철학박사 학위를 받았으며 지금은 퇴직하여 책을 읽고 글을 쓰며 지내고 3년 전에는 흉부외과 수술을 받은 것, …… 생각해 보면 형님들이나 사촌형제들이나 조카들에 관한 것들도 말씀 드리고 싶은 것이 적지 않았다.

나는 노후에 오늘처럼 지내는 모든 것이 부모님의 은혜이고 알게 모르게 부모님의 감화를 받은 은덕이라고 생각한다. 나의 거실에는 선친이 늘 말씀하시던 '진심갈력'(盡心竭力)이라는 휘호가 걸려 있는 것도 부모님의 은혜를 생각하는 것이었다.

송산리 탑골재에서는 '숭모단'(崇慕壇)을 조성하는 공사가 진행되고 있었다. 숭모단은 나의 증조부로부터 거슬러서 고조부 5대조 6대조 7대조까지 파묘하여 화장하고 화장한 재를 뿌리는 곳이었다. 종중 위토를 일부 처분하여 단을 만들고 조경을 하는 공사였다. 산소를 그대로 두지 않는 이유는 아무도 돌볼 사람이 없다는 것이었다. 바로 숭모단 아래쪽에는 나의 조부모 산소가 있다. 보기에도 초라하고 잔디가 제대로 가꾸어지지 않았다. 엎드려 절하고 주변을 둘러보며 송구스럽기만 하였다.

성묘를 마치고 총총히 돌아온 나는 이튿날 병원으로 달려가서 순환기내과를 찾아 진료를 받고 돌아왔다. 청주의 중형이 구강신경질환으로 고생하시는 것을 알면서도 직접 달려가서 위로해 드리지 못하는 것이 죄송하기만 하였다.

나는 쓸쓸한 기분을 억누르기가 어려웠다. 남들은 동기간들이 해마다 백여 명씩이나 모여 친목대회를 열고 화목을 다진다는데……. 나 자신이 앞장서지 못하는 것이 부끄러웠다. 더욱 심한 것은 부모님의 기일에도 많은 동기간이 모이지 않고 각자 흩어져서 간단하게 기도만 드리는 것으로 그치는 것이 마음에 걸렸다. 답답한 심정으로 탄천을 향하여 산보를 나가다가 홍 선생을 만나게 되었다.

"홍 선생님, 안녕하세요?"

"교수님, 안녕하세요? 오늘 점심시간에 어디 다녀오셨어요?"

"예, 오전에 병원엘 갔다가 점심약속을 깜박 잊었어요. 여여당이 전화를 해 주어서 알았지만 그 땐 벌써 시간이 늦어서 포기하고 박 회장에게 못 간다는 연락만 하고 말았어요. 그래, 소주 한 잔 하셨나요?"

"그래요. 갈비탕에 소주 한 잔 곁들였지요."

"잘 하셨습니다. 우리 산보는 하였으니 호프나 한 잔 하실까요?"

두 사람은 호프집으로 들어섰다. 홍 선생은 이제 두 번째이고 나는 벌써 여러 번 드나들었지만 근년에는 거의 드나들지 않아서 일하는 사람들도 낯이 설었다. 500cc 두 잔을 주문하고 멸치와 땅콩으로 안주를 삼았다. 다시 두 잔을 주문하고 이야기꽃을 피웠다. 천안함침몰사건도 화제가 되었지만 신앙과 제례에 관한 이야기도 화제로 올랐다.

홍 선생은 부인과 함께 장로교회에 다녔는데 처음에는 제사문제로 갈등을 겪었다는 것이었다. 부모의 제사만은 전통의식에 따라도 무방할 것 같지만 교회에서는 용납되지 않으므로 전통의식을 주장하는 아우들과 제사를 지내고 나서, 다시 기독교식으로 추도예배를 드린다는 것이었다.

"무슨 형식으로든지 부모를 추모하는 뜻은 같은 것이지요."

"장남의 처지로는 전통적인 형식을 택하는 것이 좋을 것 같지만 우리는 두 가지로 하고 있어요."

"양쪽을 절충하거나 종합하거나 병행해도 무방할 것 같아요. 신앙은 자유이고 신앙에 따라 제례 의식도 다르니까 형편대로 하는 거지요."

"글쎄요. 그 동안 어떻게 하는 것이 좋은지 판단하기도 어려웠어요. 가정의 화목도 중요하고."

"그렇지요. 한국에서는 기독교의 전례와 전통적 유교식 전례가 심각하게 갈등하기도 하였지요."

"그래요. 옛날엔 유교식 전례를 이행하지 않았다는 이유로 목숨을

빼앗겼을 정도니까요. 유교에도 어긋나고 미풍양속을 해친다고 본 것
이지요."

홍 선생은 명절과 부모의 기일에는 형제들이 모두 모인다고 하였다.
그것만 하더라도 부러운 일이었다. 동기간이 모이는 가운데 서로 이해
도 하고 서로 위로하고 협조도 할 수 있는 것인데 몇 년씩이나 모이지
않는 것은 동기의식이 와해하고 공동체가 해체되는 것으로 해석되기
때문이다.

06
모닥불

노인회 '사랑방'으로 향하였다. 장기가 한창이었다. 나는 컴퓨터로 다가가서 받은 메일을 점검하고 테너 박인수의 노래를 듣기로 하였다. 여여당이 노래가 좋다고 한 마디 던져주었다. 박 회장이 소주와 순대로 잔치(?)를 벌여 주었다.

나는 노래방기구로 다가가서 스위치를 누르고 분위기를 조성하였다. 마침 김 선생의 목소리가 들렸다.

"노래 한 곡 부르시지요?"

"아는 노래가 있어야지요."

"허공을 부르시지요?"

"글쎄요. '사랑이여'도 있나요?"

"물론이지요."

김 선생은 노래를 부르기 시작하였다. 노인회에 가입하고 처음으로 사랑방에서 마이크를 잡은 것이었다. 이윽고 조 여사가 나타났다.

"조 여사님, '모닥불' 한 곡 부르시지요?"

"글쎄요. 그럴까요?"

조 여사는 '모닥불'(박건호 작사, 박인희 작곡 · 노래)을 부르기 시작하였다.

모닥불 피워 놓고 마주 앉아서 / 우리들의 이야기는 끝이 없어라.
인생은 연기 속에 재를 남기고 / 말 없이 사라지는 모닥불 같은 것
타다가 꺼지는 그 순간까지 / 우리들의 이야기는 끝이 없어라.

조 여사는 〈모닥불〉을 좋아하였다. 그의 목소리는 80여 세의 노파답지 않게 가늘고 높고 날카로웠다. 속도가 빨라서 배경 리듬과는 잘 맞지 않는 수가 있지만 감정은 풍부히 드러나는 것이었다. 나는 〈모닥불〉을 들으면서 너무나 철학적인 맛이 나는 것을 알게 되었다.

'인생은 과연 모닥불 같은 것'이어서 모닥불이 재를 남기고 말없이 사라지듯, 사람도 재 같은 하찮은 어떤 것을 남기고 말 없이 어디론가 사라지는 존재인 것 같았다. 조 여사는 어찌하여 〈모닥불〉을 좋아하는지? 모닥불이 연기 속에 남기는 재는 얼마나 하찮은 것인지? 바람이 불 때마다 자취 없이 날아가 버리는 재! 인생도 아무리 발버둥치며 무엇을 이루고 남겨도 하찮은 모닥불의 재처럼 날아가 버리는 것인가? 그것은 80평생을 통하여 터득한 인생철학의 총론이자 본론이자 결론이란 말인가?

그렇다면 '모닥불'이 지니고 있는 속내는 무엇인가? 무상(無常)에 지나지 않고 허무(虛無)에 지나지 않는 것인가? 비록 일시적이긴 하지만 활활 타오르는 순간도 있지 않은가? 그 순간은 어둠을 물리치고 세상을 밝혀주며, 나그네의 추위를 덜어주고 따뜻한 위로를 베풀어주지 않았던? 유유하고 요요한 우주의 시간과 공간에서 본다면 하잘것 없

겠지만 인간이라는 시공(時空)에서 본다면 결코 작은 것도 아니요 적은 것도 아니지 않은가? 과연 사람들은 모닥불만큼이라도 활활 타 본 일이 있는가? 있다면 누굴 위해서 탔단 말인가? 자신을 위해서? 남을 위해서? 반드시 자신을 위해서도 아니고 남을 위해서도 아니고, 자신을 위한 것이 곧 남을 위한 것일 수는 없는 것인지?

젊은이들도 우울증에 빠지는 사람들이 있지만 노인들은 우울증에 빠지는 사람이 많은 것 같다. 젊어서는 거의 느끼지 않았던 근원적인 우울증이 수시로 고개를 들고 괴롭히는 것이다. 나는 소동파의 시를 기억하게 되었다. 제목은 〈화자유면지회구〉(和子由沔池懷舊)이었다.

인생이 가는 곳마다 무엇과도 닮았는가
날아가는 기러기가 눈진흙 밟는 듯하도다
진흙 위에 우연히 발자국을 남겨도
날아간 기러기가 어찌 동서를 분별하리
노승은 벌써 죽어 새로운 탑 세워지고
허물어진 담벼락에 옛글 볼 수 없네
걸어온 험난한 길 아직도 기억하리
사람은 지치고 나귀는 절뚝거리며 울었더라

人生到處知何似(인생도처지하사)
應似飛鴻踏雪泥(응사비홍답설니)
泥上偶然留指爪(니상우연유지조)
飛鴻那復計東西(비홍나부계동서)
老僧已死成新塔(노승이사성신탑)
壞壁無由見舊題(괴벽무유견구제)

往日崎嶇還記否(왕일기구환기부)
路長人困蹇驢嘶(노장인곤건려시)

　나는 조 여사에게 다시 노래를 청하였다. 부르는 태도가 아주 자신
있고 정열적이었다.

07

뱀

나는 어렸을 때부터 뱀을 무서워하고 싫어하였다. 그래서 아무데 서나 뱀이 나타나기만 하면 가만히 숨을 죽이고 피하는 것이 고 작이었다. 내가 자라나던 시골에는 어딜 가나 뱀이 자주 나타났다. 오 륙십 명이나 되는 초등학교 학동들이 떼지어 다니는 머나먼 시골길에 는 이따금 한 발씩이나 되는 큰 뱀이 앞길을 가로지르곤 하였다. 장난 치기 좋아하는 한두 아이가 얼른 흙덩이를 집어 들고 던지면 다른 아이 들도 너도나도 흙덩이를 집어 들었다. 흙덩이를 몇 번 맞은 뱀은 재빨 리 달아나지 않고 몸을 똬리처럼 감으며 혀를 날름거렸다.

겁 없는 아이들은 돌이나 흙덩이를 집어 들고 2차 3차 공격을 계속하 고 나 같은 겁쟁이는 아이들의 뒤에 서서 뱀의 거동을 살피는 것이 일 이었다. 마침내 뱀의 비늘이 떨어지기 시작하고 꿈틀거리기만 할 뿐 거 의 실신하여 죽은 듯이 보이면 한 놈이 막대기로 건드려보고 또 몇 놈 은 낙엽이나 나뭇가지로 뱀을 덮고 불을 질렀다. 이상한 냄새를 피우면 서 뱀이 화형(火刑)을 당하면 한 놈이 날카로운 나뭇가지로 뱀의 배를 가르고 내장을 꺼내기도 하다가 막대기로 기다란 뱀을 휙휙 돌리다 보면 어떤 아이의 목에 가서 걸리기도 하였다.

그런데 나처럼 겁 많은 아이도 뱀을 때려잡은 일이 몇 번 있었다. 여름만 되면 뱀이 집안에 나타나기 때문이었다. 지금 생각해 보면 쥐를 잡아먹으려고 밖에서 들어온 것인데 나는 너무도 무서워서 그 뱀을 그대로 둘 수가 없었다. 즉시 작대기를 찾아 두 손으로 잡고 사정없이 뱀을 내리쳤다. 뱀은 일격에 꼼짝하지 못하고 머리만 내둘렀다. 나는 2격 3격으로 완전히 죽어서 작대기에 걸고 밖으로 멀리 나가 적당한 나뭇가지에 걸어 놓곤 하였다.

하루는 주방에 들어간 형수님이 깜짝 놀라는 소리가 나서 달려가 보니 시렁 위에 엎어놓은 개다리 밥상에 커다란 뱀이 똬리를 틀고 앉아 있는 것이었다. 내가 갈퀴를 들고 가서 건드리니까 어슬렁 어슬렁 부엌 바닥으로 내려와서 잠잠히 주변을 살피는 눈치였다. 형수와 내가 겁에 질려 떨고 있는데 난데없이 개가 달려와 뱀을 보고 짖어대다가 살기를 품고 갑자기 달려들어 두 번 세 번 물어서 완전히 죽여 놓고 말았다. 우리 집 개는 참으로 용감하고 날래었다.

뱀(snake, ophidia)의 길이는 10㎝밖에 안 되는 작은 것도 있으나 대부분은 1~2m이고 아주 큰 것은 무려 9.9m나 된다고 한다. 큰 것은 구렁이라고 부르고 용(龍)은 뱀과 비슷한 상상적인 동물로 네 발과 뿔이 달려 있고 하늘을 날며 비를 뿌린다고 한다. 사람들은 예로부터 뱀이 나타나는 것을 보고 길흉의 징조로 해석하고 뱀의 생태에 따라 지하신 (地下神)과 관련시키거나 죽은 사람의 영혼으로 보기도 하였다.

그리고 수신(水神) 우신(雨神) 농작물신으로 숭배되기도 하고 때로는 비와 풍작과, 생산력이나 생식력에 관계된다고도 믿었다. 이밖에도 뱀은 재화와 보물을 지키며 주술력(呪術力)이 있다고 믿는가 하면 다른 한 편에서는 에덴동산에서 아담과 이브를 속였다는 죄로 사탄(Satan)의 상징이 되기도 하였다. 동서양의 문화에서 보면 뱀은 대체로 불사(不死), 재생, 총명, 풍요, 다산, 유혹, 애욕, 간사, 음흉, 혐오, 슬픔, 간계, 교활 등과 같이 다양하게 인식되어 왔고, 뱀은 여성들과 성관계를 맺으며 종종 여자들의 속옷 냄새를 맡고 나타난다고 하며 때때로 남근(男根)에 비유되기도 하였다.

중국의 고대설화에 나타나고 있는 복희씨(伏羲氏)와 여와씨(女蝸氏)는 뱀의 몸뚱이에 사람의 얼굴 모습으로 그려지고 있다. 뱀은 가슴뼈가 없어서 엄청나게 큰 먹이도 한 입에 삼키기도 하고 사람이나 가축에게 덤벼들어 몸통으로 감아서 질식시키기도 한다.

나는 어렸을 때 한 마을에 사는 성 선생님 댁에서 뱀을 수집하는 것을 보았다. 성 선생님은 마을의 강습소에서 학생들을 가르치는 연로하신 어른인데 그 둘째 자제가 서울에서 공직생활을 하다가 폐결핵 말기 환자가 되어 고향으로 돌아와 요양하면서 돈을 주고 뱀을 구하여 약으로 쓰는 것이었다. 귀공자의 인상을 주는 젊은 환자는 병원치료를 포기하고 뱀탕(蛇湯)으로만 치료하는 것 같았다. 피골이 상접한 그는 공주 계룡산에서 투병하던 끝에 음독자살을 시도하다가 어머니의 얼굴이 떠올라 고향으로 돌아가는 길에 내가 공부하던 청주의 형님 댁에 들렀다가 나의 일본어 번역판 《셰익스피어 시집》을 빌려가서 반환하지 못한 채 서거하고 말았다.

그런데 내 책을 빌려간 그 젊은 환자가 억지로 뱀탕을 먹은 것처럼 나도 억지로 뱀탕을 먹은 일이 있다. 대학의 전임강사가 되어 강의와 연구에 한창 열중하던 젊은 시절, 심한 신경쇠약과 두통으로 정신신경과를 찾아다니던 나는 뱀탕이 특효라는 유혹(?)에 이끌려 10여 일이나 뱀탕집을 드나들었는데 하루는 저녁을 과식하였으니 다음날 먹겠다고 해도 주인이 강권하는 바람에 억지로 먹었다가 한 시간을 견디지 못하고 모두 토하고 난 뒤로는 뱀탕을 끊고 말았다.

아무리 뱀 숭배자(ophiolater)가 많고, 뱀을 애완동물로 기르고, 목에 걸고 다니는 사람들이 거리를 누벼도 나는 뱀이라면 고개를 돌리고 싶고 특히 독을 가지고 사람을 위협하는 독사는 멀리 퇴치해 버리고 싶다. 나는 무가내하게 뱀을 싫어하고 막연하게 뱀 같은 인상을 주는 사람을 싫어한다. 그런데 요즘 신문을 보니 중국에도 뱀 같은 사람들이 있다고 하지 않던가.

J일보 베이징특파원이 쓴 기사를 보니 중국에서는 의사를 백사(白蛇), 공무원을 흑사(黑蛇)라고 부른다고 한다. 의료진은 흰 가운을 입고 공무원은 검은 제복을 입는 연유와, 촌지(寸志)나 뇌물을 잘 받고 가혹한 세금을 부과하고 교만한 자세를 보여 일반 시민들에게 불쾌한 인상을 주는 까닭에 '뱀'이라는 별명을 얻은 것 같다.

저 음흉하고 간사하고 교활하고 혐오감을 주는 뱀 같은 인간들! 그들은 중국에만 있는 것이 아니고 동서양의 모든 나라에 뱀처럼 널리 퍼져 엉큼하게 도사리고 있다. 남을 존중할 줄 모르고, 범법행위를 자행하고, 이웃과 겨레를 배반하고, 침략과 만행을 영광으로 둔갑하고, 스스로 저지른 잘못을 뉘우칠 줄 모르는 인간들은 차라리 뱀만도 못한 인간들이다. 그러나 아무리 뱀만도 못한 인간들이지만 작대기로 뱀을 때려잡듯 너도나도 달려들어 그들을 때려잡을 수는 없는 세상이니 인간의 본성과 인류의 양심에서 우러나는 정의의 이름으로 남김없이 소탕되기를 기다려본다.

(2005. 4. 18)

08
김 사장과 여직원

나는 감기로 괴로운 몸을 이끌고 '과수원공원'으로 발길을 옮겼다. 어떤 노인이 벤치에 홀로 앉아 있었다. 옆에 있는 벤치에 앉으면서 인사를 건네었다.

"오늘은 날씨가 아주 좋습니다."

"그렇습니다. 어린이날이라 아이들이 많이 나와서 놉니다."

"선생님은 아주 건강하게 보이십니다. 건강이 제일입니다."

"심장이 약간 좋지 않아 약을 먹고 있습니다."

"저는 요즘 감기도 걸리고 몸이 좋지 않은 편입니다."

"헬스클럽에 나가지 않으시는지요? 헬스클럽에 나가니까 확실히 효과가 있는 것 같습니다."

"헬스클럽에는 나가지 않습니다. 운동도 별로 하는 것 없고요."

"저는 헬스클럽에도 나가고 이따금 산에도 갑니다. 체중도 많이 감량이 되고 잠도 잘 옵니다."

"지금 직장에 나가시나요?"

"조그맣게 개인 사업을 하고 있습니다."

"개인 사업이라는 것이 아무나 하는 것이 아니잖습니까? 능력이 있어야 하지요."

"저는 상대를 나왔기 때문에 그럭저럭 해 나가고 있습니다."

"무역계통이십니까?"

"그렇습니다. 말은 무역이지만 외국산 유리그릇과 건해삼을 수입하여 판매하고 있습니다."

"영어도 잘 해야 하고, 해외출장도 다니시고?"

"그렇습니다. 그럭저럭 남의 손을 빌리지 않고 내 손으로 해 나갑니다. 경험이 있으니까요."

"서울상대 동기동창 회고록을 보면, 모두 좋은 자리에서 일하였지만 일찍 은퇴하고 나니까 노는 사람이 많아요. 그런데 나는 시시하나마 오래도록 근무하니까 다행으로 압니다."

"그렇지요. 오래도록 할 일이 있다는 것이 얼마나 행복한 일인지 모르지요. 그래 회고록에는 무엇을 쓰셨나요?"

"실수한 일도 쓰고 그저 시시콜콜한 이야기를 썼는데 내자가 내용을 보더니 창피해서 모임에 나가지 않겠다고 하더군요."

"무엇이 창피하다는 것인가요?"

"내 친구들은 모두 출세하였는데 나는 못하였다는 거지요. 그런데 수십 편의 회고록 가운데 우수작품을 뽑아서 시상을 하는데 내 것이 최고로 뽑혔답니다."

"실례지만 저도 한 번 읽어보고 싶네요. 어떻게 쓰셨는지."

"건해삼 수입 이야기, 영화수출 이야기, 직원들 이야기, 정말로 시시한 이야긴데 상을 주더라고요. 건해삼은 동남아 일대에서 생산되는데 나는 일단 수입하여 모두 풀어보고 규격에 맞지 않거나 불량품이라고

보이는 것은 가려내고 약간 넉넉하게 중량을 달아서 재포장하고 가려
낸 것들은 별도로 염가판매합니다. 그러다 보니까 내 물건이 항상 최고
품으로 품평을 받게 되고 물건이 없어서 팔지 못합니다."

"네. 그렇습니까? 참 재미있습니다. 또 무엇을 쓰셨나요."

"영화수출 이야기도 썼지요. 홍콩에 지사장으로 근무할 때인데 필리
핀인이 영화를 수입한다고 했어요. 그런데 무려 20,000불이나 주고 우
리 영화를 수입하겠다는 거예요. 그래서 내가 5,000불만 내고 가져가
라고 하였더니 처음에는 기분이 상하는 눈치였어요. 자기를 무시하는
것으로 느끼는 것 같더라고요. 그래서 실지로 5,000불이면 정당한 가
격이라고 하여 겨우 설득했어요. 회사에서는 내가 잘못하는 것으로 생
각하였지만 그 후로 연속하여 우리 회사와 거래해 주어서 결과적으로
큰 이익이 되었지요. 그때 만일 내가 20,000불을 다 받았으면 단지 한
번으로 거래가 끝났을 겝니다."

김 사장의 이야기는 끝이 없을 것 같았다. 나는 그 글을 복사라도 하
여 꼭 한 번 읽고 싶다고 말하였다. 그는 집에 책이 몇 권 있으니 한 권
을 줄 수 있다고 하였다. 그러면서 주소를 알려주시면 우편으로 보내주
겠다고 하였다. 나는 당장 서둘러서 그의 아파트 앞으로 가서 책 한 권
을 얻어가지고 집으로 돌아와서 〈우표 한 장〉이라는 글을 읽었다.

여직원 하나를 고용하고 있는데 무슨 심부름이든지 생각보다 일찍
하기 때문에 마음에 들었다. 그런데 국제우편물을 부치러 우체국에 가
기만 하면 예상 외로 늦게 돌아오더란다. 필시 인근의 백화점에 들르거
나 아는 사람 집에 들러 시간을 보내는 것으로 알고 몇 번을 벼르다가
하루는 화를 발끈 내고 큰 소리로 야단을 치고 말았다는 것이었다. 그
랬더니 그 순진한 여직원이 눈물을 쏟으며 밖으로 나갔다가 한참 후에
돌아온 것을 보고, 인근다방으로 데리고 가서 차를 주문하고 화를 낸

데 대하여 신중히 사과하였단다. 그리고 편지를 부치는 데 왜 그렇게 시간이 많이 걸렸느냐고 물었더니 다음과 같이 대답하더란다.

"인근에는 우체국이 세 군데가 있는데 우체국마다 우편요금이 약간씩 차이가 나서 세 군데를 다 돌아다녀서 계산해 보고 제일 싼 곳에서 편지를 부치면 1불짜리 우표 한 장은 절약되었어요. 온 나라가 불경기로 사장님도 형편이 좋지 않은데 우표 한 장이라도 아끼고 싶었어요."

김 사장은 자기가 화낸 것을 몹시 후회하고 봉급을 인상해 주었다는 것이었다.

09
글로벌 시각에서 본 대한민국

20 10년 6월 12일, '21세기분당포럼'이 주최한 김 박사의 강연을 들었다. 강연 요지는 다음과 같다.

조선 후기에 미국 영국 프랑스 독일 네덜란드 등 외국 사람들이 조선에 와서 보고 들은 것을 글로 쓴 것을 살펴보면 책으로만 100종이 넘는다. 그들은 목사 의사 교사 기자 외교관 화가 등 다양한 직업을 가지고 있었다. 그들이 얼마나 정확하게 보았는지는 분명치 않으나 대략 다음과 같이 기록하고 있다.

1. 조선은 너무나 더럽다. 서울의 거리에는 인분과 쓰레기가 많고 악취가 나며 사람들은 빈대와 이와 함께 산다. 그것이 전염병의 원인이 되지만 국가는 방치하고 있다.

2. 사람들이 게으르다. 따라서 가난할 수밖에 없다. 너무나 가난하고 문명이 없는 야만인사회이고 위험한 곳이다. 연세대 설립자 언더우드는 조선으로 떠날 때 동기간들에게 마지막 인사를 하였다. 목숨이

위험하다고 생각하였다.

3. 부정부패가 매우 심하다. 관리는 착취(squeese)를 일삼고 흡혈귀와 같다. 백성은 착취를 당하기 때문에 열심히 일하지 않는다. 일본에게 지배당할 나라이고 망할 나라이다. 조선을 침략하는 이등박문(伊藤博文)은 위대한 사람이다. 연해주에 사는 조선인들은 깨끗하고 열심히 일한다. 착취를 당하지 않기 때문인 것 같다.

4. 운동(exercise)을 모른다. 운동을 천한 사람이나 하는 것으로 생각한다.

5. 수영을 하지 않고 스케이팅도 하지 않는다. 겨울에 잉어낚시만 한다.

6. 바다를 두려워한다. 요컨대 모든 면에서 형편없는 나라이다.

그러나 지금 대한민국은 엄청나게 발전하였다. 광복 직후 미국의 도움으로 살던 농업국가가 이제는 공업국가, 상업국가, 무역국가로 변신하고 경제력은 세계 10위권이며, 미국의 저명한 잡지 『Foreign Policy』에서는 한국이 20년 후에는 세계 제5위의 부국이 된다고 하였다. 농업국가에서는 지주계급이 있고 지주와 소작인의 갈등관계가 있었지만 이제는 그런 것이 없어졌다. 중농억상정책(重農抑商政策)은 독재정치에 악용되며 산업국가에서는 독재가 어렵다. 쇄국정책으로는 빈곤을 씻을 수 없고 독재가 가능하게 된다. 북한을 보면 독재와 억압이 심각하고 탈북자가 그치지 않는다. 주체사상이라는 미신이 지배하고 빈곤은 극도에 달하고 있다.

영국인 이사벨라 버드 비숍(Bishop) 여사는 정직한 정부와 정직한 지도자를 만나면 국가는 발전한다고 하였다. 한국에서는 정변(政變)이 잦았고 새로운 지도층이 출현하고 정치적 사회적 쇄신의 기회가 있었다. '새마을운동'은 세계적으로 알려지고 그것을 연구하고 모방하는 국가들이 많다. 중국의 원쟈바오[溫家寶] 총리는 한국의 '새마을운동'을 중국의 농촌부흥정책으로 활용한다. 한국에서는 국민이 주체가 되어 새로운 지도층을 만들어 냈다. 교육이 매우 중요하다. 네덜란드인 하멜은 조선 사람들이 교육을 중시하지만 벼슬하기 위한 것이며 그것은 남을 뜯어먹기 위한 것이라고 지적하였지만 지나친 표현이다. 우리는 더욱 알찬 교육을 통하여 공공정신, 애국심, 노동정신, 봉사정신이 길러져야 한다. 한국은 지금 세계적 기준(global standard)에서 볼 때 매우 발전하였다.

그의 강연요지는 대략 위와 같다. 그는 한국인의 무한한 가능성을 밝히는 동시에 정직한 정부와 정직한 지도자가 필요하며, 개혁개방이 필요하며, 교육이 중요하다는 점을 강조하였고, 한 편으로는 북한의 낙후된 모습을 지적하기도 하였다.

지정토론자로 나온 신 박사는 외국인들이 우리나라의 선비정신을 보지 못하였다는 점을 지적하였다. 선비정신은 남을 착취하는 것이 아니라 수신제가치국평천하의 도리를 닦는 것이라고 하였다. 그는 이어서 우리 민족의 의병활동과, 목숨을 바치며 전개한 항일독립운동을 높이 평가하였다. 신 총장의 지적은 매우 타당하게 보였다. 외국인들은 겉으로 보이는 것만을 볼 수밖에 없었다.

김 박사의 강의는 한국인들에게 비전을 제시하며 자긍심을 고취하였다. 한국은 개혁개방으로 인하여 완전히 국제사회의 당당한 일원으로 부각되었고 독재도 있을 수 없고 억압도 있을 수 없음을 밝히기도 하였다.

지금 한국의 도시는 그림처럼 아름답게 가꾸어져 있다. 거리나 주택이나 모두 서구의 선진국에 견주어 거의 뒤떨어지지 않는다. 사람들은 부지런하기로 소문났다. 세계 어느 나라 근로자들도 한국의 근로자들을 따라잡지 못한다. 정부와 관료의 청렴도도 비교적 높은 편이다. 사직당국과 언론과 시민이 부조리를 용납해 주지 않으며 고발정신이 매우 강하다. 한국의 체육분야도 세계적인 수준이다. 야구, 골프, 육상, 핑퐁, 양궁, 빙상, 수영, 히말라야등정, 태권도 등은 너무나 유명해졌다. 한국의 운동선수들은 해외에서 스카웃되어 한국의 명성을 날리고 특별대우를 받을 정도이다. 한국의 해양진출은 거의 선진국 대열에서 떨어지지 않는다. 해운업이 발달하고 원양어로도 매우 발달하여 신선한 해산물이 식탁에 오른다. 조선공업을 비롯하여 자동차공업분야, 토목건설건축분야, IT분야, 원자력발전분야 등 세계적인 기록을 자랑하는 분야가 얼마든지 있다. 지원을 받는 나라에서 지원을 하는 나라로 발돋움하고 유엔사무총장이 배출되었다.

　한국의 민주주의는 아직도 만족할 만한 수준에 미치지는 못하였지만 세계적으로 선진국의 수준에 있으며, 언론 집회 결사의 자유가 최대한으로 보장되어 어떠한 반정부적(?) 언론이나 시위도 거의 억압을 받지 않는 수준이다. 매우 우려할 만한 일이긴 하지만 일부의 국민들이나 지도층이나 시민단체는 표현의 자유라는 명분을 내세우고 국가의 정체성이나 안전보장을 위협하는 언행을 일삼을 정도로 자유권을 주장하기에 이르렀다. 정권교체는 진보와 보수가 조화를 이룰 정도로 진행되어 왔다고 볼 수 있다.

　한국인은 마땅히 자긍심을 가지고 이념적 지역적 계급적 차원을 초월하여 국가발전에 공헌해야 한다. 일시적인 정략적 권모술수와 대중영합주의를 벗어나 진정한 국가의 발전을 위하여 노심초사하고 헌신해야 한다. 정치의 본질은 분화와 대립을 통합하고 일체화하는 것이지 사리사욕과 당리당략에 의하여 분화와 대립을 조장하는 것이 아니다. 정치의 본질을 훼손하는 정치인은 정치인이 아니라 국가발전을 해치는 범죄인이고 파괴자에 지나지 않는다. 정치인들을 비롯한 사회지도층의 뼈를 깎는 반성과 분발을 촉구해 마지않는다.   (2010. 6. 12)

5 그들의 인생철학

01
K 교수의 글을 읽고 나서

'**일**본을 생각하면'이라는 제목을 보니 K 교수의 글이었다.

한국인이 뭐라고 하건 세계에서 일본은 한국보다 앞서가는 나라라고 인정되고 있다. 일본에 대하여 좋지 않은 감정을 가진 한국 사람들이 많다. 그것은 무려 40년에 걸친 강점으로 한국인의 자존심을 완전히 짓밟아 놓았기 때문이다.

일본이 선진국이 되고 한국이 후진국이 될 수밖에 없었던 이유는, 그들은 훌륭한 지도자가 있었고 우리는 없었기 때문이다. 당시 일본에는 사이고다카모리(西鄕隆盛, 1827~1877)와 그 동지들이 있었기에 명치(明治)유신이 가능했고 도쿠가와막부를 무너뜨릴 수 있었다. 또한《학문의 권장》《문명론》《서양사정》과 같은 책을 써서 일본 사람들을 계몽한 후쿠자와유키치(福澤諭吉, 1835~1901) 같은 인물이 있었다. 그는 화란을 통하여 서양문명을 받아들이기 위하여 화란어를 공부하고 독학으로 영어를 공부하여 미국과 유럽을 여행하면서 문물을 습득하고 경응의숙대학(慶應義塾大學)의 전신이 된 화란학숙(和蘭學塾)을 설립하여 청년들을 가르쳤다. 그는 민주적 평등사상을 고취하는 선봉이었다.

한국에서는 개화운동의 선구자들이 잡혀가 옥에 갇히고 죽음을 당하여 일본과 같은 지도자들이 없었다. 지금 한국에서는 하나의 정당 안에 이씨계와 박씨계가 나뉘어서 양보하지 않고 싸우고 있다. 이러다간 당도 망하고 나라도 망하고 말 것 같다. 임진왜란 때에는 황윤길파와 김성일파가 싸우느라고 파국을 맞았다. 오늘의 한국정치는 구한국말을 방불케 한다. 혜안을 가진 지도자가 없다는 것은 이렇게 서글픈 일이다.

나는 K 교수의 글을 읽고 나서 인터넷으로 후쿠자와유키치를 검색해 보았다. 그의 7가지 심훈(心訓)이 보였다.

1. 세상에서 가장 즐겁고 멋진 것은 일생을 통하여 할 일이 있는 것이다.
2. 세상에서 가장 비참한 것은 인간으로서 교양이 없는 것이다.
3. 세상에서 가장 쓸쓸한 것은 할 일이 없는 것이다.
4. 세상에서 가장 추한 것은 타인의 생활을 부러워하는 것이다.
5. 세상에서 가장 존귀한 것은 남을 위해 봉사하고 결코 보답을 바라지 않는 것이다.
6. 세상에서 가장 아름다운 것은 모든 사물에 애정을 갖는 것이다.
7. 세상에서 가장 슬픈 것은 거짓말을 하는 것이다.

나는 벌써 30여 년 전에 청주에서 신형식 씨가 요시다쇼인(吉田松陰,

1830~1859)에 관하여 열심히 이야기하는 것을 들었다. 요시다는 무사 출신으로서 송하촌숙(松下村塾)을 설립하고 사이고다카모리를 비롯한 많은 인재를 배출하였으며, 후쿠자와유키치는 그의 정신적 후계자였다. 따라서 일본이 서양문물을 받아들이고 근대화하며 아시아의 강국이 된 배경에는 요시다쇼인, 사이고다카모리, 후쿠자와유키치 같은 훌륭한 지도자가 있다는 사실을 간과할 수 없다는 것이다.

일제치하에서 식민지교육을 받았거나 일본의 근대사를 이해하는 사람들은 K 교수와 같이 일본의 훌륭한 지도자의 역할을 주목하면서 한국에는 그런 지도자들이 없었다는 것을 아쉬워하며 일본을 부러워하기도 한다. 다만 지금이라도 한국의 지도자들이 정신을 차리고 일본의 지도자들처럼 국가발전을 위하여 노심초사하기를 바라는 것이다. 제발 당리당략이나 정쟁을 위한 분열과 투쟁을 버리고 진정으로 국가발전을 위하여 단합하고 헌신해 달라는 것이다.

그런데 명치유신이라면 빼놓을 수 없는 인물 가운데 사카모토료마(坂本龍馬)도 포함된다. 그들이 있어서 일본은 근대화하고 아시아의 패권자가 되고 미국과 영국을 향하여 선전포고를 할 수 있을 만큼 강대국이 되었던 것이다. 사이고다카모리나 후쿠자와유키치 같은 인물은 이른바 정한론(征韓論)을 주장한 대표적인 인물이었다. 그들은 조선뿐만 아니라 만주와 중국을 모두 침략하고 필리핀을 포함하는 많은 동남아 각국을 침략하기를 주장한 인물들이다. 결과적으로 청일전쟁과 러일전쟁과 중일전쟁을 일으키고 세계 제2차대전까지 일으켜서 인류의 대재앙을 불렀다. 그들은 수많은 일본인뿐만 아니라 이웃나라의 수많은 생령들을 죽게 하였다. 그러니 어찌 그들을 훌륭한 지도자라고 볼 수 있을까. 일본의 우익단체에서 그들을 훌륭한 지도자라고 볼지라도 한국인의 입장에서는 결코 훌륭한 지도자라고 볼 수 없다고 나는 생각하였다.

나는 우치무라간조(內村鑑三, 1861~1930)에 대하여 주목하였다. 우치무라는 도쿄외국어학교에서 영어를 공부하고 북해도의 삿포로(札幌)농학교에서 W.S. 클라크에게 감화를 받아 기독교인이 되었다. 그는 1884년에 도미하여 신학을 공부하고 1888년에 일본으로 돌아와 도쿄제일고등학교 교사로 근무하다가 '교육칙어'(敎育勅語)에 대한 불경죄로 해직되었고 언론기관에 근무하다가 『성서연구』라는 잡지를 간행하고 무교회주의를 표방하여 외국의 선교사에 의존하지 말고 일본인 스스로 전도할 것을 주장하였다. 그는 도쿄대학 총장을 역임한 난바라 시게루(南原繁), 야나이하라다다오(矢內原忠雄) 같은 무교회주의 기독교사상가를 배출하였고, 한국에서는 김교신 함석헌 송두용 정상훈 양인성 유석동과 같은 인물들이 '조선을 성서 위에 세우자' 는 뜻으로 '성서조선운동' 을 일으키게 하였다.

나는 우치무라의 반전사상(反戰思想)에 주목하였다. 우치무라는 서구의 제국주의를 모방하여 아시아에서 침략전쟁을 일으키는 것은 세계평화를 교란하는 행위이며 하느님이 용서하지 않는다고 주장하며, 일본은 '성서 위에 세워져야 한다' 는 신념을 가지고 '성서연구' 운동을 전개하였던 것이다.

정한론을 주장하였던 지도자들은 제2차대전에서 패전하고 일본을 파국으로 몰고 감으로써 그들이 진정한 지도자가 아니었음이 역사적으로 증명되고 말았던 것이다.

나는 어느 날 회식하는 자리에서 K 교수의 이야기를 소개하였다. 이 사람 저 사람 순서 없이 중구난방으로 말이 오갔다.

"K 교수의 문화사강의를 들었는데 내용이 너무 허술합디다."

"학점을 따셨나요?"

"그래요. 그런데 P 교수에게 신학을 수강하였는데 강의가 매우 충실했어요. 신구약성서 외에 존재한다는 이른바 '외경'에 대하여 많이 알게 되었거든요."

"J총리서리보다 명강이던가요?"

"그렇지요. 그 J 총리서리는 국회 인준과정에서 말이 많았지요."

"……."

"나도 한때는 K 교수를 대단하게 여겼어요. 그런데 지금은 아니거든요. 나는 그를 망나니로 알아요. 아무거나 내뱉기만 하면 다 말인지 형편없어요."

"그 분이 보수라 그런가요? 조 선생은 보수논객을 무조건하고 싫어하니까."

"보수고 진보고 간에 말을 제대로 해야지요?"

"그런데 요즘 천안함침몰사건 때문에 남북관계가 점점 악화하는 것처럼 보이지요?"

"이상하게 북에서는 금강산관광사업을 가지고 강경하게 나온단 말이오. 남한관광객 사살사건 때문에 중지되었는데도 불구하고. 어떤 사람들은 천안함침몰사건에 대한 관심을 희석시키는 전략이라고 하기도 하고. 원 알 수가 없어요."

"그렇기도 한데요. 그런데 만일 천안함침몰사건이 북한의 공격으로 판명될 때는 어떻게 되지요?"

"그 땐 보복을 고려할 수 있겠지요."

"보복? 그러면 그건 전쟁 아닌가요?"

"전쟁일 수도 있지요. 국지전이 될지 전면전이 될지는 모르지만."

"그럼 전쟁도 할 수 있다는 말인가요?"

"그렇게 생각하는 사람들이 많은 것 같아요. 맨 날 당하고만 있을 수는 없으니까요."

"무얼 맨 날 당하기만 한다는 거지요? 서해교전에서 북이 피해를 입었잖아요?"

"정전협정 후에 북한에서 협정을 위반한 사건이 엄청나게 많대요. 테러사건도 얼마나 많았어요?"

"그렇다고 전쟁을 하면 되나요?"

"그럼 날마다 따귀만 얻어맞아야 한다는 거요? 한 대 맞으면 한 대 때려야지. 맞고 가만히 있으면 계속하여 때려요. 대들어서 세게 때려야 다시는 안 때리지. 지금까지 경험한 거 몰라요? 판문점 미루나무사건 때도 강하게 나가니까 물러섰지 그대로 양보만 했으면 더 큰 사건이 일어났을 거요."

"글쎄 그러면 전쟁이 일어난다니까."

"전쟁도 필요한 거 아닌가요? 전쟁하지 않고 통일 될 것 같아요? 지금까지 전쟁 안 하고 통일 된 적 있나요?"

"있긴 있지요. 신라가 전쟁하지 않고 고려에 항복했잖아요? 독일도 평화통일하고."

"그렇군요. 그래도 그 때와 지금은 다르니까요."

"북한을 도와서 잘 살게 만들어 주어야 통일이 되는 것 아닌가요?"

"지금 남북의 국력이 격차가 엄청나도 통일이 안 되는데 격차가 없어지면 더 안 돼요. 누가 몸 달아서 통일을 원하겠어요?"

"북한이 언젠가는 달라지겠지요?"

"글쎄, 우선 6자회담으로 나오고 핵을 포기하고 남북긴장을 완화하고 개혁개방을 한다면야 왜 돕고 싶은 생각을 안 하겠어요?"

"글쎄요."

나는 집으로 돌아와 전자우편을 열었다. '조국이 너를 불러서'라는 제목이 뜨고, 천안함침몰사건과 관련된 사진자료가 이어져 나오더니, 아일랜드의 작곡가 필 쿨터(Coulter)가 작곡하였다는 〈The Star of the Sea〉라는 음악이 흘러나왔다. 작곡가는 바다에 익사한 형을 위하여 이 곡을 작곡하였으며 영혼을 울리는 빼어난 곡으로 알려져 있단다. 한글로 번역한 가사는 다음과 같았다.

맑은 날 해질 무렵
나는 부두에 서서
건너편의 번크라나와 던리를 바라봅니다.
전에도 번번이 그러 하였듯이
아아 별이 되신 형님이여!

나는 오늘도 당신이 바다 위의 별과 함께
천국에 거하는 하느님께 기도합니다.
부디 깊고 깊은 바다의 품 안에서
평화롭게 잠드소서
당신의 생명을 앗아간 바다가
이제는 당신을 자유롭게 놓아주기를 간구합니다.

이제는 당신이 하늘의 별이 되어
캄캄한 밤에 높은 파도로 두려움에 떨고 있는
뱃사람의 길을 안내해 주소서

난 수없이 당신을 생각해 왔습니다.
당신이 없는 세상은 당신과 함께 했던 세상이 아닙니다.

부디 당신의 영혼이 편안히 쉬기를
당신의 아이들이 은총 중에 있기를
우리의 기억 속에 영원히 살아 있기를
어릴 적 당신이 뛰어놀던 이곳에서
당신의 영혼도 자유롭게 맘껏 뛰어놀기를
당신이 바다의 별과 같이 당신의 그 미소로
천국을 환하게 비쳐주기를 간구합니다.

나는 음악과 함께 흘러나오는 가사를 들으며 바다에서 젊음을 던진 군인들의 영혼을 달래주는 예술로 인식되었다. 작곡가는 불운하게도 여동생마저 바다에서 생명을 잃었기 때문에 그 여동생을 위하여 지은 곡이 〈The Shores of the Swilly〉라고 한다.

쿨터는 바다에서 목숨을 잃은 형에게 하늘의 별이 되어 캄캄한 밤에 높은 파도로 두려움에 떨고 있는 뱃사람의 길을 인도해 달라고 호소하였다. 뱃길을 인도하는 별은 고귀한 사랑을 베푸는 거룩한 존재이다. 하지만 아무리 뱃길을 인도하더라도 그 뱃길을 찾으려 하지 않고 그 뱃길을 따르지 않는 배들도 얼마든지 있으며, 인도자를 비난하고 배척하고 심지어는 증오하고 타도하려는 사람들도 있는 것이 어리석은 인간의 세계가 아니던가.

쿨터가 형에게 별이 되기를 비는 것처럼 사랑하는 사람들을 잃은 모든 사람들도 똑같은 소망을 가지고 떠난 사람을 그리워할 것이다. 밤하

늘에 반짝이는 별을 바라보며 그리운 이를 그리워하는 사람들이 얼마나 많을 것인가. 한국에서는 6·25사변으로 수많은 동포가 하늘의 별이 되었다. 그 중에는 나의 피붙이들도 끼어 있다. 어느 한 사람의 슬픔이 모든 사람의 슬픔이 되고 모든 사람의 슬픔이 한 사람의 슬픔으로 구체화한다. 내가 곧 우리가 되고 우리가 곧 내가 되는 것이다.

나의 귀에는 바다에서 목숨을 던진 장병들의 넋이 바다를 내려다보는 하늘로 올라가 반짝이는 별이 되어 바다를 비치고 있는 것처럼 생각되고 그 속에 유가족들의 잔잔한 오열이 메아리치는 것을 느끼는 듯하였다.

사람들은 슬픔을 겪는다. 일하다가 실패하여, 남에게 배신을 당하여, 뜻하지 않은 육신의 상해를 입거나 질병이 발생하여, 사랑하는 사람과 헤어지거나 사별하여, 민족과 국가가 멸망하여, 동족끼리 죽이는 테러나 전쟁을 겪으며……. 슬픔은 여러 가지 유형으로 나타난다. 슬픔은 인간이 겪는 가장 심각한 불행에 속한다.

02
남한과 북한
― 그 역학(易學)의 논리

전화벨이 울렸다.
　"지금 사랑방으로 오세요. 막걸리나 한 잔 해요."
　"예, 곧 가겠습니다. 감사합니다."
　사랑방에는 노인들 5~6명이 모여 잡담을 나누고 있었다.
　…….

　중국의 《삼국지연의》 이야기가 나오고 조조(曹操)의 아들들에 관한
이야기도 나왔다. 조비(曹丕, 文帝)가 왕위에 올라서 아우 조식(曹植)
에게 일곱 발작을 떼기 전에 시를 짓지 못하면 엄벌을 내리겠다고 하자
조식이 지었다는 '칠보시' 가 나왔다. 상식이 풍부한 장 선생의 입에서
나온 시는 2종이었다.

　자두연두기(煮豆燃豆萁)　　콩깍지를 태워 콩을 삶는다
　두재부중읍(豆在釜中泣)　　콩은 가마솥 안에서 운다

본시동근생(本是同根生)   본디 하나의 뿌리에서 태어났거늘
상전하태급(相煎何太急)   서로 볶기가 왜 이다지 급한고

자두지작갱 녹시이위즙(煮豆持作羹 漉豉以爲汁)
기재부하연 두재부중읍(其在釜下燃 豆在釜中泣)
본자동근생 상전하태급(本自同根生 相煎何太急)

한국에서는 콩을 갈아서 두부도 만들고 콩으로 메주를 쑤어서 장을
담그기도 한다. 사람들은 이럴 때 솥에다 콩을 삶거나 끓이고 콩깍지를
아궁이에 태워서 열을 가한다. 콩은 열을 견디지 못하여 생명을 잃고
만다. 콩이나 콩깍지나 본디 같은 뿌리에서 나고 한 몸이나 같지만 이
제는 콩깍지가 콩을 삶아 죽이는 꼴이 된 것이다. 골육상쟁이요 동족상
잔이다. 위(魏)나라 문황제 조비는 아우 조식을 죽이기 위하여 칠보시
를 짓게 하고 조비는 동족상잔을 시로 읊어 형의 마음을 돌려놓았단다.
  권력을 쥔 사람은 권력을 조금이라도 침해당할까 노심초사다. 나는
일간신문에서 한우덕 씨가 '일산이호' (一山二虎)라는 제하에 쓴 칼럼
을 읽은 일이 생각났다.《회남자》(淮南子) 설산훈(說山訓) 편에는 '일
연불양교 수정즉청정' (一淵不兩蛟 水定則淸正)이라는 말이 나오는데
요즘은 '일산불용이호' (一山不容二虎)라는 말이 많이 쓰이고 '양호상
쟁필유상' (兩虎相爭必有傷)이라는 말과 상통하는 뜻이라고 하였다.
하나의 우물에는 한 마리의 교룡(蛟龍)만 있어야 하고 하나의 산에는
한 마리의 호랑이만 있어야 한다는 것이다. 그런데 두 마리의 교룡과
두 마리의 호랑이가 힘을 합치면 얼마나 좋을까. 동물은 본디부터 배타
적인가. 사람도 동물처럼 배타적이어서 제 동기간도 경쟁하고 공격하
고 격멸하는 대상으로 삼는가. '용쟁호투' 니 '용호상박' 이라는 말은

있어도 '용화호순'이나 '용호상조'와 같은 말은 왜 없을까. 동물은 동물이기 때문에 그렇다 치더라도 사람은 동물과 다르지 않은가. 사람은 만물의 영장이요 인의예지를 타고 나지 않았는가. 적어도 동기간에 투쟁하지 말아야 하고 동족간에 서로 살육하지는 말아야 한다는 것을 알 만한 존재가 아닌가.

나는 수 십 년 전에 어느 자리에서, 고구려의 남무(男武)와 발기(發岐), 연우(延優), 계수(罽須) 형제들에 대하여 이야기한 일이 있었다. 제9대 고국천왕[男武]이 후사 없이 죽었기 때문에 왕후가 시동생이 되는 차남 발기에게 가서 왕위를 계승하고 자신을 왕후로 삼아주기를 간청하였으나 거절당하자 삼남 연우에게 가서 고국천왕의 유언이라고 거짓 고하여 왕위를 계승케 하고 왕후가 되었다. 이때 발기는 사병을 거느리고 요동군 태수 공손도에게 3만병력을 빌어 고구려를 침공하게 되자 연우는 아우 계수로 하여금 발기를 치게 하였더니 공손도의 군대와 발기의 군대가 패하여 발기는 계수의 직언을 듣고 부끄러워 자결하고 말았다는 사건이었다. 계수는 발기를 초장(草葬)하고 돌아왔다는 사실 때문에 연우에게 문책을 당하게 되자 왕위를 형에게 사양하지 않은 것을 지적하고, 발기를 후하게 장례 지내주어야 왕의 덕이 나타난다고 직언하였다. 계수는 막내 아우였지만 형들에게 감동을 준 훌륭한 아우였다. 오늘날에도 계수 같은 사람만 있다면 나라나 사회나 가정이 모두 잘못되는 일은 없을 것 같았다. 형제간의 불화는 천리에 어긋나는 것이고 사회와 국가를 어지럽히는 것이었다.

그때 내가 강조하여 이야기한 것은 아무리 내부에서 불화하더라도 외부의 군대를 끌어들여 제 나라를 망하게 한 행위는 잘못된 일이라는 것이었다.

그런데 남한과 북한의 갈등은 어떻게 설명할 수 있을지 곰곰이 생각하게 되었다. 분명히 형제간의 갈등인데 형제간의 갈등 치고는 너무나 처참한 갈등이다. 형제간에 어찌 피 흘리는 비극을 연출할 수 있단 말인가. 어떤 사람은 북한이 너무나 비타협적이고 도발적인 행위를 하기 때문에 폭력에는 폭력으로 맞서야 한다고 하고, 어떤 사람은 잘 사는 남한이 도와주지 않기 때문에 그렇다고 한다.

《주역》에는 손괘(損卦)라는 것이 있지 않은가. 손괘는 간상(艮上) 태하(兌下)의 구조를 이루고 있어서 간은 산이고 태는 연못이니 산 아래 연못이 있는 형상이다. 그런데 원래는 아래 있는 양효(陽爻) 하나를 덜어서 위로 보낸 것인데, 여기서 아래는 백성이요 위는 왕이나 국가 사회를 가리키는 것으로 해석한다. 이것을 현대적으로 해석하면 개인과 국가의 차원에서 개인이 국가를 위하여 물심 양면으로 봉사하고 헌신하는 것으로 볼 수 있다. '덜어서 줄여도 믿음이 있으면 크게 길하다'(損而有孚元吉)는 것이다. 아래서 국민들이 국가를 위하여 세금을 내고 헌신하는데 믿음이 있으면 문제가 없지만 만일 믿음이 없으면 개인이 국가를 위하여 세금을 내고 헌신할 필요가 없게 되고 명분이 없게 된다. 그 믿음이란 국민의 책임이기도 하지만 국가의 권력을 좌우하는 통치계급의 행태 여하에 따라 좌우될 수가 있다. 따라서 권력을 장악한 사람은 국민의 희생에 보답하고 기대에 어긋나지 않도록 해야 한다.

개인의 물질과 정신을 덜어서 국가에 바치는 것은 결국 국가적으로 필요한 과업을 수행하는 데 이바지하는 것이다. 국력을 기르기 위하여 사회간접자본을 구축하고 어려운 사람을 돕는 일도 손괘의 형상에 속한다. 그렇다면 국민소득이 북한의 수 십 배나 되는 남한의 국민이 가진 것을 덜어서 북한을 돕는 것은 결국 국민이 국가에 봉사하고 헌신하는 것이라고 할 수 있다. 그 동안 남한에서는 북한에 대하여 상당히 많은 경제적 지원을 추진하였고, 그것은 동포를 돕는 것이며 인도주의에 합당하다는 평가가 있었다. 그러나 이러한 경제적 지원의 결과가 기대한 것만큼 나타나지 않을 뿐만 아니라 북한의 핵무기개발이 남한의 안전보장을 크게 위협하게 되었다는 것이다. 따라서 북한에 대한 경제적 지원의 명분이 없어지게 되었다는 것이 대북강경론의 논리가 되었다. 서독은 동독을 도우면서 정치범을 송환해 오기도 하고, 서독에서 생산한 물건을 사는 쿠폰을 주기도 하고, 사회간접자본을 건설해 주기도 하였다는 소식이 있는데 그러한 동서독의 교류와 남북한의 교류에는 어떠한 차이가 있는지 일반 국민들은 알기가 어렵다. 동서독의 교류는 남북한의 교류에도 타산지석이 될 수 있을 것이지만.

남북한은 확실히 어려운 처지에 있다. 북한은 경제가 성장하지 못하여 어렵고, 남한은 빈부격차와 도덕적 타락과 안보문제로 어렵다. 남북의 긴장은 주변강대국의 협조로 해결되는 것이 아니라 오히려 더 조장될 수도 있고, 강대국들은 남북한의 통일을 원치 않는다는 문제가 있다. 남북한은 스스로 평화의 길을 모색하기보다는 부분적인 군사적 충돌을 일으키고 세계의 화약고처럼 이목을 끌고 있다.

주역 64괘 중에는 수뢰(水雷) 준괘(屯卦, 둔괘라고 읽기도 하지만 본디는 준괘라고 읽는다)가 있다. 감상(坎上) 진하(震下)의 형상이니 감은 물이요 진은 벼락을 치는 우레이다. 비가 쏟아지고 천둥 번개와 벼락이 벌어지는 상황은 두려움을 느끼게 하고 사람과 동식물이 피해를 입기도 한다. 사람들은 두려워서 외출을 삼가고 더러는 자신의 죄를 반성하고 근신하기도 한다. 참으로 어렵고 험난한 환경이다. 그러나 사납게 쏟아지는 물은 호수를 메우고 개울을 넘치게 하며 번개를 통하여 새로운 화학물질이 생성되어 토양을 비옥하게 한다. 두려운 자연의 움직임이 새로운 환경을 만들어 만물의 성장을 촉진한다. 두려움은 새로운 창조를 낳는 것이다.

모든 창조는 어려움이 없이 이루어지기가 어렵다. 땅 속의 씨앗이 발아하여 땅 위로 나오려면 많은 어려움을 이겨야 하고 산모가 아이를 낳으려면 십 개월 동안이나 아이를 배 안에서 길러야 한다. 임산부는 아이에게 영양분을 빼앗기고 영양실조를 겪기도 하고 갖은 고통을 겪어야만 한다. 남북한은 지금 땅 속에 묻힌 씨앗이 무거운 장애물을 뚫고 나오는 과정이나 임산부가 갖은 고통을 견디는 과정인지도 모른다.

그러나 그 과정은 너무나 가혹하고 혹독하고 잔인하다. 부모 형제가 서로 죽이는 비인도적인 비극을 연출하는 과정을 밟고 아직도 그것을 청산하지 못하고 재연할 조짐마저 나타나고 있는 형편이 아닌가. 간상(艮上) 감하(坎下)로 이루어진 몽괘(蒙卦)가 돌아와야 한다. 몽괘는 산이 위에 있고 물이 아래에 있으니 매우 자연스런 형상이다. 이제 새 출발을 위하여 어리석은 사람이 현인을 찾는 격이다. 남북한의 모든 정치가와 인민들은 현인을 찾아 인민이 잘 살고 평화를 누리는 새로운 길을 모색해야 한다. 낡은 이데올로기에서 과감히 벗어나야 한다.

만일 어떤 사람이 《주역》을 가지고 점을 친다면 비괘(比卦), 리괘(履卦), 태괘(泰卦), 동인괘(同人卦), 겸괘(謙卦), 무망괘(无妄卦)들이 나오기를 바랄 것이다. 그것은 각각 화친의 도리, 예절의 도리, 태평의 도리, 동심의 도리, 겸양의 도리, 성실의 도리를 나타내는 괘라고 해석되기 때문이다. 남과 북이 서로 화친하고, 예양을 실천하고, 태평을 추구하고, 마음을 한 가지로 하고, 겸양하고 성실히 교류하면 통일도 저절로 이루어질 것이다.

03

6.2지방선거가 남긴 이야기들

20 10. 6. 2 지방선거가 남긴 이야기가 무성하다. 시·도지사, 시장·군수, 시·도의회 의원, 시·구의회 의원, 교육감, 교육의원 등을 한꺼번에 선출하고 정당비례대표까지 선출하기 위하여 8장의 투표용지에 도장을 찍었다. 결과에 대하여 말이 풍성하다. 정부와 여당을 지지하는 사람들은 실망이 크고 야당을 지지하는 사람들은 즐거운 웃음을 터뜨린다. 그들은 서로 다른 이야기를 주고받는다.

"이번에 야당이 압도적으로 승리하는 것을 보았지요? 얼마나 정부와 여당이 정치를 잘못하면 그렇게 참패하겠어요?"

"정부와 여당이 무엇을 잘못한다는 거지요?"

"아, 몰라서 또 물어요? 우선 4대강 개발사업을 보아도 그렇지요. 환경파괴는 말할 것도 없고 국토를 다 버려놓는 거래요. 세종시 건설 수정안도 그렇고요. 한나라당도 다 함께 참여하여 통과시켜 놓고선 이제 와서 수정한다는 것이 말이나 되나요?"

"세종시 건설은 당초에 그것이 잘못된 계획이기 때문에 수정하자는 것 아닙니까? 한반도의 약 45배 가량이나 되는 미국, 캐나다, 중국, 러시아처럼 국토가 광활한 국가에서도 행정도시를 나눈다는 이야기가 없잖아요? 그런 나라들은 한국(남한)의 약 90배나 되는 나라인데도 말입니다. 그리고 행정수도 이전은 '관습헌법에 불합치한다' 는 헌법재판소의 판결이 있었는데도 다시 교묘히 법률을 만들어서 건설하기 시작한 것인데 아무리 법적 안정성이 중요하다고 하더라도 잘못된 것을 알면 고치는 것이 법의 구체적 타당성을 확보하는 것이기도 하거든요."

"세종시 수정안은 정부 여당의 간사한 속임수에 지나지 않아요. 조삼모사(朝三暮四)라는 말도 있잖습니까?《장자》제물론에 나오는 이야기라고 하던데요, 원숭이들에게 도토리를 주는데 아침에 3개, 저녁에 4개를 준다고 하니까 싫어하고, 아침에 4개 저녁에 3개를 준다고 하니까 좋아하더라는 이야긴데 그런 원숭이를 속이듯이 국민을 속이자는 수작이거든요. 국민은 원숭이처럼 어리석지 않거든요."

"조삼모사 이야기가 나와서 생각이 나는데 잘못을 바로잡는 것이 조삼모사라면 아무리 잘못된 법률이라도 고칠 수 없다는 논리가 되는데 그것은 현실적으로 받아들이기 어려운 논리지요. 잘못된 것은 바로잡아야 하고 바로잡는 것이 결코 협잡이 아니지요. 세종시 건설은 당초에 충청도 지역 유권자들의 지지를 얻기 위한 정치적 권모술수나 책략으로 나왔던 것이니까요. 현재의 수도 서울은 인근에 있는 인천의 항만시설과 국제공항 등을 갖추고 있어서 국제적 교통이 편리하고 여러 가지로 행정수도로서의 조건을 갖추고 있지만 세종시는 단순히 수도권의 인구과밀을 억제한다는 명분으로 시작되었으니 타당성도 희박하고 예산도 엄청나게 들지요. 그런데 조삼모사라는 말을 나는 달리 해석해 보고 싶더군요. 조사모삼은 경제성장을 불구하고 부족하나마 목전의 분배를 말하는 것이고 조삼모사는 당장의 분배보다는 경제성장 이후의 넉넉한 분배를 말하는 것으로 비유할 수 있을 것 같아요. 성장 없는 분배는 실속도 없고 빈약하지만 성장 후의 분배는 알차고 넉넉할 테니까요. 분배에 치중한 국가들이 모두 국가채무로 허덕이는 것을 볼 수 있고 특히 분배에 치중하던 사회주의 국가가 모두 개혁개방으로 체제를 완전히 바꾸고 성장에 주력할 수밖에 없는 것을 보아도 알 수 있지요. 그리고 4대강사업을 반대하는 것은 환경보존이라는 미명 하에 국토의 개발을 방해하고 반대하는 것 아닌가요? 지금 정부에서 추진하는 사업들은 벌써 지난 정권에서도 계획하였던 것인데 워낙 돈이 많이 들고 더 시급한 사업도 있어서 미루어진 것이랍니다."

"아, 수년 전에도 천성산 터널공사 때문에 어느 스님이 단식투쟁을 하고 이번에도 어느 스님이 소신공양(燒身供養)을 했잖았습니까? 그 스님들은 목숨이 아깝지 않은가요? 무엇 때문에 단식을 하고 소신을 하겠어요? 환경보존이 중요하니까 그렇지요."

"환경보존도 중요하지만 국토의 효율적인 이용과 경제 발전은 더 중요한 것 아닌가요? 어떤 환경론자들은 경제발전은 민주주의의 적이고 농업을 가장 중요한 것이라고 주장하더군요. 그러나 종래의 농업으로는 근대화를 이루기 어렵고 빈곤을 해결하기도 어렵기 때문에 국토를 개발하고 공업화를 촉진하고 국제적인 경쟁력을 기르는 것 아닌가요?"

"경제개발을 근본적으로 부정하는 것이 아니라 국민들과의 합의에 의하여 추진해야 한다는 거지요."

"국민이라면 누구를 가리키는 것인지 모르겠네요. 정부의 사업을 반대하는 사람들만 국민이 아니라, 지지하는 사람들도 국민이고 지금 찬성하는 사람들이 더 많다고 보아야 하는 것 아닌가요?"

"내가 보면 맨 반대하는 사람들이 많아요. 이번 선거에서도 증명된 것 아닌가요?"

"이번 선거는 그렇다고 하더라도 현재 국회를 보세요. 여당이 훨씬 많고 대통령도 압도적으로 많은 표를 얻어 당선된 것 아닙니까? 그래서 다수 국민의 지지를 받은 대통령과 의회가 추진하고 있는 것인데 어떻게 반대자가 많다고 할 수 있겠어요? 그리고 이번 6.2지방선거에서는 여당이라고 할 수 있는 보수진영에서는 복수로 입후보하고, 야당이라고 할 수 있는 진보진영에서는 단일후보전략을 썼기 때문에, 보수후보들의 득표수를 모두 합해 보면 진보후보들의 득표보다 많다는 것 아닙니까. 선거에서 진보파가 많이 당선되었다고 하여 국민의 절대다수가 지지했다고 보기는 어렵지요. 그래서 민주주의가 어려운 것이지요. 선거 전략에 따라 결과가 달라지니까요. 진보진영은 단결하고 공격적이었지만 보수진영은 분열하고 방어적이었다는 것이지요."

"그런 점도 있긴 하지만 정부 여당이 독선적이고, 가진 자 편에 서고, 대북정책에 있어서도 도전적인 강경책을 쓰는 것이 절대적인 잘못이지요."

"무엇을 보고 독선적이라고 하는지 잘 알 수 없지만 그 동안 야당에서는 소위 대안 없는 반대, 반대를 위한 반대를 일삼았다는 비판을 받은 것도 사실이지요. 사실 대통령도 돈 많은 사장 출신이고 당대표도 재벌 2세니까 전반적으로 부자 편이라고 인식되지만 그것은 편견이지요. 대통령이 봉급도 받지 않고 거액의 사유재산을 내놓은 것은 매우 드문 일이잖아요? 그리고 대북정책이야 종전의 정책을 잘 답습하였지만 금강산 관광객총격사건이 일어나고 나서 문제가 생기고, 더구나 지난 번 천안함폭침사건 이후에 강경책으로 선회한 것 아닙니까? 북한이 그 동안 저지른 여러 가지 사건은 별개로 하더라도 관광객총격사건과 천안함폭침사건은 좀처럼 묵과할 수 없다는 여론이잖습니까?"

"개성공단은 어떻게 되는 것이지요? 정부에서는 그것도 파국으로 몰고 가는 것 아닌가요?"

"정부에서는 그대로 유지하려고 하지만 혹시나 북한이 개성에 머물고 있는 남한 사람들을 인질로 삼지 않을까 염려한다는 것이지요."

"아무튼 지금 남북관계가 악화하는 것은 현 정권에 책임이 있다고 할 수밖에 없지요. 왜 과거에는 잘 돼온 것이 현 정권에 와서 나빠지는 것이지요?"

"과거에 비하여 대북지원이 약해졌기 때문이라고 하는 사람들도 있지만 가장 중요한 원인은 북한의 핵개발에 있다는 것 아닌가요?"

"북한의 핵개발이, 통일만 되면 우리 것인데 뭐가 잘못되었다는 거지요?"

"아, 남한을 불바다로 만든다고 협박한 것, 몰라서 그러세요? 아무튼 어째서 북한에 대해서는 계속하여 옹호하려는지 알 수가 없네요. 인내에도 한계가 있는 것 아닙니까? 무조건 퍼주기가 잘못된 것이라는 것은 모두 인정하고 있는데."

"무조건 북한을 옹호하는 것이 아니라 전쟁만은 절대로 해서는 안 된다는 것이지요. 사실 북한이 예측하기 어려운 나라라는 것은 세상이 다 아는 것이니까요. 우리가 여유가 있으니까 어려운 동포를 돕자는 거지요."

"글쎄. 돕는 것도 돕기 나름이고 효율성도 고려돼야 하는 것 아닌가요. 서독은 동독을 많이 도왔지만 현찰로 도운 것은 없답니다. 그 동안 남한에서는 정부차원에서도 엄청나게 도왔고 민간단체에서도 엄청나게 도왔지만 돌아온 것이 무엇니까? 최근 개성공단에 관한 이야기를 들어 보면 입주한 업체들이 거의 적자를 보고 있답니다. 그런데도 정부에서 기업체에다가 특별 혜택을 주고 계속하여 유지시키고 있다는 거지요. 임금이 싸다는 것은 별로 도움이 되지 못한다는 이야기가 있어요. 그래서 우리의 이익을 위한 개성공단이 아니라 북한을 위한 공단이라는 말이 나오고 있어요."

"그런데 선거에 관한 이야기가 남북교류로 빗나가고 말았네요. 아무튼 이번 선거에서 야당이 승리한 것을 보면 그래도 희망이 있다고 볼 수 있어요."

"여당에서는 공천에서 탈락한 사람이 무소속으로 출마하여 여당지지표를 깎아먹었기 때문에 집단자해행위를 저질렀다는 말이 있더군요. 야당은 단결하고 여당은 분열하였다는 거지요. 그리고 항상 가난한 국민의 감정에 호소하는 것이 선거에서 유리하니까요. 야당에서는 그런 전략을 잘 활용하는 거지요. 성장이 있어야 분배도 가능한 것인데 성장보다는 분배를 강조하니까 호소력이 있지만 결과적으로는 분배가 어려워지고 말기도 하지요. 분배를 앞세우는 감언이설로 야당이 덕을 보니까 여당도 따라서 분배라는 포퓰리즘을 내세우는 것이 문젭니다. 한 번 시행한 복지는 수혜자의 극렬한 반대로 줄이거나 폐지하지 못하기 때문에 국가채무만 늘어나고 경제성장은 둔화하고 고용률도 떨어지고 사회는 불안해지고 ……."

"……."

선거는 민주주의의 근간이다. 근간이 병들면 꽃도 피기 어렵다. 그 누가 말했다고 한다. 역사는 잔인한 스승이라고. 민주주의의 역사도 잔인한 스승인가 보다.

04
한국인의 스티그마 효과

나는 버릇처럼 녹음 테이프를 듣기 시작하였다. 이○○ 목사의 설교였다.

내용은 바울에 관한 것이었다. 바울은 많은 사람에게 돌팔매를 맞고 인사불성이 되어 성 밖으로 버려졌다가 다시 살아나 선교를 계속하였다고 한다. 그는 얼굴 한복판이 쑥 들어가서 보기에 민망할 정도이고 키도 작았다고 한다. 그는 예수의 12제자에 속하는 것도 아니고, 특별한 지위에 있는 것도 아니었지만 진정으로 예수의 십자가를 믿고 의지하고 예수처럼 십자가를 지기를 자청하였다는 것이다.

이 목사는, 장로교신학교를 설립하여 한국에 선교사업을 전개한 언더우드 목사도 소개하였다. 언더우드 목사는 선교활동 중에 부상을 당하여 턱에 심한 상처가 있다고 한다. 그리고 이동은 목사도 소개하였다. 이동은 목사는 1950년 6·25사변 때에 군인으로 복무하다가 적의 포격을 받고 두 눈이 빠져 나가는가 하면 세 손가락이 끊어져 나가고 성불구자가 되고 많은 포탄파편을 몸속에 지닌 채 살고 있었다고 한다.

다행히 천사 같은 처녀가 나타나 스스로 사모님이 되어 수발을 하였지만 일생을 고난 속에서 오직 선교사로 살았다고 한다. 이동은 목사는 미국에서 설교하면서 끊어져 나간 손가락이 한국의 국토요 찌그러진 자신의 얼굴이 한국의 모습이라고 하였단다.

스티그마(stigma, stigmata)에 관한 이야기가 떠오른다. 이 말은 본디 고대 로마와 같은 서양에서 노예의 몸이나 죄수의 몸에 찍은 낙인이었다고 한다. 노예 스스로 주인에게 충성을 맹서하고 주인의 이름을 넣은 낙인을 찍거나, 또는 죄수를 통제하기 위하여 찍은 것인데 기독교인들은 종교를 통하여 얻은 상처의 흔적(상흔)을 스티그마타라고 한단다. 스티그마타는 예수가 십자가에 매달린 모습과 비슷한 상흔으로 나타나기도 한단다.

스티그마 효과(stigma effect)라는 말도 있다. 노예와 죄수는 정상적인 인간대접을 받지 못하는 존재이고 생사여탈권이 주인이나 관리에게 있는 형편이다. 그들의 상흔은 부끄럽고 치욕적인 오명이기도 하기 때문에 모든 면에서 부정적인 의미를 갖게 된다. 따라서 정상적인 사람들도 일상적인 인간관계에서 많은 험담을 듣거나 부정적인 평가를 받으면 그 당사자는 점점 그런 방향으로 기울어진다는 것이다. 그러나 이와는 반대로 남으로부터 신뢰를 받고 칭찬을 듣고 기대하는 평가를 받으면 당사자는 점점 그런 방향으로 발전하게 되는데 이것을 피그말리온 효과(pigmalion effect)라고 한단다. 이러한 원리들이 교육적으로 활용되면 스티그마 효과로 피교육자를 좌절시킬 수도 있고, 피그말리온 효과로 피교육자를 성공시킬 수도 있다는 것이다. 피그말리온 효과는 긍정적인 자아개념의 형성을 조장하여 성취동기를 부여하고 강화하는 교육적 수단인 셈이다.

기독교에서 말하는 스티그마 효과라는 것은 예수그리스도로 인한 상흔이기 때문에 그것은 영광스런 상흔이고 예수그리스도를 위한 일이라면 그것이 선교활동이든 봉사활동이든 얼마든지 신명(身命)을 바칠 수 있다는 적극적인 사명감을 조장하고 고취하는 것이 된다. 다 같은 상흔이라도 그 상흔을 어떻게 보느냐에 따라 퇴영적으로 기능할 수도 있고 발전적으로 기능할 수도 있는 것이다.

플라세보 효과(placebo effect)라는 말도 있다. 젖당 녹말 우유 증류수 식염수와 같은, 약리학적으로 비활성 약품을 환자에게 투여하면 약 30%가 유익한 작용을 나타낸다는 것이다. 이것은 의사가 여러 가지 검사를 통하여 질병을 확인할 수 없음에도 불구하고, 환자가 고통을 호소할 때 일시적 진정제로 투약하는 것이며, 의약품(醫藥品)이 아닌 의약품(擬藥品)의 효과이다. 'PLACEBO'는 본디 '만족시키다' '즐겁게 하다'는 뜻을 가진 라틴어에서 나온 말인데 환자는 아무런 약리작용도 하지 않는 물질을 좋은 약으로 믿기 때문에 순전히 심리적으로 효과를 얻는 것이지 실지로 약리작용에 따라 얻는 효과는 아닌 것이다. 따라서 다 같은 외부의 자극도 그것을 받아들이는 주체에 따라 다르게 나타나는 것을 알 수 있다.

생각해 보면 한국 사람들은 전쟁으로 인하여 스티그마를 가진 사람들이 너무나 많다. 내가 이따금 만나는 김 선생은 오른손 한가운데 뼈를 심하게 다쳐 거의 사용하기가 어렵고 보기도 매우 민망할 정도로 흉한 상태에 있어서 남에게 손을 보이지 않으려고 감추곤 한다. 거리에 자주 나타나 남에게 구걸을 청하고 술에 취하여 행패도 하던 상이군인들은 모두 팔 다리를 다치고 고통을 겪는 스티그마타를 지니고 살았다.

한 사람 한 사람의 스티그마가 아니라 나라의 거대한 스티그마타가 한국의 국토와 역사 속에 깊이깊이 새겨져 있는 것이다. 눈으로 보이는 스티그마타는 상흔으로 아픔을 일깨우고, 눈으로 보이지 않는 가슴 아픈 스티그마타가 한국인을 아프고 또 아프게 한다.

2010. 3. 26. 천안함침몰사건은 또 하나의 커다란 스티그마타를 만들어 놓았다. 46명의 젊은 군인들이 두 동강난 배에 갇혀 목숨을 바친 것이다.

신문은 '만시' (輓詩)라는 제목으로 독자의 가슴을 울게 한다. 만시 가운데 가장 슬픈 것이 자식을 애도하는 〈곡자시〉(哭子詩)라고 한다.

> 너는 내가 죽어도 곡하지 못할 텐데
> 내가 어찌 네가 간다고 통곡해야 하느냐
> 이 통곡은 또 무슨 통곡이란 말이냐
> 부자간 골육이 떨어져 나간 이 마당에
>
> (조선시대 어느 중인의 글)

정지용의 〈유리창〉, 김광균의 〈은수저〉도 유명하단다. 조지훈 상병의 부모는 다음과 같이 읊었단다.

> 찬란한 태양이 되거라
> 없어지지 않고 매일 뜨지 않느냐
> 새가 되어 훨훨 날아라
> 우리 집에도 찾아오너라
>
> (중앙일보 2010. 4. 30. 오피니언 39면 참조)

나는 잠에서 깨어나 거실을 서성이다가 발코니로 나가서 화분을 둘러보고 신문을 읽기 시작하였다. '정의롭지 못한 중국'이라는 칼럼이 눈에 띄었다.

칼럼니스트는 미국과 중국을 비교하면서 미국은 비교적 정의의 편에서 국력을 행사하였지만 중국은 그렇지 못하다는 것이었다. 그는 미국의 역사 가운데 아메리칸 인디언 학살, 흑인노예 혹사, 해외식민지 개척 가담, 독재정권 지원, 쿠바 침공, 이스라엘 편향정책 시행 등 그늘진 역사를 남겼지만 독립(국가건설)에 따른 프랑스혁명 유발, 노예해방, 흑인대통령 선출, 히틀러와 일본 군국주의로부터 많은 나라를 구출, 마샬플랜으로 유럽부흥, 베를린 봉쇄에 대한 공수작전, 북한 남침 저지와 같은 것은 정의의 편에 선 것이라 하였다.

그러나 공산화한 중국의 등장은 인류의 진보를 가로막은 것이며, 문화혁명은 퇴행이었으며, 항미원조정책(抗美援朝政策)으로 북한의 남침전쟁을 도운 것은 가장 잘못된 것이라고 지적하였다. '김정일 방중은 내부문제'라고는 하지만 국제사회의 상식과 순리에 부합해야 한다는 것이다. 중국은 국제사회의 상식과 순리를 우선하여 위대한 중국의 길을 택할 수도 있고, 낡고 해진 잘못된 이념의 혈맹을 택할 수도 있는데, 테러지원국을 옹호하거나 지원해서는 안 되는 것이며, '천안함침몰사건'의 원인이 북한의 소행이라는 심증이 굳어지고 있는 시점에서 북한의 지도자를 초청한 것은 정의롭지 못한 일이라는 것이었다.

그는 중국의 선택에 관하여 이야기하였다. 국제사회의 상식과 순리라는 것은 말하자면 대의(大義)라고 할 수 있고 혈맹관계는 소의(小義)라고 할 수 있다. 양자를 모두 선택할 수도 있고 모두 버릴 수도 있으며, 그 중에 하나만을 택할 수도 있겠지만 개인이나 단체나 국가나 경우에 따라서는 양자택일이 강요되는 경우가 허다하므로 냉철한 판단이 필요하게 된다. 대의와 소의는 서로 갈등하는 경우가 많고 양립할 수 없는 경우가 많기 때문이다. 그런데 칼럼니스트는 '낡고 해진 잘못된 이념의 혈맹'이라는 말로 중국과 북한의 혈맹관계를 비판하였다. 비판한 근거는 북한의 한국침략전쟁이 잘못된 것이고, 잘못된 행위에 대한 혈맹도 당연히 잘못된 것이며, 그것은 낡고 해진 잘못된 이념을 바탕으로 한다는 것으로 이해되었다.

칼럼니스트가 '낡고 해진 잘못된 이념'이라고 표현한 것은 이미 공산주의라는 이념이 시대에 맞지 않고 받아들일 수가 없으며 바르지 못한 이념이라는 뜻으로 풀이되었다. 그것은 공산주의 혁명의 역사가 이미 100년이나 되었어도 그것이 실현되기가 어려웠고 일부의 국가에서 실현되었다고 하더라도 스스로 폐기하고 말았다는 사실로 증명되는 것이었다. 공산주의의 유혈혁명론도 거론되었다. 유혈은 인간의 존엄성을 완전히 파괴하는 수단이 되고 말기 때문에 마땅히 잘못된 것이라고 보아야 한다는 것이었다.

한국인들은 근·현대에 들어 많은 상처를 받으면서 살아 왔고 현재도 상처를 받으면서 살고 있다. 그 상처는 외세로부터 받은 것도 있지만 내면으로부터 받은 것도 대단히 많다. 근원적으로는 이념이나 가치관이나 세계관의 문제가 작용하겠지만 일상적인 대화에서도 남에게 상처를 주기도 하고 남에게 상처를 받기도 한다. 그 상처들은 단순한 또는 부끄러운 스티그마로 그치는 것이 많고 아름다운 스티그마타로 승화하기는 쉽지 않다.

한국에는 이 밖에도 트라우마(Trauma)의 심리적·정신적 상황에 놓인 사람이 많은 것 같다.

05
인빅투스(INVICTUS)

출판기념회가 열렸다. 조 박사는 서평의 말미에서 1875년에 윌리엄 어네스트 헨리(William Earnest Henley, 1849~1903)가 지었다는 시 〈인빅투스〉(INVICTUS)를 소개하였다. 헨리는 12세에 폐결핵에 걸리고, 그로 인하여 왼쪽 다리를 절단한 후에 다시 오른쪽 다리까지 절단해야 한다는 진단을 받았으나 절단하지 않고 치료하여 30년을 더 살았다고 한다. 그는 질병과 고통으로 어려운 삶을 살면서 결코 굴할 수 없다는 신념으로 잔인한 환경을 극복하였던 것이다. 남아프리카 공화국 넬슨 만델라(Nelson Mandela)는 헨리가 지은 이 시를 애송하면서 27년간의 감옥살이를 견뎠다고 한다. 제목은 '불굴' 또는 '굴하지 않는 영혼' 이라고 번역해도 무방할 것 같다.

나를 감싸고 있는 밤은
온통 침묵 같은 암흑
나는 어떤 신들에게도

나의 굴하지 않는 영혼을 주심에 감사한다.

잔인한 환경의 마수에서
난 움츠리거나 소리 내어 울지 않았다
내려치는 위험 속에서
내 머리는 피투성이지만 울지 않았다.

분노와 눈물의 이 땅을 넘어
어둠의 공포만이 어렴풋하고
오랜 재앙의 세월이 흘러도
나는 두려움에 떨지 않을 것이다

아무리 천국의 문이 좁고
아무리 많은 형벌이 나를 기다려도
나는 내 운명의 주인이요
나는 내 영혼의 선장인 것을.

　나는 시를 감상하며 넬슨 만델라에 관심을 갖게 되었다. 알려진 바에 따르면 그는 남아프리카공화국 최초의 흑인 대통령이자 흑인인권운동가이다. 종신형을 받고 27년간을 복역하면서 세계인권운동의 상징적인 존재가 되었다. 저서로는 《투쟁은 나의 인생》(The Struggle is My Life), 《자유를 향한 머나먼 여정》(Long Walk to Freedom) 등이 있다. 그는 템프족 족장의 아들로 태어나 1940년 포트헤어대학 재학중에 시위를 주동하다가 퇴학당하였으며, 1944년에는 아프리카민족회의(ANC ; African National Congress) 청년연맹을 창설하고 1952년에는 비백인으로서는 처음으로 요하네스버그에 법률상담소를 열고 인종격리정책 반대운동에 나서기도 하였다. 1952년과 1956년, 두 차례에 걸쳐 체포되었으며 1960년 3월 샤프빌 흑인학살사건을 계기로 무장투쟁을 지도하다가 1962년 다시 체포되어 5년형을 선고받고 그 후 범죄혐의 추가로 종신형을 선고받았다. 그 동안 옥중에서 여러 가지 상을 받고 1990년 출옥하여 1991년 ANC의장으로 선출된 뒤에 실용주의 노선으로 선회하여 인종분규를 종식시키고 1993년엔 노벨평화상을 받았으며 1994년 남아프리카공화국 최초의 흑인참여 자유총선거로 구성된 다인종의회에서 대통령에 당선되었다.

그는 남아프리카공화국의 대통령이 되어 백인과 흑인이 하나 되는 나라를 꿈꾸었다. 남아프리카의 백인들은 본디 네덜란드에서 이주한 후손들인데 금과 다이아몬드를 채취하면서 철저하게 흑인들을 착취하고 차별하였다. 그 인종차별은 '아파르트헤이트'(apartheid)라고 부르는 것인데 종교적으로나 법적으로 정당화하였던 악법이었다. 이에 대하여 흑인들은 무장투쟁을 전개하게 되고 그 지도자 가운데 넬슨 만델라가 우뚝하게 섰다. 그 결과로 1990년에는 인종차별정책이 폐지되고 1994년에는 흑백연합정부가 수립되고 만델라가 대통령으로 당선된 것이다. 그는 진실과 화해위원회(TRC)를 구성하고 흑인에 대한 가해자가 자신의 잘못을 정직하게 고백하고 용서를 구하면 민사상 책임을 면제해 주는 방식으로 과거사를 청산하게 하였다.

그는 대통령이 되어 정부의 백인공무원들이 보따리를 싸고 떠나려는 것을 보고 '당신들이 필요하다'고 말하면서 만류하였다. 대통령경호원들도 당연히 흑인들로 구성될 줄 알았지만 백인들과 함께 구성하였다. 그리고 백인들이 중심으로 이루어진 럭비팀, 스프링복스

(springboks)를 해산하자는 강력한 주장에 맞서 해산하지 않고 그대로 후원하였다. 흑인들은 흑인대통령이 백인들에게 복수해 주기를 기대하였지만 전혀 달랐다. 만델라는 진정한 복수는 곧 '용서와 화해' 라는 것, 용서와 화해야말로 일치와 통합으로 가는 유일한 길이라는 것을 확신하고 있었다. 기독교의 '사랑' 은 곧 '용서' 라고 주장하는 일본의 어느 소설이 떠오른다. 나에게 저지른 남의 잘못을 용서로 갚는 것이 곧 참된 사랑이라는 것이다.

유해욱신부(마산교구 진주 만경동 본당 주임)는 '인빅투스' 를 다음과 같이 번역하였다.

시야는 온통 어둠의 구렁텅이
나를 휘감고 있는 칠흑의 밤으로부터
나는 그가 어떤 신이든지
내게 불굴의 영혼을 주셨음에 감사드린다.

옥죄어 오는 어떤 무서운 상황에서도
나는 굴하거나 소리 내어 울지 않았다.
곤봉으로 얻어터지는 운명에 처해
머리에 피가 나도 고개 숙이지 않았다.

분노와 눈물로 범벅이 된 이 곳 너머로
공포의 그림자가 어렴풋이 모습을 드러낸다.
아직도 짓눌림의 세월이 지속되고 있지만
여태까지 두려워하지 않았고 앞으로도 그럴 것이다.

문이 얼마나 좁은지, 운명의 두루마리가
얼마나 형벌로 채워져 있는지는 중요하지 않다.
나는 내 운명의 주인이며
내 영혼의 선장이다.

    윌리암 어네스트 헨리가 병마에 시달리며 극한상황에서 지었다는 이 시가 넬슨 만델라의 마음 속을 깊숙이 파고들었던 것이다. 27년 동안이나 감옥에서 이 시를 애송하면서 죽음을 이기고 살아나왔다고 하니 '인빅투스'는 벌써 작가를 떠나 넬슨 만델라의 것이 되고 만 것이다. 그는 '옥죄어 오는 어떤 무서운 상황에서도 나는 굴하거나 소리 내어 울지 않았다. 곤봉으로 얻어터지는 운명에 처해 머리에 피가 나도 고개 숙이지 않았다'고 하였다. 이것이 바로 인간이 간직할 수 있는 불굴의 영혼이요, 백절불회지진심(百折不回之眞心)이요, 만고불변의 지조가 아닌가.

    넬슨 만델라가 백인들의 인종차별의 질곡에서 자유를 위하여 투쟁한 여정은 너무나 길었다. 그러나 그 길은 마침내 자유와 평등을 가져다주었고 진리와 정의는 기필코 승리한다는 교훈을 남겼다.

    미국의 링컨 대통령은 측근의 강력한 반대를 무릅쓰고 자기를 몹시 비난하고 흉보던 스탠튼을 국방장관으로 임명하였는데 링컨이 저격을 당하여 죽자 가장 애통한 사람이 바로 스탠튼이었다고 한다. 우리는 불굴의 영혼을 간직하는 동시에, 증오와 반목과 투쟁으로 점철된 우리 역사의 단면을 돌아보며 용서와 화해와 통합의 지혜를 배워야 하겠다.

06
여여당과의 대화

나는 며칠 만에 '사랑방'에 들렀다.
그리고 점심식사를 마치고 나서 다섯 사람이 산책을 나섰다.

"교수님, 이 나무들과 호수와 하늘을 보세요. 이것이 천당이 아니고 무엇입니까?"

"맞습니다. 정말로 천당입니다."

"우리는 천당에 살고 천당을 즐길 수 있으니 얼마나 행복합니까?"

"그렇습니다. 민들레도 참 아름답네요."

"그래요. 지금 무슨 냄새가 풍겨오지요?"

"글쎄요. 은은한 향기가 풍겨오네요."

"그렇지요? 아카시아 향기인 것 같아요. 가까운 곳에 아카시아가 피어 있을 겝니다."

"아니, 벌써 아카시아 꽃이 필 때가 되었나요?"

"그럼요. 저길 보세요. 저 하얗게 보이는 나무가 바로 아카시아입니다."

"아아, 그렇군요. 벌써 아카시아의 계절이군요."

"우리나라에는 아카시아를 일본인들이 심어 놓은 것이라고 좋아하지 않는 사람들도 있지만 냄새는 참 좋습니다."

"그렇습니다. 꿀도 얼마나 맛이 좋습니까?"

"아카시아 꿀이 제일 향기롭고 맛이 좋지요. 모두 신의 은총이라고 생각돼요."

나는 말을 주고받으며 카메라를 꺼내 들고 민들레를 촬영하였다. 민들레는 내가 좋아하는 꽃이었다. 맵시도 소탈하면서 곱고 예쁘지만 사람들이 다니는 길 가에 아무렇게나 뿌리를 박고 자라나 행인들에게 짓밟히면서도 굴하지 않는 끈질긴 생명력을 보이는 것이다. 일행이 자연을 감상하면서 세심교(洗心橋)를 지나는데 자디 잔 하얀 꽃이 뒤덮은 울타리 나무들이 나타났다. 냄새를 맡아 보니 향긋한 냄새가 가슴 깊이 스며들었다.

나는 '세심' 이란 말을 좋아하였다. '마음을 씻는다' 는 것은 사사로운 욕심과 남을 시기하고 질투하고 증오하고 배척하는 마음을 모두 깨끗이 버린다는 것이니 일생의 좌우명이 될 만한 글귀였다. 나는 속리산 경업대(慶業臺)에 있는 '세심문' (洗心門)을 항상 기억하고 있다. 세심문은 한 사람이 겨우 지나갈 수 있는 석문이지만 그 석문을 지나가면 바로 세심정(洗心井)의 물을 마실 수 있다. 흔히 사람들은 목을 축이기 위하여 물을 마시고 몸 안에 수분을 보충하기 위하여 물을 마시지만 나는 때 묻은 마음을 씻기 위하여 물을 마시고 싶었다.《장자》에는 '관수세심 관화미심' (觀水洗心 觀花美心)이라는 말이 있으니 물을 보면 마음을 씻고 꽃을 보면 마음을 아름답게 한다는 격언이었다. 율동공원은 물을 보며 마음을 씻고 꽃을 보며 마음을 아름답게 할 수 있는 공원이다. 나는 일행과 함께 세심교에서 사진을 찍고 지나가면서 물창포와 야생화들을 카메라에 담았다.

　나는 요즘 카메라에 자주 손을 대었다. 적어도 한 달 안에 새로 만드는 책 표지에 넣을 사진을 골라야 하기 때문이었다. 책이름은 '질풍 속에 피는 꽃'으로 결정하고 싶었다. 그렇다면 질풍을 나타내고 질풍에 견디는 야생화를 직접 촬영하여 하나를 골라보자는 속셈이었다. 나의 PC에는 사진 자료가 점점 모아지게 되었다. 어떤 꽃들은 외로워 보이고 어떤 꽃들은 너무 화사하게 보였다. 바위틈이나 절벽에 핀 꽃들도 질풍과는 별로 관계가 적고 어떤 꽃들은 어두운 인상을 줄 것 같았다. 독자들은 어두운 것을 좋아하지 않을 것 같고 실지로 '질풍 속에 피는 꽃'은 어두운 이야기로만 그치지 않고 어두운 그림자 속에 용솟음치는 의지와 용기와 희망을 보이는 것이었다. 그러다 보니 책의 내용과 어울리는 표지 그림은 구하기가 어려웠다.

　나는 '사랑방'으로 돌아와 여여당에게 말을 걸었다.

　"석탄일에 어딜 다녀오셨어요?"

　"석가사를 비롯해서 세 군데를 다녀왔어요."

　"내가 전화를 드리려고 마음은 먹었지만 게으름을 피우다가 그만······."

　"석탄일 법회에는 한 번 가볼만하지요."

　"그래요. 그런데 그 '십지'(十地)라는 말 좀 설명해주세요."

　"십지라는 것은 《화엄경》에 나오는 것인데 보살수행의 경지를 열 단계로 나누어 설명한 것입니다. 첫째는 '환희지'라는 것입니다."

　여여당은 이야기하기 시작하였다.

　"환희지는 보살이 수행에 들어가면서 기쁨에 넘치는 단계입니다. 옛날 같으면 서당에 입학하여 공부하기 시작하면서 기쁨을 느끼고, 요즘 같으면 대학에 입학하는 학생의 기분과 상통할 것입니다. 학문의 세계를 모르다가 그 학문의 세계에 들어가는 것이 커다란 기쁨이니까요. 둘째는 이구지(離垢地)인데 때를 벗은 지위입니다. 학교에 다니지 않다가 다니게 되면서 차츰 무엇을 알게 되는 것이 마치 몸의 더러운 때를 벗는 것에 비유할 수 있으니까요. 셋째는 발광지(發光地)인데 지혜의 광명이 나타나는 지위입니다. 넷째는 염혜지(焰慧地)인데 지혜가 매우 치성한 지위입니다. 번뇌의 장작을 지혜로운 화염이 능히 태우기 때문입니다. 다섯째는 난승지(難勝地)입니다. 진지(眞知)와 속지(俗知)를 조화하는 경지입니다. 여섯째는 현전지(現前地)입니다. 지혜로 진여를 나타내는 지위입니다. 일곱째는 원행지(遠行地)입니다. 광대한 진리의 세계에 이르는 지위입니다. 여덟째는 부동지(不動地)입니다. 동요하지 않는 지위입니다. 아홉째는 선혜지(善慧地)입니다. 바른 지혜로 설법하는 지위입니다. 열째는 법운지(法雲地)입니다. 끝없는 공덕을 구비하고 사람에 대하여 이익이 되는 일을 행하여 대자운(大慈雲)이 되는 지위입니다."

"그런데 '십지' 라는 말에서 왜 하필이면 땅이라는 '지' (地)를 쓰는지요?"

"본디는 보살이 수행하는 단계가 52위계인데 그 중에서 41번째부터 50번째까지가 십지입니다. 이 십지는 불지를 생성하고 능히 주지하여 움직이지 아니하며 온갖 중생을 짊어지고 교화하고 이익 되게 하는 것이 마치 대지가 만물을 싣고 윤택하고 이롭게 하는 것이나 다름없기 때문에 그 글자를 쓴다고 합니다."

"요컨대 사람은 누구나 수도하여 남에게 도움이 되어야 한다는 것인가요?"

"바로 그거지요. 대자대비라는 것도 남을 크게 사랑하고 크게 이해한다는 말이라고 할 수 있습니다. '사랑' 이란 말은 '사량 (思量)이라는 말과 같은 것이라고 말하는 사람이 있는데 '생각하고 헤아린다' 는 말입니다."

"불교의 근본이 '대자대비' 라고 한다면 기독교의 근본도 '사랑' 이므로 둘 다 같은 것이라고 할 수 있군요."

"그렇습니다. 그런 점에서는 완전히 같다고 할 수 있는데 불교에서는 누구나 부처님의 성품을 타고 나서 누구나 수도하면 스스로 깨우쳐서 부처님, 곧 깨달은 사람이 된다는 것이고 기독교에서는 예수 그리스도를 통하여 성령을 영접하고 의인이 되고 사랑을 실천하고 영생을 얻는다는 점에서 차이가 있지요. 종교끼리는 공통점도 많고 차이점도 많다고 할 수 있을 것 같아요. 따라서 공통점을 찾으면 서로 이해하고 만나기가 쉽지만 차이점을 찾으면 서로 이해하고 만나기가 어렵겠지요."

"잘 알겠습니다. 여여당 선생님은 항상 남을 만나고 이해하고 돕는 모범을 보이시니 참으로 훌륭하십니다. 앞으로 종종 강의를 해주시면 고맙겠습니다. 사실은 서로 만나서 잡담이나 하고 오락이나 하기에는 시간이 너무 아깝거든요. 시간이 얼마나 아까운 것인데. 하루가 24시간이지만 실지로 일하는 시간은 얼마 되지 않고 더군다나 공부하는 시간은 하루 두 서너 시간도 안 되거든요. 그러니 90까지 산다고 하더라도 공부하는 시간은 불과 몇 만 시간이고 또 늙었다고 날마다 놀기만 하는 것은 자녀들이나 청소년들에게도 본보기가 될 수 없기 때문에 사랑방에서라도 자주 특강을 하면 좋겠어요. 사람이 늙으면 늙을수록 일도 하고 운동도 하고 공부도 해야 한답니다."

"실은 전에 얼마동안 특강을 해오다가 중단되고 말았지요. 전체적인 분위기도 중요하니까요."

여여당은 모든 사람을 알아주는 고마운 분이다. 나는 집으로 돌아와 PC를 열고 노래를 들었다. 일본의 시마유리코가 작사하고 오타니아키

히로가 작곡한 '아리가또'(감사합니다)였다.

감사합니다. 감사합니다.
말할 수 없이 감사합니다.
생각하면 헤아릴 수 없을 만큼
많은 사람을 만났습니다.
폐를 끼치기도 하고 걱정을 끼치기도 하고
반 푼어치의 나였습니다.
그래도 이처럼 노랠 부르고
꿈을 꾸며 살아온 것은
당신이 있기 때문, 당신이 있기 때문입니다.
당신이 언제나 언제나 보아주었기 때문에
감사합니다. 감사합니다.
소중한 당신에게 감사합니다.
새로운 시대가 왔다고 하더라도
외로운 마음 변하지 않아
술을 마시고 전화로 큰 소리치는
어른이 못되는 내가 있어라.
그래도 이제부터 내일을 믿고
걸어갈 기분이 생기는 것은
당신이 있어서
당신이 있었기에
감사합니다. 감사합니다.
용기를 주어서 감사합니다.
감사합니다. 감사합니다.

형제자매 친구들 감사합니다.

아버지 어머니 감사합니다.

진심으로 감사합니다.

사람이라면 부모 형제자매를 비롯한 모든 가족과 피붙이에게 감사할 줄 알고, 친구들과 스승들에게 감사할 줄 알고, 이웃과 사회와 국가에 감사할 줄 알아야 한다. 직접적으로나 간접적으로나 그들의 은혜를 입고 먹고살만하면 오히려 배신하고 마는 사람들은 근본을 저버리는 패륜아로 버림을 받고야 만다.

07
성공하는 인생경영

성남시 중원구청에서 주최하는 중원가족 주민자치대학 특강을 듣기 위하여 달려갔다. 장소는 성남시청 대회의실인데 날씨가 더움에도 불구하고 초만원이었다. 강사는 공병호 박사. 그는 1960년생이고 고려대학교를 거쳐 미국 텍사스주 휴스턴에 있는 사립 명문대학으로 알려진 라이스대학교 대학원에서 경제학박사 학위를 취득하고 공병호경영연구소 소장으로 일하고 있다.

강의 주제는 '성공하는 인생경영, 행복한 삶' 이었다. 그는 얼마 전에 휴스턴에 갔다가 어느 노인을 만나 대화를 나누었다. 그는 노인에게 젊은이들에게 하고 싶은 말이 있다면 무엇이냐고 물었다. 노인은 '열심히 살라' '일을 놓지 말라' 고 하였다. 그리고 가장 자랑스러운 일은 자식을 잘 기르는 것이고 자식을 잘 기르기 위해서는 부모가 자식의 본보기가 되어야 한다고 하더란다. 그의 강의는 대략 다음과 같다.

행복은 주어진 것이 아니고 스스로 만들어 내는 것이다.

(1) 의욕을 가져라.

(2) 적극적이고 긍정적인 태도를 가져라.

(3) 목적을 가져라.

(4) 마음과 감정을 관리하라. 다른 사람과 갈등이 생기거나 알력이 일어나면 상대방의 입장에서 생각해 보라. 자기의 틀을 벗어나라.

(5) 활자매체를 가까이 하라. 독서의 즐거움을 누리라. 고전(古典)을 읽어라. 낮은 즐거움 보다는 높은 즐거움을 즐거라.

(6) 신기술을 익혀라. 트위터를 즐거라. 나이가 많다는 것은 핑계가 될 수 없다.

(7) 타인을 돕는 것이 자신을 돕는 것이다.

(8) 새로운 것을 체험하라. 전혀 새로운 분야를 탐구하라. 미술을 감상하라. 수도권에서는 돈을 많이 들이지 않고도 그림을 감상할 수 있는 기회가 많다.

(9) 건강을 잘 관리하라. 질병은 마음과 관계가 깊다. 스트레칭, 맨손체조, 걷기는 중요한 운동이다.

(10) 가족에게 너무 의지하지 말라. 자립 자존하라. 자기생활에 자신감을 가져라. 시간을 쓸모 있게 관리하라.

(기타) 이시형 이어령 김열규 같은 분은 본보기다. 공병우의 자서전과 피터 드락커의 자서전을 읽어라. 순천향대의과대학 천안병원 소화기내과 박상흠 교수가 쓴《웰빙 마음》을 읽어보라. 행복에는 돈이 필요하다. 금전문제로 남에게 속지 말라. 미국의 작가 마크 트웨인은 '돈이 없는 것은 만 가지 악의 근본' (the lack of money is root of all evil)이라고 하였다. 깨달음은 거듭 나는 것이다. 자유와 정의와 부유한 대한민국이 되어야 한다. 유언장을 작성하라. 단편적으로나마 삶을 블록에 올려라. 최인호의《어머니는 죽지 않는다》를 읽어라.

나는 《부모은중경》을 생각하였다. 부모라고는 하지만 어머니에 관한 것이고 그 내용이 감동을 주는 것이기 때문이다. 조선조 정조대왕은 《부모은중경》의 설법을 듣고 크게 감동하여 사도세자의 넋을 위로하기 위하여 경기도 화성시 송산동 188번지에 용주사를 세우고 《부모은중경》을 많은 사람들이 읽을 수 있도록 경판을 세웠다고 한다.

1. 잉태하시고 지켜주신 은혜.
2. 해산으로 고통을 받으신 은혜.
3. 자식을 낳고 근심을 잊으신 은혜.
4. 입에 쓰면 삼키고 입에 달면 뱉어서 먹이신 은혜.
5. 마른 자리에 눕혀주신 은혜.
6. 젖을 먹여 길러주신 은혜.
7. 깨끗하지 못한 것을 씻어주신 은혜.
8. 자식이 멀리 가면 생각하고 염려하시는 은혜.
9. 자식을 위해 어려운 일을 하시는 은혜.
10. 끝까지 자식을 사랑하시는 은혜.

나는 특히 '자기의 틀을 벗어나라' 는 말에 주의를 기울이게 되었다. 자기의 틀이라는 것이 무엇인지 제대로 알기가 어렵고 정말로 벗어나야 하는지도 판가름하기 어려운 문제였다. 사람들은 누구나 동굴의 우상, 종족의 우상, 시장의 우상, 극장의 우상(프란시스 베이콘의 우상론)에 사로잡힐 수 있다. 자기의 틀을 벗어나라는 말은 결국 이러한 우상에서 벗어나라는 것으로 해석될 수 있을 것 같았다. 아무튼 인간은 불완전한 존재이고 나는 자신이 불완전한 존재임을 항상 느끼고 있었다.

나는 때때로 자기의 주장이 절대적으로 옳은 것처럼 주장하는 사람을 자주 만났다. 어떤 사람은 태어날 때부터 어느 교파나 계층이나 이념적 집단에 소속되고 절대로 거기서 벗어나거나 그에 대하여 비판적인 태도를 취해서는 안 되며 죽으나 사나 그 테두리를 지키고 충성을 다하며, 거기에 비판적인 사람을 만나기만하면 마치 원수를 만난 것처럼 반격하는 사람을 보기도 하였다. 그 사람들은 자기가 얼마나 정확하게 보고 들었는지, 자기에게 들어온 정보가 얼마나 진실된 것인지, 또는 거짓된 것인지 검토하거나 분석하거나 평가하는 과정을 거치지 않거나, 그런 과정을 거치더라도 이미 어떤 입장을 확고히 견지하고 그 입장에서 분석하고 평가하는 경우가 너무나 많다. 어떤 사람은 자기의 생각이나 감정이나 판단이 편협하고 이기적이고 파당적이고 대의에 어긋난다는 것을 알면서도 어떤 신념에 사로잡혀 그 신념의 충복이 되는 것을 보기도 하였다. 나는 그럴 때마다 나 자신도 그 사람과 같지는 않은지 되돌아보곤 하였다.

사람이 생존을 위한 기본적인 욕구를 충족하고도 거기서 그치지 않고 더욱 수준 높은 진선미의 가치를 추구하는 것은 거짓된 것, 악한 것, 추한 것을 벗어나려는 행위라고 볼 수 있고 그러한 행위는 한층 더 합리적이고 과학적이면서 사물을 부분적으로 볼 수 있는 동시에 전체적으로 보아야 하는 것인데 나 자신이 그렇지 못한 것은 아닌지 반성하곤 하였다.

공병호 박사의 강의 내용은 특별히 새로운 것은 아니지만 모두 공감할만한 것이었다. 그는 엄청난 독서가로 보였고 책도 일 년에 몇 권씩이나 쓰는 모양이었다. 나는 공박사가 소개하는 책들을 거의 하나도 읽은 적이 없었다. 얼마나 자신의 독서가 빈약한지 다시 한 번 깨닫게 되었다. 집으로 돌아와 최인호의 〈어머니는 죽지 않는다〉를 인터넷으로 검색해 보았더니 최인호는 어려서 아버지를 사별하고 편모슬하에서 자랐다. 그의 어머니는 자식들을 기르기 위하여 손발이 다 닳도록 고생한 분이었다. 반드시 읽고 싶은 충동을 느꼈다.

강연회장에는 나처럼 고희가 넘은 노인들은 몇 사람 되지 않고 40~50대 여인들이 많았다. 만일 내가 공병호 박사처럼 강의를 하게 된다면 무엇을 어떻게 이야기할 수 있을까 생각해 보니 마땅한 주제가 떠오르지 않았다. 청중의 관심과 지적 수준에 맞고 실용적이고 흥미 있는 주제를 찾아내기는 쉽지 않을 것 같다. 공병호박사는 훌륭한 강사였다.

(2010. 6. 7)

08
그들의 인생철학

여당은 항상 자연이나 인간관계에서 긍정적인 생각을 나타낸다. "이 푸른 풀과 나무들과 저 오리들을 보세요. 얼마나 아름답습니까? 천국이 따로 있나요? 여기가 천국이지. 우리는 지금 천국에 살고 있는 거요."

"그래요. 참 아름답네요. 꽃이 필 때는 더욱 아름답더군요."

"그렇지요. 꽃이 필 때는 말할 것도 없고요, 지금도 녹음과 방초가 얼마나 아름답습니까. 그리고 저 아이들 좀 보세요. 얼마나 귀여운지. 저 아이들이 우리나라의 주인이 되고 국가와 사회의 발전을 위하여 봉사하겠지요. 그런데 이 아름다운 자연이나 이웃사람들이 각각 다른 존재가 아니고 하나의 존재라고 할 수 있지요. 그래서 자연을 사랑하고 이웃을 사랑하는 것이 곧 나를 사랑하는 것이고 그 사랑은 알게 모르게 나에게로 돌아오는 것이지요. 다시 말하면 나와 네가 따로 있는 것이 아니란 말이지요."

"그런데 정말로 나와 네가 하나일까요?"

"나와 네가 다르고 같지 않다고 생각하는 데 문제가 있는 것이지요. 다르다고 생각하면 다르지만 같다고 생각하면 같은 것이니까요. 다르다고 생각하고 차별을 적용하면 점점 서로 멀어지고, 같다고 생각하고 기쁨이나 슬픔이나 함께하면 점점 가까워지는 법이지요."

"여여당은 혹시 묵적(墨翟)의 가르침을 신봉하는 것이 아닌가요? 겸애교리(兼愛交利)니 절검비전론(節儉非戰論)이라는 것 말이오."

"글쎄요. 겸애교리든 무엇이든 서로 하나라고 생각하고 사랑하고 화목하고 돕는 것이 인간사회의 도리니까요. 공자나 석가모니의 사상도 그런 것 아닌가요? 나는 모두 비슷한 사상이라고 생각해요."

"공자의 사상은 좀 다르다고 할 수 있지요. 군신부자와 같은 위계질서를 존중하고, 우선 자기의 부모나 자녀나 형제를 먼저 생각하고, 그것을 남의 부모나 자녀나 형제로 적용하자는 것이니까요. 어떤 학자는 그것을 방법적 차별주의라고도 말하더군요. 묵적처럼 전혀 차별을 인정하지 않는다면 그것은 군신이나 부모나 자녀나 형제자매가 없는 것과 같이 되는 것인데 무질서해서 곤란하겠지요. 인간은 실지로 그렇게 생각할 수도 없고 행할 수도 없는 거지요."

"묵적은 절검비전을 주장했다고 하는데 절검은 정말로 중요하다고 생각해요. 낭비보다 부도덕한 일은 없을 것 같거든요. 한국 사람들은 너무 낭비가 심하다고 해요. 그런데 전쟁을 부정하는 것도 겸애사상과 상통하는 것 같지요? 서로 사랑하는데 어떻게 전쟁을 하겠어요? 적군이 쳐들어 올 때는 방어해야하나요? 방어하지 말아야 하나요? 방어하면 전쟁이 되는데."

"적이 침략할 때는 당연히 방어해야 하겠지요. 묵적은 중국 전국시대 송나라에서 초나라군사가 운제(雲梯)를 만들어서 아홉 번 공격하여도 성을 굳게 지켰다고 합니다. 그래서 묵적지수(墨翟之守)라는 말까지 생겼다는 거지요. 아무리 전쟁을 부정하더라도 적군의 침략은 단호히 막아야한다는 것이 비전론이니까 무조건하고 전쟁을 부정하는 것은 아니지요."

"결국은 방어전도 전쟁은 전쟁이니까 전쟁으로 전쟁을 막는다는 것이군요. 적의 침략을 방어하기 위해서는 군비도 충분히 해야 하고 군사훈련도 해야 하고. 기독교에서 말하는 '왼 뺨을 때리거든 오른 뺨도 내놓아라.' 라는 것과는 전혀 다르군요."

"그런데 실지로는 그런 사람도 없고 그런 나라도 없는 것 아닌가요? 기독교 국가들을 보세요. 말로는 사랑을 외치면서 얼마나 지독하게 후진국을 침략했습니까? 그러니 말과 행동은 전혀 다르고 성경 말씀과 국가의 정치는 전혀 다르다는 것을 알 수 있단 말이지요."

"그렇습니다. 겸애교리는 역시 한계가 있어요."

"그런데 겸애교리를 실천할 수만 있으면 참으로 좋은 일이지요. 실지로는 불가능하더라도 그 근본정신을 목표로 하고 그 목표를 향하여 실천해가면 좋겠지요. 모든 철학과 사상이라는 것이 그런 목표나 이상을 밝히는 것이니까요. 사람이 실천하지 못한다고 그 사상이 잘못되었다고 보기는 어렵지요. 세상에는 그런 좋은 사상을 절대로 믿지 않고 언제나 '너는 너고 나는 나' 라는 생각으로 사는 사람들이 있는 것도 사실 아닙니까?"

"그래요. 그런 사람이 있어요. '네 것은 네 것, 내 것은 내 것' 이라고 생각하고 남에게는 절대로 신세를 져서도 안 되고 남을 절대로 도와줄 필요도 없다고 생각하거든요. 남을 돕기는 할지언정 남에게 폐를 끼치지 않겠다는 정신은 좋지만 사람이 살다보면 도와야할 경우도 있고 도움을 받아야할 경우도 있는 법이 아닙니까. 왜냐하면 서로 전지전능하거나 완벽한 존재가 아니니까요."

"그렇습니다. 남에게 신세도 지지 않고 돕지도 않는 다는 생각은 극단적인 이기주의가 되기 쉽지요. 그것이 바로 양주(楊朱)의 이기주의라는 것이지요. 양주는 터럭 한 올을 뽑아서 천하가 이롭더라도 그 터럭 한 올을 뽑지 않겠다고 하였답니다. 그의 주장을 위아설(爲我說)이라고도 하는데 그런 사상은 이단이라고 맹자가 비판했답니다. 그런데 내가 아는 사람 가운데 양주성(楊朱城)이라는 사람이 있는데 그 사람이 양주의 후손이 아닌지 모르겠어요."

"그 사람 이름이 묘하군요. 양주의 성채니까 양주의 사상과 혈통을 이어받은 난공불락의 왕국을 상상하게 하네요."

"문제는 남에 대한 배려겠지요. 어떤 사람은 동기간에도 절대로 교유하지 않고, 1년 열 두 달 ARS 성금이나 의연금도 한 푼 안 내고, 구세군의 자선냄비에도 동전 한 푼 넣지 않고, 절이나 교회에도 절대로 안 가니까 시주나 헌금도 한 푼 안 내는 거지요."

"사람이 많이 모여 살다보면 별의별 사람도 다 있겠지요."

"그런데 선진국과 후진국의 차이도 그런 점이라고 하는 말이 있더군요. 선진국에서는 어려운 사람을 익명으로 돕는 사람이 많은데 비하여 후진국에서는 혹시 돕게 되더라도 기자들에게 알려서 선전을 한다는 거지요. 그런 점에서는 우리나라는 아직 선진국이라고 말하기가 어려울 것 같아요."

"국민들이 모두 잘 살게 되면 돕는 사람들이 많아지겠지요. 아직은 살기가 어려우니까 남을 도울 여유도 없고요."

"글쎄요?"

"글쎄요?"

"그런데 공자를 비조로 하는 유학사상은 무엇이라고 요약될까요?"

"인의예지를 핵심으로 한다고 할 수 있지요. 공자는 대동사회(大同

社會)를 이상으로 여겼지만 그가 살던 시대는 소강사회(小康社會)라고
보았어요. 천하위공(天下爲公)의 사회에서 천하위가(天下爲家)의 사회
로 변천하였다는 것이지요."

"소강은 지금 중국에서 말하는 '샤오캉'인가요?"

"그렇지요. 12차 5개년 경제개발계획. 중산층이 두터운 사회를 건설
하는 것. 대동과 소강은 《예기》 예운편에 상세히 서술되어 있습니다.
인의가 실현되기 어렵기 때문에 예(禮 : 제도)를 강조하게 된 것입니
다."

대화는 그칠 줄 모르고 이어졌다. 인생철학은 사회철학으로, 정치철
학으로 비약하였다.

09

용기(勇氣)

라디오를 청취하다 보니 어느 교수가 '양심'이라는 주제를 가지고 대담하고 있었다. 내용을 요약하면 다음과 같다.

가을하늘은 티 없이 맑아서 보는 사람들의 마음을 환하게 밝혀준다. 사람의 마음도 가을하늘처럼 맑아야한다. 구름이 많이 낀 하늘을 가리켜 맑은 하늘이라고 말할 수 없는 것처럼 사람의 마음도 맑지 않으면 양심이라고 할 수 없다. 사람은 맑은 양심을 지녀야 한다. 어떤 사람들은 자신의 실수나 잘못을 인정하려하지 않는다. 그것은 양심을 속이는 것이다. 양심을 속이는 원인은 열등의식과 잘못된 자존심에 있다. 열등의식 때문에 잘못을 시인하지 않고, 잘못된 자존심을 지키려다 양심을 저버리게 된다. 양심을 저버리는 것은 용기가 없기 때문이다. 잘못을 시인하고, 열등의식을 극복하고, 잘못된 자존심을 버리고, 양심을 되찾는 용기가 필요하다.

교수의 음성도 부드럽고 주제와 내용이 좋아서 KBS 방송의 품위를 높여주는 좋은 프로그램이라고 생각되었다. 나는 방송을 들으며 '용기' 라는 단어에 관심을 갖게 되었다.

용기란 무엇인가? 사전에서는 '씩씩하고 굳센 기운', '사물을 겁내지 아니하는 기개' 라고 한다. 사람들은 용기에 관련하여 다음과 같이 말한다.

용기를 내어 사실대로 고백하였다.
용기를 내어 강도를 추격하였다.
용기를 내어 에베레스트원정의 길을 떠났다.
그는 군인다운 용기를 발휘하였다.
용기 있는 자는 두려워하지 않는다. (勇者不懼)
용기 있는 자는 난동을 짓지 않는다. (勇者不作亂)
용기가 있으면서 무례하면 난동이 된다. (勇而無禮則亂)
의(義)를 보고도 행하지 않는 것은 용기가 없는 것이다. (見義不爲無勇也)

예로부터 선현들은 '지인용' (智仁勇)을 말하였다. 지(智)와 인(仁)이 아무리 갖추어졌더라도 용(勇)이 없으면 그것을 실천할 수 없게 된다. 용이 없으면 지와 인은 공허한 관념으로 머물게 되고 현실적으로 그 기능을 충분히 발휘할 수 없다.

우리는 매스컴을 통하여 사회적인 부조리와 불법행위와 위법행위 (범죄행위)를 많이 접하게 되고, 잘못을 저지른 당사자들을 가리켜 양심이 마비된 사람, 양심이 없는 사람, 양심을 내동댕이친 사람이라고 말하기도 한다. 사람은 누구나 양심을 가지고 있다는 것을 전제로 하는 말이다. 본디 양심을 가지고 있긴 하지만 그 양심을 지키지 못하였다는 것이다.

우리는 이따금 삼척동자라도 모두 알 만한 거짓을 공공연히 꾸며대며 자기의 양심에 어긋나는 말을 하는 사람들을 보게 된다. '거짓말 경시대회'에서 '나는 일생동안 거짓말을 한 번도 해 본 적이 없다'고 말한 사람이 우승을 차지하였다는 이야기가 있다. 보통 사람들은 흔히 부지중에 거짓말을 하기가 쉽다. 그런데 거짓말의 동기와 결과가 중요하다. 동기도 불순하지 않고 결과도 중요하지 않은 거짓말은 사회적으로 크게 문제 될 것이 없다. 그러나 동기도 불순하고 결과도 중대할 때는 용납되기 어렵다. 사리사욕을 위하여, 권력을 장악하기 위하여 남을 속이고 국민들을 현혹하는 것은 중대한 문제가 된다. 사람이 스스로 목숨을 버리는 일이 가장 어려운 일이고 커다란 용기지만, 양심을 외면하고 목숨을 버리는 용기는 진정한 용기가 아니라 만용에 지나지 않는다.

KBS방송 대담에서는 14세 소년이 금메달을 반환한 사례를 소개하였다. 소년은 골프대회에서 당당히 우승하여 금메달을 목에 걸고 집으로 돌아와 가방을 정리하는 가운데 클럽(골프채)이 15개 들어 있다는 사실을 발견하였다. 본디 14개까지 밖에 사용할 수 없다는 규칙이 있음에도 불구하고 자신의 가방 안에 15개가 들어있다는 것은 규칙을 위반한 것이고 규칙을 위반하였으니 당연히 금메달은 반환되어야 한다는 것이었다. 클럽이 15개라는 사실은 그 소년만이 아는 사실이고 그것은 얼마든지 감추어질 수 있었지만 소년은 자신의 양심을 속일 수는 없었다. 그는 양심을 지키는 것이 금메달을 지키는 것보다 더 중요하다는 것을 알고 그것을 실천하였다. 그는 양심을 지키는 용기를 발휘한 것이다.

용기는 양심처럼 선천적인 성격이 강하게 보이지만 유가(儒家)에서는 후천적인 면을 강조한다. 용기는 후천성이 강하기 때문에 길러야 한다는 것이다. '어진 자는 반드시 용기가 있으나 용기 있는 자는 반드시 어진 자라고 할 수는 없다'(仁者必有勇 勇者不必有仁)고도 한다. 많은 선현들은 용기에 대하여 말하고, 잘못된 용기를 경계하는 동시에 용기의 여러 가지 수준을 말하기도 하였다.

이제 다시 현실로 돌아와 보자. 사리사욕이나 당리당략을 위하여 파렴치하게 법규를 위반하기도 하고, 엄연한 사실을 은폐하기도 하고, 왜곡하기도 하고, 없는 사실을 조작하기도 하면서 국민들을 현혹하는 철면피한 권력층이나 그들에게 아부하고 추종하는 무리들을 볼 때 지각 있는 국민들은 너무나 실망하고 절망에 빠지고 만다. 학식도 많고 경험도 많고 국가와 사회를 이끌어나간다고 자부하는 어른들은 금메달을 반환한 14세의 소년에게 부끄럽지도 않은지, 잃어버린 양심을 되찾고 지키고 실천하는 용기를 보이지 않으니 국민들은 비통할 수밖에 없다.

국회에서 열리는 청문회마다 용기를 잃어버린 질문과 답변에 국민들은 실망한다. 양심 없는 질문과 답변이 난무하면서 '똥 묻은 개가 겨 묻은 개를 향하여 짖어댄다'고 국민은 눈살을 찌푸린다. 국민은 지도층의 진정한 용기를 기다린다. 그 용기는 자신의 무지와 태만과 파렴치와 사리사욕과 권모술수를 솔직히 참회하고 사죄하고 끊어 버리는 용기이다.

(2010. 9. 28)

10
아집(我執)의 굴레

세 상에는 아집의 굴레에 매여 살아가는 사람들이 많다. 그들은 편견이나 오류나 착각과 같은 잘못되고 검증되지 않은 지적 능력을 우상으로 받든다. 프란시스 베이컨이 말하는 우상론이 떠오른다. 종족의 우상, 동굴의 우상, 시장의 우상, 극장의 우상은 신봉자의 넋을 얽어매는 굴레가 되어 갖은 횡포를 일삼기도 한다. 우상은 올바른 지식의 적이며 마땅히 타파되어야 할 대상이다.

사람들은 사물을 바라볼 때 인간본위로 해석하고 받아들인다. 새가 노래하고 나비가 춤춘다고 말하지만 새는 어떤 고통을 호소하는지도 모르고 나비는 목숨을 부지하기 위하여 사투를 벌이고 있는지도 모른다. 사람들은 유전적 가정적 환경이나 개인적 취미나 교육이나 습관에 따라 판단하고 행동한다. 넓은 세계를 보고 듣고 경험하지 못하고 이른바 우물 안 개구리가 되어 어떤 하나의 정치노선을 맹신하고, 서울에 가보지 못한 사람이 서울에 가 본 사람을 이겨내고야 만다. 사람들은 자신이 존경하는 사람의 언행이라면 맹목적으로 믿고 자기가 들은 말이나 읽은 책을 맹신한다. 불로장생하는 신선의 존재를 믿고 정치적 이념의 유토피아를 믿는다. '용'(龍)이라는 말이 있으면 용이라는 동물이 실지로 존재한다고 믿는다. 사람들은 전통이나 역사나 권위를 무비판적으로 믿는 수가 많다. 대대로 내려오는 것은 비판 없이 당연한 것으로 받아들이고, 역사에 기록되어 있는 사실은 모두 참된 사실로 받아들인다. 조선왕조의 사관들이 쓴 고려왕조의 기록을 그대로 믿고 침략자가 쓴 식민지의 역사를 그대로 믿는다. 마녀가 성녀로 분장된 배우들이 활개 치는 극장의 우상에 매여 있다. 우상들은 우리의 마음 속에 자리잡고 있는 권위의 상징이다. 사람들은 그 권위를 내던지려 하지 않고 그 권위가 위협을 받을 때는 심한 충격을 받기도 하고, 권위를 수호하기 위하여 사력을 다 하기도 한다.

사람이 한 번 아집의 굴레에 얽혀 매이면 사물의 자초지종이나 선후나 경중을 따지지 않고 아집에 몰입한다. 자기가 아집의 노예라는 것을 깨닫지 못하는 수가 많고 설령 깨달았다고 하더라도 거기서 해방되기를 주저하고 거부한다. 아집으로 뭉쳐진 자기의 인지구조(認知構造)나 가치관의 체계를 버리지 않고 모든 이해관계(利害關係)와 기득권을 포기하지 않는다.

그들은 자기의 아집으로 사리사욕이나 이기주의나 영웅주의나 편당주의(偏黨主義)를 위하여 몰두한다. 그들은 가정윤리와 사회윤리와 국가윤리를 교란하고 대중영합주의를 확대재생산하며, 국민을 기만하고 폭력과 파렴치행위를 자행하며, 비판세력을 원수로 규정하고 공격을 멈추지 않는다.

그들은 개개인의 단위를 벗어나 이해득실의 관계로 얽혀진 집단으로 조직력을 가지고 나타나기도 하여 만일 그 집단에서 벗어나거나 그 행동강령에 충성하지 않으면 고립되고 배신자가 되거나 변절자가 되는 것으로 생각한다. 그리하여 더욱 철저한 아집의 굴레로 자기의 존재와 정체성을 확보하려 한다. 어떤 진리도 아집의 굴레 안에서만 인정되고 존재한다.

어떤 사람들은 지금 우리 사회에 《신약성서》 디모데후서 3장에서 말한 말세의 증상이 일어나고 있다고 역설한다. 다시 말하면 이기주의, 배금주의, 자존망대, 모함, 불효, 배은망덕, 무절제, 광폭(狂暴), 배반, 탐욕, 독신(瀆神), 진리에 대한 배반행위가 일어난다는 것이다. 이것은 개인적으로나 집단적으로나, 원칙이나 진리는 파괴되고 변칙이나 허위가 위력을 가지고 사회를 지배한다는 것이다.

우리의 현실은 위와 같은 말세적 현상에 그치지 않는다. 고질적인 계층적 지역적 정치적 갈등이 활개치고 부정부패 부조리가 만연하는가 하면, 국가발전의 중대 정책이나 사업에 대하여 비전문가집단이 나서서 극한투쟁을 선언하고 민중을 선동하여 대혼란을 야기하기도 한다. 더구나 남북이 분단된 채, 서구사회에서는 자취를 감춘 구시대의 이념적 갈등이 아직도 증오와 투쟁으로 나타나고, 누적된 갈등과 대립과 테러사건의 발생에 이어 대북(對北) 문제와 국토개발문제가 국론의 분열을 빚어낸다.

이러한 말세적 고통과 혼란은 두말할 것도 없이 우상을 버리지 못하고 아집의 굴레에 얽매인 사람들에 의하여 촉발되고 저질러진다. 평범한 시민 한 사람의 아집은 국민이나 국가에 큰 피해를 주지 않지만, 정치인들이나 지도층의 아집은 국민으로 하여금 부정부패 부조리를 일삼게 하고, 국고를 낭비하게 하고, 폭력을 동원한 패거리싸움을 저지르게 하고, 피를 흘리게 하고, 정치·경제·사회·문화의 파행(跛行)으로 빚어지는 문화지체(文化遲滯, cultural lag) 현상을 초래하게 한다. 아집을 버리지 못하는 사람들은 국가의 권력기관에서, 또는 학원(상아

탑)에서, 공장에서, 거리에서 선량한 대중을 기만하고 선동하다가 막다른 골목에서는 잽싸게 꼬리를 감추기도 한다. 그들은 때때로 건전한 상식과 양심과 진리를 배반함으로써 자기의 존재를 과시하고 영웅으로 분장하기도 한다.

정치란 국리민복을 증진시키는 기능이고 국리민복의 증진은 편협한 아집으로 성취되는 것이 아니라 세계화의 대조류를 인식하는 바른 지식과 판단과 의지를 통하여, 심신을 수련하고 진정으로 나라와 겨레를 사랑한 후에야 가능한 것이다.

우리 사회에는 로버트 머튼이 말한 롤 모델(role model)이 없다는 말이 널리 회자되고 있다. 청소년들이 일정한 성장을 마칠 때까지 본보기로 삼아 닮고 싶은 훌륭한 인물을 발견하기가 어렵다는 것이다. 그리고 우리 사회에는 언제부터인가 흑백논리가 만연하여 인물을 평가하는데도 예외 없이 적용된다. 아무리 훌륭한 업적이 있더라도 조금만 하자가 발견되면 그 업적과 인격이 전면적으로 부정되고, 나아가서는 반역자로 매도되기도 한다. 인류역사를 통하여 특별한 성인(聖人)들을 제외한다면 어느 위인도 완벽하다고 볼 수는 없기 때문에 그 위인의 공로나 애국심이나 인격의 일면을 존경하고 본받는 것임에도 불구하고 흑백논리를 적용하여 전면적으로 부정하는 데는 특별한 이념적 정치적 목적이 개재되는 경우가 많다.

그런데 사람은 청소년기뿐만 아니라 일생을 두고 인격을 수련하는 존재이기 때문에 장년기와 노년기에 이르러서도 항상 존경하고 본보기로 삼고 싶은 롤 모델이 존재하는 것이 바람직하다. 그러나 장년기와 노년기에 들어 선 사람들은 자기도 모르게 벌써 아집의 굴레에 얽매이고 사로잡혀서 모처럼의 롤 모델을 발견하더라도 그를 본받는 내면화(동일시)를 거부하기 때문에 종전의 인생관이나 가치관이나 국가관이나 시국관에 변화를 일으키기 어렵다. 이것이 개인과 사회와 국가의 발전을 가로막는 커다란 걸림돌이 되기도 한다.

　'진실로 자기를 바르게 하면 정치에 무슨 어려움이 있으리오? 만일 자기를 바르게 하지 못한다면 어떻게 남(국민)을 바르게 할 수 있으리오?' (苟正其身矣 於從政乎何有 不能正其身如正人何.《논어》자로편)라고 한 공자의 말씀이 떠오른다. 정치는 분화와 대립을 통합하고 일체화하는 것을 본질로 하는 것이며 구부러진 것을 바로잡는 것이다. 정치인이나 지도층이라는 그들이 몸을 바르게 가지고 아집의 굴레에서 과감히 탈출할 때 국민은 희망을 갖는다.　　　　　(2010. 11. 17)

11
나는 아무것도 모른다

사람들은 모이면 잡담을 나누고 잡담이 벌어지면 남의 이야기에 대하여 반드시 이의를 제기하는 사람도 있다. 어떤 때는 식당에서 찬 물이 싫다고 더운 물을 찾는 사람이 있어서 그것 때문에 입씨름이 벌어지기도 한다.

"왜 더운 물을 찾지요? 찬 물이 시원하고 좋은데?"

"우리 몸엔 더운 물이 좋거든요. 더운 물이 암세포를 억제할 뿐만 아니라 체내의 지방질도 녹여서 응고를 막아 주니까요. 김 선생도 더운 물을 마셔요."

"나는 육각수가 몸에 좋다고 들었는데 육각수는 찬물이거든요. 더운 물은 집에서나 찾을 것이지 나와서도 꼭 더운 물을 찾으면 되겠어요? 그리고 더운 물이던 찬 물이던 본인이 판단할 일이니까 남에게 권할 것도 아니지요. 자기 생각이 항상 옳다는 독단적인 생각은 버려야 한단 말이오."

"내 말을 꼬집고 비난하는 당신이 독단이지 내가 무슨 독단이란 말이오?"

더운 물이 건강에 좋다는 이론이 있는 것처럼 찬 물이 건강에 좋다는 이론도 있으니 어느 하나가 반드시 옳거나 그른 것이 아닌 경우가 많다. 다만 사람에 따라 건강상태가 다르고 생리적 조건이 다르고 식생활 습관이 다르다는 사실을 인정할 수밖에 없다.

위에서 '찬 물'과 '더운 물'을 가지고 서로 다투는 것과 같이 약물을 가지고 다투기도 한다. 약물이 질병을 치료하는 데 필요하긴 하지만 자칫하면 오히려 질병을 악화시킬 수도 있다. 실지로 음료수나 약물이 건강에 어떻게 작용하는지 때와 장소와 체질에 따라 간단히 설명하기가 어렵다.

그런데 물이나 약물을 가지고 서로 다투는 것은 그리 대단한 일이 아니다. 그보다 더 대단한 것은 국가의 이념이나 정책이나 전략이나 전술이다. 전자는 그 영향력이 비교적 작은 편이지만 후자는 그 영향력이 매우 커서 국가의 존망이 좌우될 수도 있다. 우리나라에서는 8·15광복 이후로 지금까지 이른바 좌익과 우익, 진보와 보수라는 두 진영의 여론과 세력이 형성되어 빈자와 부자, 근로자와 사용자, 민주와 독재, 분배와 성장, 친일과 반일, 친북과 반공, 반미와 친미 등으로 대립하고 갈등하면서 사회적 불안이 이어져 왔다. 특별한 전문가가 아닌 일반국민들은 그 어느 한쪽에 설득을 당하여 행동하거나 아니면 양시양비론(兩是兩非論)으로 기울어져서 판단하기가 어렵고 행동하기가 어렵고 말로 표현하기가 어렵다.

사람이 말로 정확히 표현할 수 없을 때 할 수 있는 행동은 침묵이나 미소로 나타나기도 한다. 김유근(金逌根)이 글을 짓고 김정희(金正喜)가 글씨를 쓴 것으로 알려진 '묵소거사자찬'(默笑居士自讚)을 보면 '당묵이묵 근호시 당소이소근호중 ……불언이유하상호묵 득중이발하

나는 아무것도 모른다 ┃ 303

환호소'(當默而默近乎時 當笑而笑近乎中 ……不言而喩何傷乎默 得中
而發何患乎笑)라는 글귀가 있다. 마땅히 침묵해야 할 때 침묵하는 것
은 상황에 적절히 맞는 것이요 마땅히 웃어야 할 때에 웃는 것은 중(中)
을 얻는 것이다. ……말하지 아니해도 깨우친다면 어찌 침묵이 손상될
것이며 중을 얻어서 발한다면 어찌 웃음을 걱정하겠느냐는 것이다. 추
사 김정희와 이재 권돈인(權敦仁)과 황산 김유근은 수시로 만나서 학
문을 주고받았는데 김유근이 실어증으로 말을 못하게 되어 침묵과 웃
음으로 소통되었던 것으로 보인다.

　사람의 의사소통은 이심전심으로 이루어지는 수가 많다. 그러나 서
로의 이해와 공감이 없을 때에는 무슨 말을 하여도 의사소통의 효과를
발휘하지 못하고 불협화와 언쟁과 갈등으로 나타나는 수가 많고, 일반
적(보편적, 규범적)논리와 개별적(특수적, 상황적)논리가 체계를 이루
지 못하고 난맥을 빚을 때 논리의 허점이 드러나고 공감대가 깨어지고
소통의 길이 막히기 쉽다.

　본디 언어는 부정확하고 불확실하고 애매모호하여 다 같은 말이라
도 때와 장소와 말을 주고받는 당사자들의 정서에 따라 다르기 때문에
차라리 침묵이나 미소가 진실을 전달하는 데 효과적으로 기능할 수가
있다.

　널리 알려진 바와 같이 소크라테스는 '나는 아무것도 모른다'고 하
였다. 그런데 그는 자기만 아무것도 모르는 것이 아니라 아테네 시민들
이 모두 아무것도 모른다고 생각한 것 같다. 그러면 소크라테스와 아테
네 시민들과는 어떤 점에서 차이가 있을까? 그것은 소크라테스가 '그
러나 나는 내가 아무것도 모른다는 것을 안다'고 말한 것을 통하여 알
수 있다. 따라서 아테네 시민들은 아무것도 모르면서 그 아무것도 모른
다는 사실조차 모르지만 소크라테스는 자기가 아무것도 모른다는 사

실만은 안다는 점에서 차이가 나타난다. 그는 무지(無知)의 자각을 지혜의 출발점으로 삼은 것이다. 공자도 '내가 아는 것이 있느냐? 나는 아는 것이 없다'(吾有知乎哉 無知也)고 말하고, 노자는 '아는 자는 말하지 않고 말하는 자는 모른다'(知者不言 言者不知)고 하였다.

소크라테스와 공자는 왜 '모른다'고 말하고 노자는 왜 '아는 사람은 말하지 않는다'고 하였을까? 사람의 인식의 대상이 되는 사물은 결코 말로 표현하기 어려운 것이 너무나 많다. 글(書)은 사람의 말(言)을 다 나타내지 못하고 말(言)은 사람의 뜻(意)을 다 나타내지 못한다고 하는데 뜻은 사물의 본질과 실체를 다 나타내지 못한다. 그래서 난언(難言)이라는 말도 있다. 불교에서 말하는 언어도단(言語道斷)의 경지도 비슷한 경우라고 보인다.

성인(聖人)들이 '모른다'고 말한 것은 음식물이나 약물과 같은 비근한 경우를 훨씬 초월하여 학문적이고 철학적인 기본을 말한 것이지만 하학이상달(下學而上達)의 원리에 연관되어 있다. 하늘을 보고 땅을 살피는 것이 관찰(觀察)이고 지극한 지혜는 격물(格物)에 있다고 할 때 구체적인 형이하학적 사물로부터 추상적인 형이상학적 원리가 도출되는 것은 다시 말할 나위 없기 때문이다.

자신을 돌이켜보면 나는 도무지 무엇을 알고 있는지 의심스러울 때가 많다. 초등학교와 중등학교를 거쳐 대학과 대학원에 진학하고 학문 연구와 후진양성에 종사하면서는 더 많이 알게 되었겠지만 그렇다고 하여 모르는 것이 줄어 든 것이 아니라 오히려 더 늘어나기만 한 것 같다. 이를테면 정치 경제 사회 문화의 모든 영역도 그렇거니와 더구나 격물(格物) 치지(致知) 성의(誠意) 정심(正心) 수신(修身) 제가(齊家) 치국(治國) 평천하(平天下)의 그 어느 것도 제대로 알지 못하는 것이 사실이다. 진실로 나는 아무것도 모르는 것이 엄연한 사실인데 다만 내가 아무것도 모른다는 사실만은 어렴풋이 알고 있는 것 같기도 하다. 그렇다면 나도 문득 성인의 경지에 가까워지고 있는 것일까.

　나도 이제 성인들처럼 '나는 아무것도 모른다'고 선언해도 좋을까. 그러나 그 성인들을 함부로 흉내 내는 것도 무엄한 일이고, 모르면서 아는 척 할 수도 없으니 참으로 딱한 일이다.　　　　　　(2010. 11. 15)

동촌 지교헌 수필집 **7**

그들의 인생철학

•

지은이 / 지교헌
발행인 / 김재엽
펴낸곳 / **한누리미디어**
디자인 / 지선숙

•

121-840, 서울시 마포구 서교동 395-13 서원빌딩 2층
전화 / (02)379-4514, 379-4519
Fax / (02)379-4516
E-mail/hannury2003@hanmail.net

•

신고번호 / 제300-2006-61호
등록일 / 1993. 11. 4

•

초판발행일 / 2012년 9월 30일

•

ⓒ 2012 지교헌 Printed in KOREA

•

값 13,000원

•

※저자와 협의하여 인지는 생략합니다.
※잘못된 책은 바꿔드립니다.
※이 책은 성남시문화예술 발전기금의 지원을 받아 제작되었습니다.

ISBN 978-89-7969-430-7 03810